L'ÉPOUSE ET LA VEUVE

Christian White

L'ÉPOUSE ET LA VEUVE

ROMAN

Traduit de l'anglais (Australie)
par Isabelle Maillet

Albin Michel

Pour Sum

PROLOGUE

John se réveilla en sursaut et pensa aussitôt : *Il y a quelqu'un dans la maison.* Il venait d'entendre un bruit en bas, comme un claquement de lèvres sèches, suivi de pas furtifs dans l'escalier.

Il scruta l'obscurité au-dessus de son lit en tendant l'oreille mais, à part le léger bourdonnement de la chaudière, le silence régnait de nouveau. Il se tourna sur le côté et regarda sa femme, forme spectrale dans la clarté terne de la lune qui entrait par la fenêtre.

Sûrement un cauchemar, se dit-il.

Crac.

Le son provenait du couloir ; c'était celui d'un pied qui se posait sur la latte branlante au sommet de l'escalier. Pour le coup, il ne l'avait pas imaginé. Il en était sûr.

Il se redressa et tenta de percer la pénombre autour de lui. À mesure que ses yeux s'accoutumaient à la faible luminosité, il discernait des formes dans la chambre, comme sur une photo plongée dans un bain de révélateur. Il distingua les contours de la penderie imposante, qui se découpaient sur fond noir, et la commode encombrée par les bijoux de sa femme, luisant faiblement tels des dizaines d'yeux minuscules. Un mince rai de lumière vacillante filtrait sous la porte fermée.

Après l'avoir ouverte, il sortit de la pièce. La veilleuse Harry Potter installée pour que sa fille Mia n'ait pas peur quand elle allait aux toilettes la nuit brillait dans le couloir. Une grosse mite brune s'y cognait aveuglément, encore et encore. John la considéra un moment, captivé. Était-ce le bruit qu'il avait entendu ?

À cet instant, un homme surgit des ombres à l'autre bout du couloir.

John voulut prendre la parole, mais la peur lui bloquait la mâchoire.

L'homme fit encore un pas. Grand, corpulent, les cheveux en brosse, il portait des tennis blanches en toile et un épais manteau noir que John reconnut.

– Salut, John, murmura-t-il. Tu te souviens de moi ?

– Oui…, articula-t-il d'une voix à peine audible.

– Tu sais pourquoi je suis là ?

– Oui, répéta-t-il dans un souffle. Je crois.

1

LA VEUVE

Campée devant le miroir dans les toilettes de l'aéroport, Kate Keddie s'entraînait à sourire. Elle détestait sa bouche qui, d'après elle, était trop grande et lui donnait l'air d'une folle hystérique quand elle souriait. Elle s'appliqua à relever lentement les commissures de ses lèvres, cherchant à exprimer une assurance teintée de réserve. La glace lui renvoya l'image de l'actrice Shelley Duvall qui se serait défoncée aux sels de bain.

– Qu'est-ce que tu fais ? lui demanda Mia.

Sa fille de dix ans venait d'émerger d'une des cabines pour aller se laver les mains. Elle avait noué autour de son poignet la ficelle d'un ballon à l'hélium en forme de cœur, sur lequel se détachait l'inscription « Bon retour à la maison », et qui oscillait au-dessus d'elle comme une bouée sur l'eau.

– Rien, répondit Kate.

– Il arrive dans combien de temps, papa ?

– Il doit atterrir dans dix minutes, ensuite il faudra attendre que son avion roule jusqu'à son aire de stationnement, qu'il récupère ses bagages, qu'il passe le contrôle des douanes… Bref, je dirais qu'on en a encore bien pour quinze ou seize heures.

– Tu me fais marcher, maman !

Mia tapa des pieds sur le sol en béton ciré, débordant d'une fébrilité qu'elle ne manifestait en général que le matin de Noël. Elle n'avait jamais été privée de son père aussi longtemps.

John venait de passer deux semaines à Londres, où il avait assisté à un séminaire de recherche sur les soins palliatifs. De son côté, Kate avait coché les jours au feutre rouge sur le calendrier tant elle attendait son retour avec impatience. Elle espérait que le cliché rebattu, selon lequel l'absence renforçait les liens du cœur, serait vrai pour lui aussi, mais une part d'elle moins optimiste redoutait que cette séparation n'ait eu l'effet inverse. Elle avait lu quelque part qu'il suffisait de quinze jours pour se débarrasser d'une habitude ; or le mariage n'en devenait-il pas une, à la longue ?

Elle prit sa fille par la main pour l'entraîner vers le terminal. Le hall des arrivées à l'aéroport international de Melbourne était bondé. Des familles rassemblées sous des banderoles peintes à la main surveillaient les grandes portes en verre dépoli à la sortie des douanes. Derrière les groupes, des chauffeurs en costume noir griffonnaient des noms sur des pancartes blanches. Il émanait de la foule une impression d'énergie collective, comme si les multiples entités qui la constituaient n'en formaient qu'une, telles les pattes d'un insecte géant se mouvant en parfaite harmonie.

D'une minute à l'autre, John allait apparaître entre ces portes en tirant sa petite valise American Tourister, les yeux creusés, fatigué par les longues heures de vol. Un sourire radieux éclairerait son visage quand il les découvrirait. Il ne s'attendait pas à les voir. Il avait insisté pour rentrer en taxi, et Kate lui avait affirmé qu'elle était d'accord, tout en sachant déjà qu'elle et Mia iraient le chercher en voiture pour lui faire la surprise.

Elle avait hâte de retrouver son mari, et peut-être encore plus de lui confier de nouveau les rênes de leur foyer. Si elle se considérait comme une bonne mère, elle avait toutefois conscience d'être trop nerveuse. Elle n'avait pas endossé ce rôle aussi facilement que les autres femmes, lui semblait-il, que ce soient ses amies ou les mamans affairées, efficaces, qu'elle croisait à la sortie de l'école. Elle se sentait beaucoup plus à l'aise quand elle pouvait compter sur le soutien de John.

– Tu crois que papa aura pensé à me rapporter des livres sterling ? demanda Mia en regardant le tableau d'affichage d'un bureau de change.

Depuis quelques mois, elle s'était prise de passion pour les pièces de monnaie étrangères, qu'elle collectionnait.

– Tu le lui as répété au moins deux mille fois, répliqua Kate. À mon avis, il n'aurait pas osé revenir sans.

– Et maintenant, il reste combien de temps ? s'enquit sa fille d'un ton plaintif.

– Cinq minutes. Tiens, regarde le tableau des arrivées.

Le vol Qantas QF31 en provenance de Heathrow (*via* Singapour) avait atterri à l'heure, sans encombre. Au silence qui régnait sur la foule en attente succédèrent bientôt des exclamations de joie, des larmes et des rires à mesure que les premiers passagers débouchaient dans le hall. Certains étreignirent aussitôt leurs proches, tandis que d'autres se frayaient un chemin à travers la cohue jusqu'à leurs chauffeurs ou la station de taxis.

Une jolie blonde arborant une queue-de-cheval tomba dans les bras de l'élu de son cœur. Puis, oubliant où elle se trouvait, elle l'embrassa fougueusement sur la bouche. À côté, un vieux couple d'Asiatiques agitait frénétiquement les bras en direction d'un homme avançant derrière une poussette où dormaient des jumeaux. Kate les considéra un instant, anticipant déjà son tour.

Elle était un peu étonnée que John ne soit pas parmi les premiers à sortir. Il voyageait toujours en classe affaires, ce qui lui donnait accès aux files prioritaires.

Dans son impatience, Mia se haussa sur la pointe des pieds.

– Ça y est, tu le vois, maman ?

– Pas encore, ma puce, répondit Kate.

Mère et fille rivèrent leur attention sur les portes vitrées. Celles-ci s'ouvrirent de nouveau, livrant passage à un groupe plus modeste.

– Je le vois, je le vois ! piailla Mia, qui attrapa son ballon pour tourner le message vers les nouveaux venus.

Puis ses épaules s'affaissèrent.

– Ah non. C'est pas lui.

La seconde vague de voyageurs se dispersa. Toujours aucun signe de John. Les portes vitrées se refermèrent, se rouvrirent. Un monsieur âgé s'avança en boitillant, une canne dans la main gauche et dans l'autre sa valise, une vieille Samsonite poussiéreuse. Le couloir derrière lui était désert.

Kate consulta de nouveau le tableau des vols pour s'assurer qu'elles étaient au bon endroit à la bonne heure. Vérifia encore une fois. Peu à peu, la surprise cédait la place à l'inquiétude.

– Maman ? fit Mia.

– Continue à guetter, ma puce. Il a peut-être eu du mal à récupérer ses bagages, ou alors il a été retenu par un agent des douanes. Il ne va plus tarder. Ouvre l'œil.

Elles patientèrent. Tout en s'efforçant de ne pas laisser transparaître son trouble, Kate tira son téléphone de sa poche et afficha le numéro de John. L'appel fut transféré directement sur la boîte vocale de son mari. Elle renouvela sa tentative. Même résultat. Il avait dû oublier de désactiver le mode avion, se dit-elle. Ou alors, il avait laissé son chargeur branché dans sa chambre d'hôtel et sa batterie était à plat.

Machinalement, elle commença à se ronger les ongles.

Quand les portes se rouvrirent, elle retint son souffle. Trois retardataires venaient d'apparaître : un couple de quinquagénaires qui semblaient se disputer, et un jeune routard à la peau grasse, arborant une masse de dreadlocks ramenée sur une épaule. Personne n'était là pour les accueillir, apparemment. Les portes se refermèrent, se rouvrirent encore. Cette fois, ce furent les membres d'équipage qui apparurent, souriant, bavardant entre eux, manifestement soulagés d'avoir terminé leur temps de service.

Où es-tu, John ? pensa Kate.

S'il avait raté l'avion, il l'aurait certainement appelée pour la prévenir ou lui aurait envoyé un SMS ou un mail. Il avait beau ignorer qu'elle serait à l'aéroport, il savait qu'elle l'attendait. Elle tenta une nouvelle fois de le joindre au téléphone. En vain. Elle balaya du regard le terminal. Le gros de la foule avait disparu, il ne restait plus que quelques voyageurs devant les guichets des agences de location de voitures et un homme en combinaison grise qui passait l'aspirateur sur la bande de moquette près des portes d'entrée.

– Où il est, maman ? demanda Mia.

– Aucune idée. Mais il va arriver. Tout va bien, ne t'en fais pas.

Les yeux toujours fixés sur les portes vitrées, Kate chercha la main de sa fille, qu'elle serra. Cinq minutes s'écoulèrent ainsi, puis dix, puis quinze.

La dernière fois qu'elles avaient parlé à John, c'était par Skype, la veille dans la matinée, avant qu'il quitte Londres. Kate et Mia partageaient un fauteuil dans le salon, penchées vers l'écran du MacBook qui montrait John assis sur le lit dans sa chambre d'hôtel à dix-sept mille kilomètres de distance. C'était une chambre standard, aux murs recouverts d'un papier peint vert pâle. Il y avait un minibar à sa gauche et le menu du room service à sa droite. Son passeport, son portefeuille et son téléphone étaient posés sur sa valise près de la porte.

« Tu es prêt à partir ? avait demandé Kate.

– J'ai les trois choses indispensables que tout voyageur averti devrait avoir sur lui, avait-il déclaré. Des boules Quies, du Valium et un roman de Haruki Murakami.

– C'est quoi, le Valium ? avait interrogé Mia. De la drogue ?

– Oui, ma puce, avait-il répondu. Mais c'en est une qui fait du bien », avait-il ajouté, avant d'éclater de rire.

La liaison était mauvaise et souffrait d'un léger décalage temporel. L'image s'était brusquement figée, avant de sauter, et le rire de John avait pris une résonance étrange, déformée, comme un son échappé d'un rêve enfiévré.

Si son mari avait trois ans de plus que Kate, il paraissait en avoir cinq de moins. Il avait une chevelure épaisse, juvénile, des traits réguliers et une silhouette naturellement mince et musclée. Sur l'écran, son visage paraissait un peu plus hâlé qu'avant son départ. C'était l'été à Londres, après tout.

Mia s'était laissée glisser sur le sol pour approcher sa figure à quelques centimètres de l'ordinateur.

« Quand tu seras dans l'avion, choisis une place à l'arrière de l'aile, avait-elle dit. C'est l'endroit le plus sûr, au cas où il s'écraserait.

– La classe affaires se situe à l'avant, avait souligné John.

– Ah. Dans la plupart des crashs, les onze premières rangées sont pulvérisées.

– Je ne suis pas sûre que ton père ait vraiment envie d'entendre ça, était intervenue Kate. Et, d'abord, où as-tu appris ce mot, "pulvérisé" ? »

La fillette avait haussé les épaules.

« Sur Internet.

– Elle a trouvé comment désactiver le contrôle parental, avait déclaré Kate. Notre fille est une hackeuse. »

John s'était penché en arrière et, en appui sur ses coudes, avait jeté un coup d'œil sur sa gauche, vers un point hors du champ de la caméra. Kate avait alors été frappée par l'impression bizarre, totalement irrationnelle, qu'il n'était pas seul. Elle l'avait cependant attribuée à la paranoïa.

« Ne le réactive pas », avait-il repris au bout d'un moment.

Il avait adopté un ton neutre, et Kate n'aurait su dire s'il plaisantait ou pas.

« Dans la vie, il n'y a pas de filtre, alors pourquoi en mettre un sur Internet ?

– Super, avait-elle marmonné. OK, ce soir, je lui montrerai *L'Exorciste*, et demain on regardera tous les *Rambo.* »

Cette fois, il n'avait pas ri.

« On veut à toute force protéger les gens qu'on aime de certaines vérités, avait-il répliqué. Mais je ne suis pas sûr que ce soit toujours ce qu'il y a de mieux à faire, ou de plus juste. Si on ne parle pas des monstres de ce monde, on ne sera pas prêts à les affronter le jour où ils surgiront de sous le lit. »

À ces mots, Kate avait éprouvé le désir presque irrépressible de tendre la main pour lui caresser le visage. À quels monstres faisait-il allusion ?

« Ça va, John ? avait-elle demandé.

– Je crois, oui, avait-il répondu. Je pense surtout que je suis prêt à rentrer. »

– Oui, allô ? Vous pouvez répéter votre nom ? Je n'ai pas bien entendu.

– Kate, dit-elle. Kate Keddie.

– Oh, *Kate*... La femme de John. Bien sûr. Bon sang, ça faisait longtemps. Comment allez-vous ?

Chatveer Sandhu était assistant administratif au centre de soins palliatifs de Trinity, où John travaillait comme médecin. Kate se lança :

– Voilà, je suis désolée de vous déranger, mais j'ai du mal à joindre John, et je me disais que vous étiez le mieux placé pour me renseigner. Je suppose que la date de son départ a été changée ou que son emploi du temps a été modifié, et qu'on a oublié de me prévenir...

Le silence qui suivit lui parut lourd de sens, et elle dut résister à l'envie de le combler. Elle regarda Mia, assise sur une chaise en plastique près du guichet d'information. Son regard exprimait le désespoir. Des larmes brillaient dans ses yeux.

– Chatveer ? Vous êtes toujours là ? interrogea-t-elle.

– Oui, je… Désolé. En fait, je ne suis pas certain d'avoir compris votre demande.

– Eh bien, je suis à l'aéroport, où j'attends mon mari, mais il n'est pas là.

La formulation lui semblait claire, et pourtant, au terme d'un autre bref silence, son interlocuteur déclara :

– Je vais vous passer Holly. Ne quittez pas.

– Me passer… ? Non, Chatveer, j'ai juste…

Trop tard, il l'avait mise en attente. Kate recommença à se ronger les ongles, se pinça la peau et grimaça de douleur.

De la musique classique était diffusée sur la ligne : la *Symphonie n° 3* de Henryk Górecki, aux sonorités lugubres. L'une des compositions préférées de John. Un chef-d'œuvre « négligé », d'après lui. Avant de se marier, Kate ne s'intéressait pas à la musique classique, qu'elle croyait réservée aux intellectuels ; elle se sentait bien plus à l'aise en compagnie de Mariah Carey que de Claude Debussy. Mais, après son premier rendez-vous avec John, durant lequel il avait passé une bonne partie du temps à lui parler de Wolfgang Amadeus par-ci et de Ludwig van par-là, elle était allée dès le lendemain s'acheter un double CD des plus grandes œuvres classiques et s'était forcée à tout écouter. Aujourd'hui, elle avait appris à apprécier ce genre de musique – du moins le pensait-elle.

– Oui ? Que puis-je faire pour vous, Kate ? demanda soudain Holly Cutter.

La brusquerie du ton trahissait déjà son impatience.

Holly Cutter était de ces personnes frustrantes qui réussissent tout ce qu'elles entreprennent. En plus d'assumer les fonctions de directrice du centre de Trinity, elle exerçait comme infirmière qualifiée, conseillère spirituelle, éducatrice médicale et chercheuse clinicienne. Elle était en outre professeur honoraire à l'université de Melbourne et présidente du comité d'administration de l'Association internationale de l'accompagnement et des soins palliatifs. Un esprit brillant s'il en était.

– Bonjour, Holly, dit Kate. Je ne sais pas trop pourquoi Chatveer vous a transféré mon appel, mais je suis à l'aéroport avec ma fille, et l'avion de John a atterri, sauf que… Eh bien, il ne l'a pas pris, apparemment. Il est possible qu'il ait été retenu à la conférence, ou que son voyage ait été annulé, retardé…

– Je ne suis pas au courant, l'interrompit Holly.

Kate dut résister à l'envie d'expédier son téléphone dans le terminal.

– Dans ce cas, pourriez-vous me repasser Chatveer, s'il vous plaît ?

– Il ne pourra rien vous dire de plus, Kate.

Les joues brûlantes, celle-ci se sentait à la fois ridicule et furieuse. Et Mia pleurait toujours.

– Écoutez, je n'en suis pas trop sûre, mais je pense qu'il s'agit d'un simple malentendu, insista-t-elle. John était à Londres ces deux dernières semaines, pour assister au séminaire de recherche sur les soins palliatifs. Il devait rentrer aujourd'hui et…

– J'ignore ce que John vous a dit – et, croyez-moi, j'ai déjà bien assez à faire comme ça sans avoir, en plus, à me mêler de vos histoires –, mais s'il a assisté au séminaire cette année, c'est de sa propre initiative. Il n'avait aucune raison de nous en informer.

– Pourquoi ? Je ne vous suis pas, Holly.

– Parce que John ne travaille plus chez nous depuis trois mois.

2

L'ÉPOUSE

– Saletés ! lança Abby Gilpin, suffisamment fort pour effrayer les corbeaux.

Ils se repaissaient d'une semaine de détritus répandus au milieu de la rue. La poubelle que son fils adolescent avait daigné traîner jusqu'au bout de l'allée en prévision du ramassage matinal – après qu'elle le lui eut demandé environ cinquante-sept fois – avait été renversée par un coup de vent et gisait maintenant sur le côté, couvercle ouvert comme une bouche béante.

Si quelques sacs étaient encore intacts, la plupart avaient été déchiquetés par les oiseaux, révélant un agglomérat de restes de nourriture, d'emballages en plastique, de coquilles d'œufs, de mouture de café et de mouchoirs souillés. Retenant son souffle pour ne pas être trop incommodée par l'odeur, Abby redressa la poubelle, puis entreprit de rassembler les déchets. Quand sa main se referma sur une masse molle et humide, elle lâcha aussitôt la chose, mais trop tard : un liquide nauséabond, de nature indéterminée, avait taché le côté gauche de son legging.

Abby avait beau ne pas faire grand cas de son apparence – elle passait le plus clair de son temps en legging noir et pull ample –, ramasser les ordures dans la rue à quatre pattes lui paraissait tout de même indigne d'elle. Sans compter que la chaussée était mouillée. En début de matinée, l'orage le plus violent de la saison s'était abattu sur l'île, et il avait plu pratiquement sans discontinuer depuis. Le ciel s'était enfin éclairci, mais ce n'était sans doute qu'une brève accalmie.

Elle s'activa pour récupérer tous les sacs, puis les fourra de nouveau dans la poubelle. Elle s'apprêtait à refermer le couvercle sur le dernier quand elle remarqua quelque chose à travers le plastique semi-transparent : une paire de bottes de sécurité couleur fauve. Intriguée, elle le perça avec son index, avant d'agrandir le trou pour poursuivre ses investigations.

Les bottes appartenaient à son mari Ray. À part des traces de boue sur les semelles et quelques éraflures, elles paraissaient presque neuves. S'était-il trompé de pointure lorsqu'il les avait achetées ? Quoi qu'il en soit, ça ne lui ressemblait pas de les jeter plutôt que de les mettre de côté pour les donner à l'Armée du Salut. Dessous, elle découvrit aussi des vêtements roulés en boule : un des pantalons en toile de son mari et une de ses chemises grises de travail, avec le nom de sa société, « Island Care », imprimé sur la poche de poitrine. Ils sentaient encore la lessive au citron qui était toujours en promotion au *Buy & Bye*.

Une bourrasque plus froide que les autres la fit frissonner et, chargée des habits et des bottes, elle se hâta de remonter l'allée en direction du garage.

À peine entrée, elle tira sur le cordon de l'interrupteur dans la pénombre et, après un petit déclic satisfaisant, les rampes au néon s'éclairèrent au-dessus de sa tête. Le garage était suffisamment grand pour accueillir au moins deux voitures, mais, comme chez beaucoup de gens, il leur servait aussi à entreposer un vaste bric-à-brac. On y trouvait, entre autres, de hautes piles branlantes de cartons, des boîtes en plastique, des pots vides, des bandes de résistance presque complètement détendues, un banc de musculation couvert de toiles d'araignées, et une tondeuse autoportée que Ray avait achetée pour trois fois rien dans un vide-grenier trois ans plus tôt avant de s'apercevoir, ô surprise, qu'elle ne fonctionnait pas.

Un passage étroit avait été dégagé au milieu du capharnaüm, de même qu'un large emplacement rectangulaire destiné au véhicule professionnel de Ray, un pick-up quatre portes maculé de boue. Le seul autre espace aménagé au milieu de tout ce fatras était réservé à l'établi d'Abby, une table de travail massive, tachée de peinture, qu'ils avaient dénichée dans un magasin d'antiquités sur le continent. Le carton de vieilles affaires qu'ils devaient porter aux bonnes œuvres depuis des mois avait été remisé quelque part derrière.

Abby laissa courir ses doigts sur l'établi au passage. Elle avait hâte de se libérer du temps pour venir travailler – ce week-end, peut-être, quand les enfants seraient sortis et que Ray regarderait le cricket à la télé. C'était là que, au prix de moult tâtonnements et d'innombrables excursions à la bibliothèque de Belport à la recherche de guides pratiques, elle s'était initiée à la taxidermie, une activité qu'elle n'était pas encore sûre de maîtriser. Tous ses outils étaient soigneusement disposés sur la table étroite ou accrochés au tableau perforé au-dessus : un tablier vert foncé, des scalpels, des gants chirurgicaux, des épingles à insectes, du fil de pêche, des élastiques, des cartes à jouer (pour soutenir les oreilles), du détergent à base de borax (pour nettoyer les peaux), de l'argile Critter Clay, des instruments de mise en forme, des abaisse-langues, des pinces, de la glu, un pistolet-agrafeur et une vingtaine de paires d'yeux en verre de tailles différentes.

Dans le petit frigo placé dessous, il y avait quelques bouteilles d'eau, un pack de six bières et le dernier spécimen en date qu'Abby comptait naturaliser : un opossum que Susi Lenten avait découvert sans vie sous les lignes électriques devant chez elle. Il voisinait avec un bac en plastique rempli de divers produits chimiques, dont des solutions de tannage, des liquides de décapage, du luminol et des bactéricides.

Elle n'avait empaillé jusque-là que des souris, des rats et des oiseaux, lesquels menaient une seconde vie sur diverses étagères de la maison, exhibant des parties bosselées ou affaissées aux mauvais endroits – autant d'imperfections qui, à ses yeux, leur conféraient une dimension presque humaine. Elle s'était donné pour règle de n'utiliser que des animaux morts de cause naturelle, aussi n'était-il pas rare que des habitants de l'île l'appellent lorsqu'ils voyaient une bestiole crevée sur la route, dans leur jardin ou sur la plage. Ils lui disaient par exemple : « J'ai une pie sur mon balcon, la pauvre s'est tuée en percutant la porte-moustiquaire, elle n'est pas morte depuis longtemps mais il vaudrait peut-être mieux venir la chercher avant que les mouches arrivent », ou encore : « Il faudrait que vous passiez récupérer ce rat du bush dans mon freezer avant que Shivaun réclame le divorce, elle a besoin de place et je préfère ne pas contrarier une femme enceinte jusqu'aux yeux. »

Abby n'aurait su dire pourquoi elle appréciait autant la taxidermie, et de toute façon elle n'avait pas trop envie de se poser la question. C'était une occupation aussi salissante que méditative, dont elle ne tirait en outre aucun profit. Les quelques animaux qu'elle ne gardait pas, elle les offrait à des personnes qui, en général, la remerciaient les dents serrées et les yeux agrandis par la répulsion. Il y avait néanmoins quelque chose de délicieusement morbide dans cette activité qui la ramenait toujours vers son établi. La mort imitant la vie, pensait-elle souvent, estimant que la formule sonnait bien.

Elle finit par localiser le carton destiné à l'Armée du Salut rangé sur une étagère poussiéreuse. Il était coincé entre une vieille couverture de pique-nique pleine de sable qui empestait le chien mouillé (ce qui était pour le moins étrange, vu qu'ils n'avaient pas de chien) et une caisse de lait remplie de pièces détachées automobiles. Elle y ajouta le pantalon de Ray, sa chemise et ses bottes, puis éteignit la lumière et sortit du garage.

Ils habitaient une petite maison de plage en bardeaux où rien ne fonctionnait correctement. Les fenêtres coinçaient, les tuyauteries étaient mal fixées et les prises électriques émettaient un grésillement menaçant chaque fois qu'on y branchait un appareil. Abby et Ray avaient bien commencé à mettre de côté pour entreprendre des rénovations, mais ils ne disposeraient pas de la somme nécessaire avant la saison suivante, voire celle d'après.

À vrai dire, Abby n'avait pas hâte de se lancer dans les travaux. Elle adorait les petites particularités et autres bizarreries de son foyer : les grincements du plancher, les craquements de la structure en bois, le claquement de la porte-moustiquaire qui, parfois, battait sans relâche en pleine nuit… De plus, elle n'avait jamais été du genre à se plaindre ; elle n'était pas de ces femmes enfermées dans une vie de désespoir tranquille, redoutant une vieillesse inéluctable. Non, ce n'était pas elle. Elle était satisfaite de son existence. Heureuse, même.

Elle sut que son fils de quinze ans était dans la cuisine avant même d'en avoir franchi le seuil : la senteur puissante du déodorant Lynx dont il s'était aspergé le trahissait. En l'occurrence, Eddie, qui avait enfilé un tablier bleu, hachait de l'ail sur le plan de travail. Il serait beau un jour mais, pour le moment, il traversait cette phase ingrate de la puberté qui le faisait ressembler au personnage d'Ichabod Crane : silhouette dégingandée, dents en avant, archipel de boutons d'acné sur le front…

Il ne leva pas les yeux à l'arrivée de sa mère.

– Tu as prévu quoi pour le dîner ? demanda-t-elle.

– Pizza gourmande végétarienne, répondit-il d'un ton sec.

– Ah oui ? Ça a l'air bon.

Il haussa les épaules avant d'essuyer d'un geste expérimenté la lame de son couteau sur son tablier. Puis, les yeux plissés, il entreprit d'émincer furieusement des champignons, comme s'il voulait les punir pour une faute quelconque.

– Attention, lui conseilla Abby. Ce ne sera plus un plat végétarien si tu perds un doigt dedans.

Devant l'absence de réaction de son fils, elle supposa qu'il était de mauvaise humeur. Elle allait se chercher une bière dans le frigo quand son mari entra dans la cuisine. Il venait de prendre sa douche rituelle après sa journée de travail et, les cheveux encore humides et lissés en arrière, dégageait une bonne odeur de propre.

– Une bière ? lui proposa Abby.

– Non, de l'eau, ça ira.

– De l'eau plutôt que de la bière, donc.

Elle grimaça.

– J'avais l'impression de te connaître, avant.

Abby pratiquait la course à pied mais compensait les calories perdues par un excès de graisses, de sucre et d'alcool. Ray, lui, n'en avait que pour l'hygiène de vie, depuis quelque temps. Ou, plus exactement, il s'imposait un programme de remise en forme brutal qui frisait le masochisme.

Il n'avait pourtant jamais été en surpoids. Un peu enveloppé, peut-être, mais il le portait bien. Or, désormais, des bosses et des creux marqués se dessinaient sur son torse. La peau semblait plus tendue sur son visage, accentuant les contours de sa mâchoire qui ne lui avait jamais paru aussi carrée, et les manches de son T-shirt révélaient des muscles nouvellement forgés. Cette transformation physique visant à éliminer l'excédent rappelait à Kate le travail d'un archéologue qui enlève au pinceau terre, poussière et sable jusqu'à mettre à nu un squelette.

– Ça sent la crise de la quarantaine, fit-elle remarquer.

Elle remplit un verre d'eau du robinet et le lui tendit.

– Bientôt, tu vas pouvoir rentrer ta chemise dans ton pantalon ! ironisa-t-elle.

En l'entendant soupirer, elle se dit qu'elle y allait peut-être un peu fort et s'approcha de lui pour l'enlacer. Son corps lui parut à la fois familier et inconnu. C'était toujours Ray, mais débarrassé du superflu.

Il lui vint alors à l'esprit qu'ils n'avaient pas fait l'amour depuis un bon moment, et qu'il y avait même encore plus longtemps qu'elle ne l'avait pas vu nu. Les quelques dernières fois où ils avaient couché ensemble, c'était toujours dans le noir, lumières éteintes, après une bouteille de vin rouge.

Quand les doigts de Ray effleurèrent ses poignées d'amour, elle s'écarta.

D'autres femmes moins sûres d'elles se seraient sans doute senties déstabilisées si leur partenaire avait soudain décidé de changer son apparence mais, au fond, Abby se doutait bien qu'il s'agissait seulement d'une phase chez lui. L'année précédente, il avait décidé de suivre des cours du soir sur le continent et s'était autoproclamé « entrepreneur ». Celle d'avant, il voulait absolument devenir franchisé. Dans un mois, il se mettrait sans doute à écrire le best-seller dont il parlait depuis leur rencontre. À moins qu'il ne veuille d'abord apprendre le piano ?

Quoi qu'il en soit, Abby ne s'inquiétait pas ; il lui suffisait d'attendre que ça passe, elle le savait. Ce n'était peut-être pas une pensée très charitable, mais ce n'en était pas moins vrai. Ce que Ray ne comprenait pas – ou ne voulait pas admettre –, c'était qu'il faudrait bien plus que quelques heures sur le tapis de course ou un semestre de cours de gestion pour avoir une chance de quitter ce caillou perdu dans l'océan. L'île de Belport avait une façon bien particulière de retenir ses habitants et de leur chuchoter à l'oreille : « Je ne te laisserai jamais partir, mon chou. » Et, pour sa part, Abby avait appris depuis longtemps déjà qu'il était plus facile de lui céder que de résister.

– Je vois pas ce qu'y a de mal à vouloir améliorer son apparence, lança Lori du couloir, d'une voix mielleuse teintée de perfidie.

Un instant plus tard, elle pénétrait dans la cuisine en faisant claquer ses Dr. Martens sur le sol, vêtue d'un T-shirt Nirvana trop large, l'air aussi morose qu'un week-end pluvieux.

– Au fait, Eddie a oublié de rentrer les bûches, déclara-t-elle. Maintenant, elles sont toutes mouillées.

– Et alors ? Faut te greffer des bras ? riposta son frère.

Lori leva les yeux au ciel. Elle était ravissante, avec ses cheveux noirs et lisses, et ses traits qui semblaient avoir été dessinés pour être en parfaite harmonie avec la forme de son visage. Mais, vers treize ans, elle était devenue calculatrice et secrète. Elle en avait désormais seize, et rien dans son comportement ne laissait supposer un éventuel revirement. Abby avait toutefois bien conscience que la puberté ressemblait beaucoup au mouvement des marées : elle commençait par vous emporter au large, avant de vous ramener vers la grève. Et, après tout, si sa fille maintenait le cap, elle ferait peut-être un jour un excellent chef d'entreprise. Ou une tueuse en série prolifique.

– Moi, je trouve ça bien que tu te laisses pas aller, papa, ajouta-t-elle.

– Merci, ma chérie, répondit Ray.

– Elle m'a regardée quand elle a parlé de « se laisser aller », fit Abby. Je ne suis pas la seule à l'avoir remarqué, si ?

Lori croisa les bras.

– C'est juste que je comprends pas pourquoi tu t'obstines à rabaisser papa.

– Et moi, je ne comprends pas pourquoi tu t'obstines à être aussi désagréable, rétorqua Abby.

– C'est pas comme si ça lui demandait beaucoup d'efforts, intervint Eddie.

– OK, *ding*, *ding*, *ding* ! s'exclama Ray. Fin du premier round. Les combattants sont priés de retourner dans leur coin.

Lori décolla un Post-it affiché sur le frigo et le lui tendit.

– Eileen Betchkie t'a appelé. Elle a pas dit pourquoi mais elle y a mis le temps ! Je pouvais plus m'en dépêtrer.

– Eileen ? s'étonna Abby. Tu n'as pas bossé chez elle aujourd'hui ?

Ray hocha la tête.

– J'ai dû oublier un brin d'herbe quand j'ai passé la tondeuse. Je la rappellerai demain.

Sa société, Island Care, était spécialisée dans le gardiennage des maisons de vacances inoccupées pendant la morte-saison. S'il gagnait relativement bien sa vie les mois d'hiver, le départ des touristes entraînait une baisse significative de ses revenus. Alors, pour mettre du beurre dans les épinards, il acceptait des petits boulots comme entretenir les jardins et tondre les pelouses, même s'il détestait se faire engager par les habitants de l'île. Abby aurait pourtant pensé qu'il était plus facile de travailler pour des connaissances, mais lui trouvait ça humiliant. Quoi qu'il en soit, ils n'étaient ni l'un ni l'autre en position de refuser une offre quand elle se présentait.

– Cette bonne vieille Eileen doit se sentir seule, observa-t-elle.

– Ou alors, elle a craqué pour papa, suggéra Lori.

– Je crois que vous avez toutes les deux raison, hélas, déclara Ray.

Il s'assit à table et considéra l'imposante liasse de factures qui y était posée, comme si le simple fait de les regarder avec insistance pouvait reculer la date des échéances.

– Est-ce qu'il y a des chances pour que tu puisses faire des heures supplémentaires au *Buy & Bye* ? demanda-t-il à Abby.

– À cette époque de l'année, c'est peu probable, répondit-elle.

Voyant une lueur d'inquiétude briller dans les yeux de son mari, elle s'empressa d'ajouter :

– Mais je peux toujours poser la question. On va s'en sortir, hein ?

– Bien sûr, affirma-t-il. S'il y a bien une chose qu'on sait faire dans cette famille, c'est survivre.

3

LA VEUVE

– John Paul Getty troisième du nom était le petit-fils d'un magnat américain du pétrole, déclara Fisher Keddie en arpentant la salle d'interrogatoire bien éclairée, située au premier étage du poste de police de Brighton. Il a été enlevé en 1973. Quand son grand-père a refusé de payer la rançon, les ravisseurs lui ont envoyé par la poste l'oreille de Paul. Son oreille, tu te rends compte ?

Kate le considéra en silence. Le père de John avait insisté pour la retrouver au poste. Petit, trapu, il perdait ses cheveux et arborait une paire de lunettes trop étroite pour son visage. Dans ses yeux, à l'expression d'ordinaire pensive et grave, brillait une lueur de folie.

– Et puis, il y a aussi eu Walter Kwok, poursuivit-il. Et Frank Sinatra Junior. La liste est longue. Tous des fils d'hommes riches, kidnappés dans le but d'extorquer de l'argent à leurs proches. C'est ce qui vient de se passer. Forcément.

L'agent qui prenait leur déposition, grand et corpulent, attendait patiemment que Fisher termine sa tirade. Il avait oublié une petite touffe de poils noirs sur sa joue gauche le matin même en se rasant, et Kate avait toutes les peines du monde à en détacher son regard. Il leur avait donné son nom, mais elle n'avait pas bien entendu et le badge sur sa poche de poitrine ne la renseignait pas : l'encre avait pâli au point d'être illisible.

– John a-t-il des cicatrices ou des tatouages identifiables ? demanda-t-il, profitant d'une pause dans le monologue de Fisher.

– J'ai l'impression que vous ne m'écoutez pas, riposta ce dernier. Notre famille a de gros moyens. Nous devrions déjà, je ne sais pas, mettre les téléphones sur écoute, nous préparer à recevoir la demande de rançon… Et, oui, mon fils a une cicatrice sur l'avant-bras gauche. Il s'est blessé en tombant d'une balançoire quand il avait neuf ans.

– Non, il ne l'a plus, rectifia Kate. Il l'a fait enlever par un chirurgien esthétique avant notre mariage. Il la détestait. Moi, je l'aimais bien, mais pas lui. Il disait qu'elle ressemblait à un haricot sec.

L'agent tapa la réponse avec deux doigts sur son clavier d'ordinateur, puis lut la question suivante sur le moniteur.

– Des pathologies particulières qui pourraient le rendre vulnérable ?

– Non, dit Kate.

– Est-ce que votre mari suit un traitement ?

– Et si c'était une femme qui avait disparu, hein ? les interrompit Fisher en s'approchant du bureau. Vous auriez déjà fait décoller des hélicoptères, sorti les chiens renifleurs et envoyé vos collègues interroger le voisinage.

– John a-t-il des problèmes de dépendance à la drogue ou à l'alcool ? poursuivit le policier sans relever.

– Non, répéta Kate.

– A-t-il déjà manifesté des tendances suicidaires ? s'enquit l'agent d'un ton plus sec qu'un toast sans beurre.

– Oh, bon sang ! s'exclama Fisher. Non, bien sûr que non. Mon fils est quelqu'un de normal. Il est heureux.

Est-ce qu'il l'est vraiment ? songea Kate. La tournure prise par la conversation commençait à lui donner l'impression qu'ils ne parlaient pas de son mari, mais d'un parfait inconnu. Au fond, découvrait-elle, il n'y avait pas une grande différence entre signaler une disparition et faire une demande de prêt bancaire ou passer un entretien d'embauche : il fallait répondre à une multitude de questions, face auxquelles elle se sentait de plus en plus ignorante et naïve.

– Que faites-vous dans la vie, madame Keddie ? demanda l'agent.

Voilà bien une question que Kate détestait.

– Je suis mère au foyer.

– Vous avez combien d'enfants ?

– Une fille, Mia. Elle a dix ans. C'est sa grand-mère qui la garde en ce moment. Ça ne me paraissait pas judicieux de l'envoyer à l'école.

Ayant remarqué une saleté sur sa barre d'espace, le policier s'humecta l'index pour la nettoyer.

– Votre mari aime-t-il son métier ? Il est docteur, si j'ai bien compris.

– Médecin, corrigea Fisher. Et, oui, ça lui plaît beaucoup.

– N'empêche, c'est sûrement très éprouvant d'exercer dans un service de soins palliatifs, déclara l'agent. L'année dernière, ma femme et moi avons été obligés de placer mon beau-père dans un centre de ce genre – pas celui de Trinity, on n'avait pas les moyens, mais j'imagine qu'ils sont tous pareils. La mort est partout, elle imprègne l'atmosphère. Ça doit être vraiment déprimant d'y passer huit heures par jour. Est-ce la raison pour laquelle John a démissionné ?

– Je l'ignore, avoua Kate en s'efforçant de ne pas laisser transparaître sa résignation. Il ne me l'a pas dit.

– Il ne vous a pas dit pourquoi il avait démissionné ?

– Il ne lui a pas dit qu'il avait démissionné, souligna Fisher. Aucun de nous n'était au courant. On ne l'a appris qu'hier.

– Il vous l'a caché à tous les deux ? s'étonna le policier. Pourquoi, d'après vous ?

– Je n'en ai aucune idée, répondit Kate. Et, croyez-moi, je donnerais cher pour le savoir.

L'agent s'adossa à sa chaise.

– Parlez-moi de cette conférence à laquelle il était censé assister.

– Il s'agit d'un séminaire de recherche sur les soins palliatifs, étalé sur une dizaine de jours, expliqua-t-elle. Trinity y envoie quelqu'un tous les ans. Il ne se déroule jamais au même endroit. L'année dernière, c'était à San Francisco et celle d'avant en Suède, si je me rappelle bien. John ne voulait pas y aller cette année, mais quelqu'un s'est désisté à la dernière minute et il n'a pas eu le choix.

– Qu'est-ce que vous entendez au juste par « à la dernière minute » ?

– Il l'a appris quelques jours seulement avant de partir.

– Et vous avez des raisons de penser qu'il n'a pas assisté à ce séminaire, c'est bien ça ?

– J'ai téléphoné à l'hôtel où il était organisé, dit Kate. John était censé y avoir pris une chambre, mais le réceptionniste n'a trouvé aucune trace de lui dans les registres. Je me suis également renseignée auprès de la compagnie aérienne. Les informations qu'il m'avait données à propos du vol étaient exactes, sauf qu'il n'est jamais monté dans cet avion. Si ça se trouve, il n'a même pas acheté de billet.

– Vous ne voyez pas où il aurait pu aller durant ces deux dernières semaines ?

– Non, répondit Kate.

Pour elle, la question dépassait le cadre des quinze jours écoulés : qu'avait fait John au cours des trois derniers mois ? Cette pensée suscita en elle une vague de nausée. Son corps lui transmettait des messages contradictoires ; certaines parties étaient engourdies, d'autres douloureuses, et il lui semblait qu'un étau lui comprimait la poitrine. Elle se sentait écartelée entre la peur et la colère, entre la question de savoir où était son mari à présent et ce qu'il avait bien pu faire avant.

S'il n'allait pas au travail tous les jours vêtu des chemises qu'elle lui avait préparées, alors où allait-il ? Comment passait-il ses journées ? Et avec qui ?

– Avez-vous eu des contacts avec John depuis son départ ? reprit le policier.

– Nous nous parlions un jour sur deux par Skype.

– Et vous avez eu l'impression qu'il appelait de Londres ?

– Apparemment, il était dans une chambre d'hôtel. Je ne voyais pas Big Ben en arrière-plan, bien sûr, mais je n'avais aucune raison d'imaginer qu'il n'était pas à Londres.

– Au cours de vos échanges, vous a-t-il laissé entendre que quelque chose n'allait pas ?

« Si on ne parle pas des monstres de ce monde, on ne sera pas prêts à les affronter le jour où ils surgiront de sous le lit », avait dit John.

– Il avait le mal du pays, répondit-elle. Nous lui manquions, ma fille et moi. Il nous a confié qu'il avait hâte de rentrer.

– Rien d'autre ?

– Comme quoi, par exemple ?

Le policier haussa les épaules en feignant la décontraction.

– Vous a-t-il paru bizarre ? Ou mal à l'aise, peut-être ? Avez-vous noté quelque chose d'inhabituel dans son comportement ? Un détail qu'une épouse aurait pu remarquer...

Fisher, qui s'était assis, se leva en poussant un soupir exagéré. Il se dirigea vers la fenêtre, secoua la tête et ferma les yeux, ébloui par un rayon de soleil dans lequel dansaient des grains de poussière.

L'agent le considéra un moment.

– Souhaitez-vous intervenir, monsieur Keddie ?

– Kate n'est pas du genre à...

Fisher s'interrompit, avant de balayer d'un geste ses propos.

– Non, rien.

– Du genre à quoi ? lança Kate.

Son beau-père la regarda, puis baissa les yeux vers ses pieds.

– Tu n'es pas du genre à faire attention, Kate. S'il était manipulé ou menacé, d'une manière ou d'une autre, il aurait pu t'adresser un... je ne sais pas, un signal secret, quelque chose comme ça.

– Il n'a rien fait de tel.

– Tu en es sûre ? Parce que, sans vouloir te vexer, Kate, tu es parfois sacrément absente. Passive au point d'être invisible. Merde, j'ai vraiment besoin d'une cigarette. C'est insupportable de ne pas pouvoir fumer ici.

Kate pinça les lèvres en s'efforçant de l'ignorer. Il s'inquiétait pour son fils et projetait son angoisse sur elle. En attendant, ses paroles la taraudaient. « Passive au point d'être invisible »... Et alors ? N'était-ce pas ainsi que John l'aimait ?

Le policier s'éclaircit la gorge avec impatience.

– Est-ce que vous ou votre mari possédez une caravane, un bungalow, une résidence secondaire ou un bien en location inoccupé ?

– Nous avons une résidence secondaire sur l'île de Belport, déclara-t-elle, consciente du regard de Fisher rivé sur sa nuque. Mais John n'y serait pas allé seul. Il n'aime pas trop cette île.

– Ah bon ? s'étonna l'agent. Pourquoi avoir acheté là-bas, alors ?

– Nous n'avons pas acheté. Cette maison nous a été offerte par les parents de John, en cadeau de mariage.

– Nous y passions tous nos étés quand John était petit, précisa Fisher.

Le policier s'adossa à son fauteuil de bureau, qui grinça, et émit un petit sifflement.

– Eh ben... Moi, tout ce que j'ai eu le jour de mon mariage, c'était un plateau et deux grille-pain.

Ni Kate ni son beau-père ne jugèrent la remarque particulièrement drôle ; sur ce point, au moins, ils étaient d'accord.

– Avez-vous des motifs de soupçonner un enlèvement ou une agression ? enchaîna l'agent.

– Non, pas vraiment..., commença Kate.

– Vous ne voyez pas qui pourrait lui vouloir du mal ? Lui connaissez-vous des ennemis ? Quelqu'un avec qui il ne s'entend pas ?

Quand Fisher prit son souffle comme pour se lancer dans une nouvelle tirade, le policier lui intima le silence d'un geste.

– C'est à Mme Keddie que ma question s'adresse, dit-il, avant de se tourner vers Kate d'un air interrogateur.

– Non, répondit-elle. Tout le monde aime John. Il est chaleureux, charmant. C'est l'invité que tout le monde veut pour voisin de table au dîner.

– Donc, d'après vous, il est plus probable qu'il ait disparu de son plein gré.

– Il ne serait pas parti sans prévenir, intervint Fisher. Il ne ferait pas ça à Mia.

– Ni à moi, souligna Kate.

Fisher garda le silence. L'écran de l'ordinateur projetait des lueurs bleues dans les yeux du policier, qui s'adressa de nouveau à Kate :

– Comment qualifieriez-vous votre couple ?

– Pardon ?

– Considérez-vous que votre mariage est une réussite ?

Elle ouvrit la bouche pour répondre, mais s'aperçut soudain qu'elle avait la gorge complètement desséchée. Autrefois, lorsqu'elle pensait à son mariage, elle imaginait une maison extraordinaire sur pilotis, se dressant dans une vaste propriété bordée par une falaise. Aujourd'hui, elle se représentait cette même maison soutenue par des poteaux creux, pourris et infestés de termites, se rapprochant de jour en jour du précipice.

– Heureux, affirma-t-elle. Je qualifierais mon mariage d'heureux.

Encore ce mot, songea-t-elle en se penchant pour récupérer le sac de sport qu'elle avait apporté. Elle le posa sur la table et l'ouvrit.

L'agent arqua un sourcil étonné.

– Qu'y a-t-il là-dedans ?

– J'ai lu sur Internet que vous auriez besoin des équipements électroniques de John et d'un échantillon de son ADN. Alors je vous ai apporté son iPad, sa brosse à dents, son peigne et quelques vieilles lames de rasoir que j'ai trouvées sous le lavabo. Je ne sais pas trop comment vous prélevez l'ADN, mais avec un peu de chance il y en aura des traces sur ces objets. J'ai mis des gants avant de les ranger dans le sac.

Son interlocuteur inclina la tête sur le côté et esquissa un sourire, comme pour dire : « Ah, trop aimable. »

– On vous préviendra s'il devient nécessaire de les examiner, madame Keddie. En attendant, il vaut mieux que vous les conserviez.

Mortifiée, Kate referma le sac. Elle plaça ses mains sous la table et enfonça ses ongles dans ses genoux.

– Bon, que va-t-il se passer maintenant ? interrogea Fisher. Vous allez diffuser une alerte enlèvement ?

– Nous réservons ce genre d'alerte aux disparitions d'enfants, répliqua le policier. Je vais entrer mon rapport dans le système et le faire circuler pour qu'il soit comparé à ceux des hôpitaux.

– C'est tout ?

– D'après ce que vous m'avez dit, rien ne suggère un acte criminel. En général, nous ne considérons pas comme inquiétante l'absence d'un conjoint qui n'a commis aucun délit ou d'un adulte qui ne donne plus de nouvelles depuis un moment.

– Pas inquiétante ? s'écria Fisher. C'est de mon fils qu'on parle !

– Fisher, s'il te plaît, intervint Kate. Paniquer ne nous avancera à rien.

– Tout comme rester ici le cul sur une chaise, rétorqua son beau-père.

– Écoutez, dit l'agent, dans la plupart des cas comme celui-là, la personne disparue refait surface au bout de quelques jours. Dans l'intervalle, vous pouvez toujours essayer de joindre ses amis et connaissances, pour leur demander s'ils ont eu des nouvelles, ou aller poser quelques questions dans des endroits où il a ses habitudes, comme une salle de sport ou un pub. Mais, si j'étais vous, je commencerais par essayer de savoir pourquoi il a plaqué son boulot.

Le Centre de soins palliatifs de Trinity était une vaste bâtisse à la façade vitrée, entourée de pelouses et de jardins plantés d'espèces endémiques, qu'un rempart de hautes haies parfaitement taillées isolait des bruits de la ville. C'était un endroit paisible, répétait souvent John, malgré – ou peut-être grâce à – la présence de malades en fin de vie. Mais Kate ne le trouvait pas si paisible. Au mieux, il lui donnait des frissons ; au pire, comme ce jour-là, il lui paraissait hanté.

Elle n'avait pas informé Fisher de son intention de s'y rendre. Si elle l'avait fait, il aurait insisté pour l'accompagner, et elle ne savait pas trop combien de temps encore elle pourrait supporter sa présence avant de craquer.

Elle gara sa Lexus au bout du parking, près d'une petite yourte en bois. Au-dessus de la porte figuraient les mots « Salle de prière », tracés en lettres soignées. La yourte était reliée au bâtiment principal par un passage vitré. Kate s'y engagea et le longea jusqu'à une vaste aire d'accueil aux murs peints dans des tons apaisants de vert et de bleu, décorée d'œuvres d'art inoffensives, propres à susciter l'introspection.

Une sorte de bassin ornemental dans le style japonais en occupait le centre. Chaque fois qu'elle le voyait, Kate en venait à se demander où les pauvres allaient mourir, parce qu'ils ne pouvaient certainement pas s'offrir les services d'un tel établissement.

Un jeune homme mince d'environ vingt-cinq ans, arborant un costume gris à la coupe impeccable et un turban noir, s'affairait derrière le comptoir. Lorsque Kate s'approcha, il leva les yeux en esquissant un sourire aimable, qui s'évanouit quand il la reconnut.

– Oh, Kate, bonjour. Je ne m'attendais pas à vous voir.

– Bonjour, Chatveer. Holly est là ?

– Elle vous attend ?

– Ça ne prendra que quelques minutes.

Il pianota sur le comptoir, jeta un coup d'œil vers le passage qui menait au centre, puis reporta son attention sur elle.

– Je peux vous donner un conseil, Kate ? Un conseil d'ami ?

Nous sommes amis, maintenant ? s'étonna-t-elle.

– Holly m'a parlé de…

Il s'interrompit, sans doute pour se donner le temps de choisir ses mots.

– … ce problème de communication entre John et vous. Elle ne tient pas à s'en mêler et, de toute façon, ce n'est pas dans votre intérêt non plus de l'impliquer. Discutez-en avec votre mari, plutôt. Croyez-moi, ce sera mieux pour tout le monde.

– Je le ferais si je pouvais, répliqua Kate. Mais il… il a disparu.

Elle avait eu du mal à prononcer ces mots, qui lui avaient fait l'effet d'éclats de verre coupants dans sa bouche.

– Pardon ?

– Je n'ai aucune nouvelle de lui depuis trois jours. Il doit bien y avoir une raison pour laquelle il ne m'a pas parlé de sa démission, et il est possible qu'il y ait un lien entre sa décision et l'endroit où il se trouve aujourd'hui. S'il vous plaît…

Il hocha la tête.

– D'accord. Je vais prévenir Holly.

Holly Cutter fit asseoir Kate à l'une des tables dans la cafétéria et lui proposa un thé vert. Lorsque cette dernière déclina l'offre, elle alla s'en chercher un dans le coin réservé aux boissons chaudes.

Les membres du personnel, en effectif réduit, débarrassaient les tables et essuyaient des couverts en s'efforçant de paraître occupés. Deux femmes d'une cinquantaine d'années – Kate supposa qu'elles étaient sœurs – s'étaient installées près du self-service, devant des cafés et un sandwich entamé. L'une d'elles pleurait, l'autre contemplait le jardin à travers la rangée de fenêtres éclaboussées de pluie qui tapissait le mur du fond.

Kate repensa à la remarque du policier qui les avait reçus, en se disant qu'il avait raison : c'était vraiment un endroit déprimant où travailler huit heures par jour. John parlait rarement du centre et, en général, elle ne lui posait pas de questions. Un service de soins palliatifs n'est pas un environnement professionnel comme les autres et, quand il rentrait le soir, elle n'imaginait pas lui lancer d'un ton joyeux : « Bonsoir, chéri, ta journée s'est bien passée ? » D'autant que, chaque fois que des amis ou des proches l'interrogeaient sur son activité, il s'arrangeait pour changer rapidement de sujet. Et si certains audacieux insistaient, il dégainait en réponse une demi-douzaine de formules toutes faites : « C'est gratifiant de sentir qu'on apporte quelque chose à quelqu'un », ou « Beaucoup de patients n'ont personne d'autre », ou encore, « Côtoyer la mort en permanence nous rappelle à quel point la vie est précieuse ».

Kate avait toujours pensé qu'il se confierait à elle s'il en avait envie, mais à présent elle en venait à se demander s'il n'avait pas essayé de la protéger. Mais de quoi ? D'un de ces monstres dont ils n'avaient jamais discuté, peut-être ?

Holly revint et, à peine assise en face d'elle, consulta ostensiblement sa montre.

– Je n'ai pas beaucoup de temps.

– Je n'ai que deux questions à vous poser, Holly : j'ai besoin de savoir pourquoi John a démissionné et pourquoi il me l'a caché.

Son interlocutrice fronça les sourcils.

– Je ne suis pas sûre de pouvoir vous éclairer sur la seconde, mais j'ai peut-être une explication pour la première. C'est sur ma suggestion qu'il est parti.

– Vous l'avez renvoyé ?

– Non. Je lui ai exposé ce qui était en jeu s'il restait.

Holly plongea dans l'eau son sachet de thé, le fit tourner au bout de sa ficelle puis le laissa tomber sur la table, où il atterrit avec un petit bruit mouillé.

– John faisait du bon travail ici, et son départ est une grande perte pour nous. Il était formidable avec les patients, le personnel l'adorait et ses recherches donnaient des résultats très encourageants. Mais je suis certaine que je ne vous apprends rien.

– Non, en effet, prétendit Kate.

En vérité, John n'avait jamais mentionné ses recherches devant elle.

– J'étais désolée qu'il s'en aille, reprit Holly. Cela dit, je l'aurais été encore plus s'il était resté.

– Comment ça ?

– John a-t-il déjà évoqué devant vous la « détresse spirituelle » ?

Kate fit non de la tête.

– Ça ne m'étonne pas. C'est un concept difficile à appréhender pour quelqu'un qui n'évolue pas dans ce milieu. John exerçait ici comme psychologue autant que comme médecin. C'est toujours le cas, dans les services de soins palliatifs : nous ne guérissons pas les gens, nous les accompagnons. Mais ce n'est pas le degré de bien-être qu'on peut apporter aux patients en phase terminale qui importe le plus ; l'issue pour eux est invariablement la même. Ce qui compte vraiment, c'est de les aider à trouver la paix dans leurs derniers moments.

» Vous comprenez, dans le monde occidental, nous avons une relation complexe avec la mort, poursuivit-elle. Nous passons notre vie à essayer de ne pas y penser, tout en entretenant l'espoir que, lorsque le jour viendra, nous serons en paix avec elle. Notre philosophie semble être : « On verra ça le moment venu. » Sauf que c'est rarement ce qui se produit. Le plus souvent, quand la fin est proche, les patients évoquent une sorte de… vide.

– Ah bon ?

Holly hocha la tête puis contempla ses doigts d'un air absent, comme s'ils ne lui appartenaient pas.

– Cet endroit est chargé de tristesse, Kate, mais peut-être encore plus de colère et de culpabilité. En tant que directrice, je ne pratique plus beaucoup la médecine, toutefois je consacre encore beaucoup de temps à parler avec nos patients – du moins, avec ceux qui en ont encore la force. Nous échangeons des considérations sur la météo, la musique qu'ils aiment ou les derniers résultats des matchs de cricket, et puis, soudain, il leur arrive de dire des choses comme « Dieu semble bien loin d'ici », ou « Qu'est-ce que j'ai fait pour mériter ça ? ». Ils évoquent une absence de paix. C'est ça, la détresse spirituelle.

Kate demeura silencieuse, attendant la suite.

– Avec l'expérience, on apprend à la diagnostiquer rapidement. Parfois, il suffit de voir le visage d'une personne, et en particulier ses yeux, qui ont pris une nuance plus sombre. En général, le phénomène touche les patients mais, de temps à autre, il affecte aussi les membres du personnel.

– Vous voulez dire que John était en détresse spirituelle ?

– Je dis simplement que, il y a sept mois, j'ai remarqué que ses yeux s'étaient assombris.

– Il s'est passé quelque chose de particulier, il y a sept mois ?

Holly se fendit d'un petit haussement d'épaules, avant de murmurer, comme pour elle-même :

– Les feuilles ont fait barrage.

– Pardon ?

– Ce genre d'environnement prélève un lourd tribut émotionnel sur les soignants, déclara Holly. Alors, nous avons mis en pratique ce que nous appelons « les feuilles mortes au fil de l'eau ». C'est une forme d'autothérapie rapide, conçue pour se libérer des pensées négatives. L'idée, c'est de visualiser un ruisseau, de prendre chaque pensée négative et de la placer sur une feuille qu'on pose à la surface pour laisser le courant l'emporter. Mais, si elles sont trop nombreuses, il y a toujours le risque qu'elles forment un barrage.

– Et c'est ce qui est arrivé à John ? Il était… stressé ?

– Les personnes qui travaillent dans des cabinets juridiques et des agences de design sont stressées. Celles qui travaillent aux soins palliatifs sont en détresse.

Kate secoua la tête, frustrée. Elle était venue ici chercher des réponses, mais Holly ne s'exprimait que par métaphores et euphémismes, sans rien lui révéler de concret. Pour un peu, elle l'aurait giflée en exigeant qu'elle lui parle plus simplement. Elle se contenta néanmoins de prendre une profonde inspiration, avant de demander :

– Et c'était quoi, la feuille de trop qui a obstrué le ruisseau ?

Holly s'adossa à son siège et avala une gorgée de thé vert.

– John vous a-t-il parlé d'Annabel ?

Kate secoua la tête.

– C'était une de ses patientes. Elle avait soixante-cinq ans – autant dire qu'elle était bien trop jeune pour être ici. Stade avancé de FP, la fibrose pulmonaire. C'est une maladie chronique et dégénérative altérant la structure du tissu pulmonaire. Il s'épaissit et devient cicatriciel, ce qui entraîne des difficultés pour respirer et oxygéner le système sanguin. Il n'existe aucun traitement et les causes sont multiples. Annabel avait été traitée par radiothérapie pour un cancer des poumons. C'était une fumeuse. Si les rayons avaient éradiqué le cancer, ils ont provoqué la fibrose. La vie est bien cruelle, parfois… Annabel et John avaient beaucoup d'affection l'un pour l'autre. Même si vous n'êtes pas censé avoir des préférences parmi les patients, vous vous découvrez parfois des affinités avec certains. Dans ce cas, il est impossible de ne pas être affecté par leur décès.

– Et c'est ce qui est arrivé ?

– Quand Annabel nous a quittés, John s'est replié sur lui-même, confirma Holly. C'est une accumulation de choses, bien sûr ; en attendant, si je devais situer l'origine du problème, je dirais que, oui, la mort d'Annabel a été la feuille qui a obstrué le cours d'eau. Par la suite, John est devenu distant. Froid. Il a commencé à déjeuner dans sa voiture, à rabrouer les infirmières… Il a érigé un mur entre nous.

– Et après ?

– Je lui ai rappelé que j'étais là s'il avait besoin de se confier, mais que, si son travail ici continuait à en souffrir, nous aurions besoin d'avoir une conversation sérieuse. Il m'a remis sa lettre de démission le lendemain.

Kate se sentait accablée par la culpabilité. Son mari était en détresse, et elle n'avait rien remarqué.

« Passive au point d'être invisible », avait dit Fisher. La vérité de cette remarque la frappait de plein fouet. Elle ne décrivait pas seulement son comportement avec John, elle s'appliquait aussi à la personne qu'elle avait été dans son travail, et qu'elle était sans doute toujours avec ses amies et les mamans de l'école – celle qui rendait toujours service aux autres. L'assistante agréable, le soutien accommodant, la conductrice désignée d'office. Ces rôles la rassuraient. Et elle comprenait à présent qu'elle avait passé la majeure partie des deux décennies écoulées à vivre dans un cocon, un refuge confortable, chaud et sûr, qu'elle aurait été heureuse de ne jamais quitter. Mais, depuis l'attente à l'aéroport, l'entretien au poste de police et les révélations de Holly, selon lesquelles John avait porté le deuil d'une femme dont elle ne soupçonnait même pas l'existence, elle le voyait se désintégrer autour d'elle. Qu'allait-il en sortir ?

– Il faut bien comprendre une chose, reprit Holly. En général, les employés ne renoncent pas à un poste aux soins palliatifs parce qu'ils ont obtenu une promotion ou reçu une meilleure proposition ailleurs. Non, ils s'en vont parce que, s'ils restent, ça les mine de l'intérieur. Croyez-moi, je ne souhaitais pas le départ de John, mais je ne voulais pas non plus qu'il connaisse ça.

Les deux femmes près des fenêtres se levèrent, s'étreignirent un long moment puis se dirigèrent lentement vers les unités de soins.

– Avez-vous une idée de l'endroit où il pourrait être ? demanda Kate. Où vont les gens qui souffrent de détresse spirituelle ?

En guise de réponse, Holly se borna à hausser encore une fois les épaules, avant de consulter de nouveau sa montre. De toute évidence, songea Kate, elle n'obtiendrait rien de plus de la part de la directrice qui, lui semblait-il, ne lui avait pas appris grand-chose.

L'image d'une rivière aux eaux gonflées, charriant une multitude de feuilles mortes, lui traversa l'esprit. Puis elle se vit elle-même sombrer sous la surface.

4

L'ÉPOUSE

Abby roula sur le dos, puis remonta les couvertures jusque sous son menton pour se protéger de la fraîcheur matinale. Ray remua à côté d'elle. Après avoir émis un bâillement sonore, il s'assit, posa les pieds par terre et se passa les mains sur le visage. Il fixait lui-même ses horaires, sans vraiment respecter la journée classique 9 h-17 h et, en général, ne se levait pas aussi tôt.

– Où tu vas ? demanda Abby. J'ai encore besoin de ma bouillotte, moi.

– J'ai bossé chez Lance et Sally Thinner, la semaine dernière, et je crois que j'ai oublié de fermer ces fichues contre-fenêtres. Ça soufflait fort, hier soir, alors je préfère aller m'assurer qu'il n'y a rien de cassé.

– C'est la maison avec le sauna extérieur ?

– Le sauna *et* le hammam, précisa Ray. Apparemment, ce sont deux choses différentes.

Pendant la morte-saison, Ray faisait du gardiennage pour la moitié des propriétés sur l'île. En plus de s'occuper de l'entretien général des espaces verts et de réparer les dégâts causés par les tempêtes, il se chargeait de déblayer les allées et les gouttières envahies par les feuilles mortes, d'évacuer les branches cassées ou les arbres tombés, de veiller au bon fonctionnement des systèmes d'alarme et de s'assurer que ni les squatteurs ni les cambrioleurs n'avaient visité les lieux.

Il gardait dans un coffre verrouillé, posé sur le plancher de son pick-up, les clés et les codes d'alarme que lui avaient confiés ses employeurs. Mais, comme il le faisait souvent remarquer à sa femme, déambuler dans de grandes demeures vides n'était pas aussi glamour qu'elle le pensait. La plupart du temps, disait-il, il avait l'impression d'être Jack Nicholson errant dans son sinistre hôtel et redoutant de voir apparaître des fantômes d'enfants morts au détour d'un couloir.

« J'espère seulement que tu ne vas pas devenir dingue comme lui et tuer toute ta famille à coups de maillet, avait répliqué Abby une fois.

– Je croyais qu'il s'était servi d'une hache.

– Dans le livre, c'est un maillet. L'arme a été changée dans le film.

– Je te crois sur parole. »

Le souvenir de cette discussion fit sourire Abby. Ray se redressa en laissant échapper un petit grognement, récupéra la chemise de travail qu'il avait laissée sur le dossier du fauteuil à oreilles la veille au soir, puis l'enfila. Il la boutonna rapidement, en frissonnant. Le poêle au rez-de-chaussée chauffait la maison le soir, mais Abby avait beau le bourrer de bûches avant de se coucher, les braises finissaient toujours par s'éteindre dans la nuit.

– Brrrr, maugréa-t-il. Il fait un froid de canard. Je ne sens même plus mes doigts.

– Ça se voit.

Elle fit un geste vers son torse, et il baissa les yeux. Il avait boutonné Pierre avec Paul, et il recommença en pestant dans sa barbe.

– Tu travailles, ce soir ? demanda-t-il.

– Oui, ne m'attends pas.

– Toi et moi, on est comme des bateaux qui se croisent dans la nuit, hein ?

Lorsqu'il sortit de la chambre, Abby eut l'impression qu'un peu de chaleur s'en allait avec lui. Elle écouta ses pas s'éloigner dans le couloir, puis l'entendit sortir, démarrer au volant de son pick-up et s'engager dans Milt Street. Le vrombissement du moteur décrut peu à peu, jusqu'au moment où le silence revint dehors, seulement troublé par le chant des miros embrasés.

En manque de caféine, Abby se leva péniblement, refit le lit à la va-vite et descendit rallumer le feu. L'entreprise se révéla malaisée, parce que le petit bois était humide, et elle s'activa quelques minutes devant le poêle. Elle se mit ensuite à arpenter fébrilement la pièce en attendant que le café passe, accompagnée par les gargouillements du percolateur.

Elle en était à sa seconde tasse quand elle entendit des réveils sonner, puis les enfants se lever et les canalisations gronder. S'ensuivit rapidement une dispute entre eux à propos de l'eau chaude et du temps imparti à chacun dans la salle de bains. Lori déboucha la première dans la cuisine, chaussée de ses lourdes Dr. Martens éraflées et crottées.

– Tu ne pourrais pas laisser ces trucs-là près de la porte d'entrée ? lança Abby en indiquant les bottes.

– Non, si tu veux pas que je loupe le car, répliqua sa fille. Il me faut au moins une heure pour les lacer.

Elle secoua la boîte de Pop-Tarts à la fraise pour en faire sortir deux, les glissa dans le grille-pain et les regarda chauffer.

– Je me méfierais, à ta place, la prévint Abby. Je crois que c'est Nietzsche qui a dit : « Si tu regardes trop longtemps le grille-pain, le grille-pain te regarde aussi. »

– Ha ha, trop drôle, grommela Lori.

Elle se servit une tasse de café puis inspecta son reflet dans la verseuse et arrangea sa frange. Ses yeux perçants étaient soulignés par un épais trait d'eye-liner.

– Tu es jolie, la complimenta Abby.

– C'est pas le but.

– OK, cool, si tu préfères. Grunge.

– *Grunge* ?

– Gothique, alors ? Je ne sais pas, moi. En tout cas, quel que soit le but recherché, c'est réussi.

Lori avala son café, aussi noir que sa tenue.

– Argh, t'y connais vraiment rien, maman. Dis, je peux aller chez Finly après les cours, avec Carry et Elise ? Elise a besoin d'une tenue pour le mariage de son frangin et elle voudrait qu'on l'aide à choisir. T'es d'accord ?

– Comment tu rentreras ?

– On prendra le dernier ferry.

– Tu peux y aller à une condition : tu me fais un câlin.

– C'est une blague ?

– Allez, tu ne vas pas en mourir.

– Ça te dérange pas de devoir recourir au chantage pour obtenir une marque d'affection ?

– Un chouia, si, répondit Abby.

Sa fille poussa un profond soupir, avant de marmonner :

– OK.

Elle s'approcha de sa mère et l'enlaça brièvement. Durant un court instant, l'adolescente disparut, et Abby eut l'impression de serrer l'enfant dans ses bras. Puis le grille-pain éjecta les Pop-Tarts et Lori se dégagea pour aller les chercher.

Au même moment, Eddie entra dans la cuisine en traînant les pieds et fit claquer les portes des placards à la recherche d'un bol et de ses céréales. Il avait enfilé son sweat-shirt de marque par-dessus son uniforme scolaire, remonté la capuche sur sa tête et serré si étroitement les cordons qu'on voyait à peine son visage dans l'ouverture. Il ressemblait à un lutin émergeant de sa grotte.

– Bonjour, mon grand, dit Abby.

Il grogna une réponse en se frottant les yeux.

– J'y crois pas, lança Lori. T'as l'air d'un vrai zombie.

Son frère lui fit un doigt. Elle lui en fit un en retour, ce qui parut apaiser toute tension entre eux.

Abby courait deux fois par semaine, en suivant le même itinéraire. Devant la maison, elle tourna à gauche pour prendre la montée de Harvill Hill Road, les cuisses forçant déjà dans la pente. Les arroches qui bordaient la chaussée s'agitaient sous la brise. En contrebas, l'intersection entre Brown Street et Delahunt Street était inondée, comme chaque année à cette époque, et le resterait presque tout l'hiver. Le conseil municipal avait fait installer des barrières orange vif pour dissuader les automobilistes de tenter leur chance quand même.

De grosses gouttes de pluie lui cinglaient le visage, dégoulinaient le long de ses joues et trempaient ses tennis. Elle avait une conscience aiguë de ses kilos en trop, son genou gauche émettait un craquement inquiétant toutes les trois ou quatre foulées, et elle éprouvait une sensation bizarre au niveau de la cheville, mais ce n'était pas pour la décourager. Elle adorait courir, l'hiver. L'association des endorphines et du froid mordant la stimulait.

Le sommet de la colline offrait une vue panoramique de l'île : au sud, les vastes étendues du bush et une poignée de lacs ; au nord, la ville qui s'étalait comme un groupe de bernacles sur le ventre d'une baleine. À cette période de l'année, au moins deux tiers des habitations étaient vides, aussi désolées et inutiles que des chaussettes abandonnées.

À la belle saison, la population de Belport était gonflée par les touristes, les campeurs et les vacanciers. Mais, dès que le soleil disparaissait, les estivants s'en allaient, après avoir baissé les stores dans toutes les pièces et recouvert les meubles de housses protectrices, laissant leurs grosses maisons de plage en cèdre inoccupées pendant presque neuf mois. Privée d'une partie de ses résidents, l'île aurait dû paraître plus grande, or, étrangement, elle semblait plus petite, comme si les côtes se resserraient lentement. Un jour, quand Abby avait essayé d'expliquer ce sentiment à Ray, il n'avait fait que lui exposer en retour sa théorie sur l'érosion du littoral.

Au loin, Abby aperçut le ferry qui approchait, laissant dans son sillage une ligne blanche écumeuse entre la péninsule de Bellarine et Belport, qu'elle reliait comme un cordon ombilical.

De Harvill Hill, Abby partit à droite et descendit jusqu'à Bay Street, l'artère principale de Belport. Un seul feu de circulation surplombait l'intersection avec Bramwell Street, sa lumière orange clignotant dans la grisaille orageuse de l'après-midi. À cet endroit, la station-service All-You-Need, située d'un côté de la rue, faisait face au *Belly*, un pub cosy, d'inspiration irlandaise, décoré de marines et de lampes à abat-jour en verre coloré.

Les restaurants, les boutiques de souvenirs et les marchands de journaux étaient tous fermés à cette époque. La poste, la bibliothèque municipale et le poste de police se trouvaient au bout de la rue.

En arrivant près de la côte, Abby vit sur sa droite les attractions de la fête foraine, dont la silhouette se découpait sur fond de ciel plombé. Les grilles à l'entrée étaient cadenassées. Le Sky Winder, un grand huit notoirement ennuyeux, se dressait derrière, immobile et silencieux, telle une cage thoracique géante. La grande roue, un immense cercle de lumières jaunes scintillantes l'été, était sombre.

Abby longea la promenade, traversa les terrains de camping déserts sur le front de mer et descendit sur la plage, où le sable mouillé avait durci. Les eaux bleues tumultueuses de Bass Strait semblaient se déployer à l'infini sur sa droite. L'air sentait le poisson et l'iode.

Une nuée de mouettes réfugiées sous l'auvent du magasin d'appâts fermé l'observaient d'un air méfiant, comme si elles se demandaient pourquoi un être humain s'infligeait une telle punition.

Un point de côté avait pris naissance dans son flanc gauche, irradiant des élancements douloureux dans son abdomen, pourtant elle ne ralentit pas l'allure. Son souffle était brûlant, saccadé, et ses jambes aussi raides que des bouts de bois. Ses intestins lui faisaient l'effet d'anguilles cherchant à s'échapper d'un seau, elle en venait à craindre qu'ils ne se vident. Elle avait mal partout, mais c'était une souffrance délicieuse, qui lui rappelait qu'elle était en vie.

Elle ne s'arrêta pour reprendre sa respiration qu'en atteignant le haut mur érigé à l'extrémité de la plage, qui la séparait des rampes de mise à l'eau de l'autre côté. Au milieu des gros paquets d'algues enchevêtrées qui s'y accrochaient, évoquant des tentacules, un grand panneau métallique vissé à la pierre avertissait : « Attention, courants forts, objets submergés, rochers glissants, vagues hautes. Interdiction de boire de l'alcool, interdiction de plonger. » Quelqu'un avait écrit en travers, à la bombe de peinture rouge : « INTERDICTION DE S'AMUSER. »

Les mains sur les hanches, Abby se redressa et balaya du regard la ligne d'horizon. Entre mai et octobre, il n'était pas rare de voir des baleines à bosse, des baleines franches australes, des baleines bleues et même parfois une orque passer au large de l'île au cours de leur pèlerinage annuel qui les menait de l'Antarctique vers les eaux plus chaudes de l'Australie. Mais, ce jour-là, l'océan paraissait peu engageant, presque hostile. Difficile d'imaginer qu'il puisse se passer grand-chose dans ses profondeurs.

À vrai dire, il ne se passe pas grand-chose non plus sur la terre ferme, songea-t-elle.

Elle dévia de son itinéraire habituel pour s'arrêter au *Buy & Bye*, le supermarché dont le propriétaire, Henry Biller, un homme enveloppé aux joues rubicondes et au sourire bienveillant, la faisait travailler trois fois par semaine pendant l'hiver et six pendant l'été.

Lorsqu'elle entra, il était occupé à balayer un sol déjà impeccable.

– Je ne crois pas que tu puisses le rendre plus propre, tu sais, fit-elle remarquer.

– Quand on a du temps pour flemmarder, on a du temps pour nettoyer, répliqua-t-il avec un sourire. Tu ne prends ton service que dans trois heures, à propos.

– Je passais par là et je me suis dit que je pourrais peut-être récupérer ma paie pour pouvoir la porter à la banque avant la fermeture. De toute façon, franchement, tu me laisserais bosser comme ça ?

Il considéra ses cheveux trempés par la pluie et la sueur.

– Bonne remarque. Tu peux surveiller le magasin pendant que je fais un saut jusqu'au coffre ?

Il s'essuya les mains sur son tablier, puis se dirigea vers les rideaux en plastique au fond qui donnaient accès à l'aire de livraison. La surveillance des lieux pendant son absence ne s'imposait pas, constata Abby. Il n'y avait personne d'autre à l'intérieur.

Si le *Buy & Bye* n'était pas immense, il avait été aménagé de façon à exploiter au mieux la surface disponible. Il comportait douze rayons et, dans un grand élan d'optimisme, Biller avait fait installer sept caisses, même s'il n'en ouvrait en général pas plus de deux. Il y avait trois petites rangées de caddies et un large assortiment d'alcools près de l'entrée. L'été, les stocks étaient pleins à craquer mais, à cette période de l'année, Biller les laissait s'épuiser.

Le vent froid qui soufflait de la baie, hurlant sur les pentes rocheuses de l'île, avait forci et faisait trembler la façade vitrée du magasin. Derrière les panneaux de verre, sur lesquels étaient inscrits les mots « Alimentation/Vins et Spiritueux/Appâts », qu'Abby voyait à l'envers, les eaux de la baie se déchaînaient sous le ciel sombre.

– Il se pourrait bien qu'un autre orage se prépare, déclara Biller à son retour.

– Non, à mon avis, il n'y en aura plus jusqu'à la fin de la saison, répliqua-t-elle. Deux événements de ce genre en quelques jours, ce serait trop d'animation pour nous.

Son patron lui tendit une enveloppe jaune. Il la payait en liquide pour ne pas avoir à la déclarer.

– Il n'y a pas tout à fait le compte, précisa-t-il. Les affaires ne marchent pas fort, en ce moment. Ça ne t'ennuie pas si je te règle le reste la semaine prochaine ?

Abby hésita. Elle aurait pu lui dire que, sur l'île, tout le monde tirait le diable par la queue à cette période, les Gilpin comme les autres, mais elle se contenta de hocher la tête et de fourrer l'argent dans son soutien-gorge de sport.

– C'est drôle, je comptais te demander si je ne pouvais pas faire quelques heures supplémentaires.

Il s'humecta les lèvres, puis fourra les mains dans les poches de son tablier.

– Je regrette, Ab.

– Bah, tant pis. Après tout, c'est le prix à payer pour avoir la paix pendant neuf mois, non ?

– C'est ce qu'on se dit pour se consoler.

Elle se détourna pour regarder les nuages noirs s'amonceler à l'horizon. Un bateau à moteur solitaire fonçait vers Elk Harbour, comme s'il voulait les prendre de vitesse.

Lorsque Abby rentra chez elle, il y avait une voiture de patrouille garée devant la maison. Une policière en uniforme bleu se penchait pour regarder à travers la fenêtre près de la porte d'entrée.

– Hé, vous avez un mandat ? lança Abby, la faisant sursauter.

Bobbi éclata de rire.

– Espèce d'imbécile ! Tu m'as flanqué la frousse !

Elles s'étreignirent. Des années plus tôt, Abby avait travaillé un moment au *Buy & Bye* avec Bobbi, qui se plaignait toujours d'être obligée de porter des chaussures et un soutien-gorge, et n'hésitait pas à enlever régulièrement les deux pendant son service. Elle avait fini par donner sa démission pour entrer dans la police, mais les deux femmes n'en étaient devenues que plus proches.

– Je suis venue chercher ces fichues affaires de bébé dégoûtantes, dit Bobbi. C'est Maggie qui m'a envoyée.

– Elles n'ont rien de dégoûtant, je t'assure !

– Peuh ! elles ont au moins quinze ans.

La compagne de Bobbi, Maggie, était enceinte de huit mois et demi. Le fœtus avait à peine la taille d'une cacahouète qu'elle réclamait déjà à Abby les anciens vêtements d'Eddie et de Lori, pourtant celle-ci avait rechigné à les lui donner. Elle ne savait pas vraiment pourquoi. Il n'était pas question pour Ray et elle d'avoir un troisième enfant, mais l'idée de se séparer pour de bon de toutes ces reliques attendrissantes l'emplissait d'une mystérieuse tristesse.

– OK, suis-moi, dit-elle.

Elle précéda son amie sur l'allée qui menait au garage. Si la pluie s'était calmée, une gouttière bouchée déversait un torrent d'eau sur l'herbe, formant une étendue de gadoue. Elles la contournèrent avec précaution.

– On se croirait dans un zoo, ici, fit remarquer Bobbi en entrant.

Abby suivit la direction de son regard. Sur les étagères fixées au mur du fond étaient exposés les animaux empaillés qu'elle n'avait pas réussi à donner. Des petits modèles, pour la plupart : oiseaux, souris, un kowari et un gros crapaud gris qu'elle avait eu un mal fou à écorcher.

– Tu sais, je sens que je progresse, affirma-t-elle. À mon avis, je suis prête à m'attaquer au lapin que Whitley Higgins me garde en réserve dans son congélateur. Il l'a trouvé sur le pas de la porte de derrière et pense que son chat l'a rapporté exprès pour moi. Le problème, c'est que je ne vois pas trop comment traiter les oreilles.

– Y a vraiment des fois où je me demande comment on peut être copines, toi et moi, marmonna Bobbi.

Elle saisit le livre de poche à la reliure fatiguée et aux pages cornées posé sur l'établi, pendant qu'Abby allait chercher la caisse de vêtements. L'illustration sur la couverture montrait des arbres morts, au pied desquels les silhouettes de deux corps enlacés avaient été dessinées à la craie. Le titre se détachait en lettres rouge vif : *La Vérité sur les meurtres de Buck River : Secrets de famille, vengeance et trahison.*

– Je l'ai presque fini, déclara Abby. Je te le prêterai, si tu veux.

Bobbi retourna l'ouvrage et hocha la tête.

– C'est bien ?

– C'est une drôle d'histoire. En 1986, deux corps ont été découverts près de cette rivière à Denver. L'un d'eux était un Noir d'une soixantaine d'années, qui avait reçu une balle en pleine poitrine ; l'autre était un jeune fugueur tué d'un violent coup sur le crâne. Les victimes avaient été abandonnées à une dizaine de mètres l'une de l'autre, mais la police n'a pas réussi à établir le moindre lien entre elles.

Abby lisait beaucoup l'hiver, et aimait par-dessus tout les récits de crimes réels. Ils lui semblaient particulièrement adaptés à un endroit comme Belport, où les rues ne semblaient pas désertes, mais *désertées.*

Elle plaça la caisse sur l'établi puis souleva le couvercle, révélant des gilets, des chapeaux et de minuscules chaussons. Il y avait même le bonnet de laine bleu vif qu'elle avait acheté à Eddie pour partir à la neige quand celui-ci portait encore des couches. Elle déplia une grenouillère à rayures vertes et noires, la pressa contre son nez et la huma, cherchant à retrouver les souvenirs imprégnés dans les fibres.

– On l'avait achetée sur un marché à Queensland, dit-elle, cédant à un élan de nostalgie. Elle est cousue à la main.

– Difficile d'imaginer que tes gosses ont pu un jour mettre ces trucs-là, s'amusa Bobbi.

Elle avait tiré du carton une des chemises de nuit de Lori, qui paraissait incroyablement petite.

– À qui le dis-tu… Comment ont-ils pu grandir si vite ? Je n'arrive pas à…

– Oh ! non, s'exclama Bobbi en effleurant un trou à la bordure irrégulière, gros comme une pièce de cinquante *cents*, dans le bas de la chemise de nuit. C'est quand, la dernière fois que t'as vérifié l'état de ces fringues, Ab ?

Celle-ci ne répondit pas. Elle venait de découvrir une paire de chaussons rouges en laine, elle aussi criblée de trous.

Elle fouilla dans la caisse, examinant les habits les uns après les autres. Tous étaient mangés par les mites. Ce constat la chagrina bien plus qu'il n'aurait dû.

Lorsque le temps se radoucissait, les mites apparaissaient partout. Grosses, brunes, aveugles, elles se rassemblaient par nuées autour de la lumière de la véranda, voltigeant en un ensemble chaotique, comme les centaines d'éléments d'un tout plus vaste. Elles s'agglutinaient sur les bouches d'aération au *Buy & Bye*, semblaient la guetter chaque fois qu'elle allait fendre une bûche, dansaient frénétiquement dans le faisceau de ses phares... Et elles avaient aussi dévoré les vêtements de ses enfants.

– Merde, pesta-t-elle tout bas.

– Bah, ce n'est pas ta faute. On ne peut jamais savoir où ces saloperies de bestioles vont aller se nicher. Tiens, avant-hier matin, j'ai entendu Maggie hurler dans la cuisine. Le bol de Bran Flakes qu'elle s'était servi grouillait de larves. Je lui ai demandé pourquoi elle en faisait tout un plat, vu qu'elle n'est pas végétarienne, mais... elle n'a pas trouvé ça marrant.

– Tu m'étonnes.

– Hé ! ça va ? Tu fais une drôle de tête.

Abby replia soigneusement les vêtements, qu'elle rangea dans la caisse avant de refermer le couvercle et de hausser les épaules.

– Oui, c'est juste que... je ne sais pas pourquoi, j'ai un peu l'impression que c'est un mauvais présage.

Au même moment, comme par hasard, l'émetteur-récepteur accroché au revers de la veste de Bobbi émit un signal strident. Il cracha des grésillements pendant quelques secondes, puis une voix masculine bourrue s'éleva :

– Bobbi, vous êtes là ? À vous.

L'intéressée posa son index sur ses lèvres. Elle était en service, après tout. Elle pressa un bouton sur sa radio :

– Oui, sergent ? Je vous écoute.

– J'ai besoin de vous tout de suite à Beech Tree Landing. On a peut-être du lourd. À vous.

Les deux femmes échangèrent un coup d'œil intrigué.

– Qu'est-ce qui se passe, d'après toi ? demanda Abby.

– Rien de bon, répondit Bobbi.

Pour autant, ni l'une ni l'autre ne parvenait à dissimuler son excitation.

5

LA VEUVE

Kate habitait la proche banlieue de Caulfield, dans une élégante maison victorienne rénovée, aérée et lumineuse ayant conservé le charme de l'époque avec ses fenêtres à meneaux et ses rampes d'escalier lustrées. Le vaste espace de vie était entouré de baies vitrées qui, au couchant, réfléchissaient et réfractaient la lumière comme un prisme. En l'occurrence, la nuit était tombée depuis longtemps. Où était John ? se demanda Kate. Quelque part au-delà de ces vitres, au-delà de l'obscurité…

Malgré les quatre mètres de hauteur sous plafond, elle avait l'impression d'étouffer dans son foyer. Elle venait de rentrer, et les semelles de ses tennis couinèrent sur le parquet de chêne quand elle se mit en quête de sa fille. En d'autres circonstances, elle n'aurait jamais enfreint la règle qu'elle avait elle-même fixée – pas de chaussures à l'intérieur –, mais quelques rayures ou traces de saleté lui apparaissaient désormais comme le cadet de ses soucis.

Mia était dans le salon, assise sur le canapé en cuir à côté de sa grand-mère, Pam. Elle n'avait presque pas parlé ni mangé depuis leur retour de l'aéroport sans son père et, en cet instant, elle regardait par la fenêtre d'un air songeur. Comme la lampe à l'extérieur était éteinte, la vitre, pareille à un miroir sombre, renvoyait à Kate une version pâle, fantomatique, de sa fille.

Pam ne l'entendit pas approcher, elle était complètement sourde d'une oreille et refusait d'avoir recours à une prothèse auditive, qui d'après elle la ferait trop ressembler à sa propre mère. À soixante-dix ans passés, elle avait la peau ferme et lisse d'une femme beaucoup plus jeune. Kate remarqua qu'elle serrait dans ses mains un sac Gucci et une paire de lunettes noires Saint Laurent extravagantes, style cat eyes, allant chercher dans les six cents dollars.

– Ton papa t'aime énormément, et je suis sûre que tu lui manques beaucoup, disait-elle à Mia. Il a été obligé de s'absenter un peu plus longtemps que prévu, c'est tout. Pour son travail, tu comprends ? Il sera bientôt de retour.

– C'est quand, bientôt ? demanda Mia.

– Dès qu'il en aura la possibilité, ma chérie.

Les parents de John s'étaient installés d'autorité dans la maison, où ils avaient établi leur camp de base. Fisher, complètement défait, enchaînait les cigarettes, tandis que sa femme affichait un calme troublant, et Kate n'aurait su dire laquelle de ces deux attitudes lui portait le plus sur les nerfs.

Elle prit place sur le canapé, puis attira Mia contre elle.

– Non, ma puce, ce n'est pas tout à fait ça, déclara-t-elle. La vérité, c'est qu'on ignore où est ton père, et qu'on le cherche. Mais, où qu'il soit, je suis sûre qu'il essaie de nous rejoindre. Tu as faim ?

– Je mangerai quand papa sera là, répondit la fillette.

– On ne sait pas dans combien de temps il rentrera, ma puce.

– Tu sais rien, hein ?

– D'accord, répliqua Kate. Tu manges ou tu ne manges pas, je m'en fiche.

Mia se laissa glisser du canapé, puis s'éloigna sans un mot et gravit bruyamment l'escalier, avant de claquer la porte de sa chambre. Kate ferma les yeux en espérant que Pam s'abstiendrait de…

– Elle n'a que dix ans, souligna sa belle-mère. Les parents se doivent, entre autres, de mettre un filtre…

« Dans la vie, il n'y a pas de filtre », avait dit John, se rappela Kate.

– Je ne veux pas l'effrayer, Pam, mais je ne veux pas lui mentir non plus.

– Mieux vaut un faux espoir que pas d'espoir du tout. Surtout pour un enfant. Bon, écoute, tu n'es pas catholique, mais ma mère répétait toujours qu'une petite prière ne peut que faire du bien. Tu m'accompagnes ?

En dépit des circonstances, elle avait pris le temps de retoucher son maquillage avant de descendre de la chambre d'amis. En outre, elle portait tellement de bijoux qu'elle ressemblait à un sapin de Noël. Soit elle avait avalé un Valium, pensa Kate, soit elle savait quelque chose qu'elle-même ignorait.

Après avoir retiré un missel de son sac à main, Pam le feuilleta pensivement pendant un moment, puis s'arrêta à une page et leva les yeux en ébauchant un sourire satisfait.

– Voilà, c'est exactement ce qu'il nous faut.

Fisher arpentait toujours la terrasse de l'autre côté des baies vitrées, fumant cigarette sur cigarette, le téléphone plaqué contre la joue. Il jeta un coup d'œil à Kate à travers la vitre, écrasa son mégot, le glissa dans sa poche de poitrine puis rentra, dégageant une odeur de tabac froid qui rappela à Kate celle des anciens amants de sa propre mère.

Pam saisit la main de sa belle-fille.

– Je me disais qu'une prière pourrait nous aider, mon chéri, expliqua-t-elle à Fisher. Nous nous sentons tous un peu dépassés, tu ne crois pas ? Tu te joins à nous ?

Il ébouriffa ses cheveux clairsemés, s'assit près de sa femme et soupira. Pam relâcha la main de Kate juste le temps de se signer, puis la serra de nouveau entre ses doigts chauds et boudinés.

– Au nom du Père, du Fils et du Saint-Esprit, commença-t-elle. Ô, saint Antoine, vous qui êtes si aimant et bienveillant, et dont le cœur déborde de compassion, notre fils, John, s'est perdu et a besoin que vous le guidiez vers la lumière. Je vous en prie, intercédez en notre faveur auprès de notre Sauveur Jésus et…

– Est-ce qu'il reste quelqu'un à appeler ? l'interrompit son mari. Des amis, peut-être, ou des collègues ?

– Fisher ! le réprimanda-t-elle dans un chuchotement guttural.

– On devrait dresser une liste de tous ceux qui ont été en contact avec John le mois dernier, insista-t-il. De ses fréquentations au club de sport à la personne qui lui prépare son café le matin.

– Fisher ! répéta Pam.

Elle tenait toujours la main de sa bru, qu'elle serra avec force. Ses bagues pincèrent la peau de Kate, qui ne protesta cependant pas.

Sans un mot, Fisher retourna sur la terrasse. Après un instant d'hésitation, Kate sortit à son tour.

La nuit était calme et l'air vif. Un avion passait dans le ciel loin au-dessus d'eux, dont on ne voyait que les lumières rouges et bleues clignotant dans un océan d'encre. Dessous, au-delà des saules pleureurs qui bordaient le jardin, la ville se déployait, scintillant dans une profonde obscurité sous la lune pourtant pleine.

Fisher, posté près de la rambarde, tripotait un paquet de cigarettes. Il en prit une et l'alluma. Kate s'approcha de lui, et ils demeurèrent silencieux un moment. Les yeux fixés sur un point droit devant elle, elle écouta son beau-père inhaler la fumée et la rejeter en longues exhalaisons sifflantes.

– Pour en revenir à ce que tu as dit au poste de police…, commença-t-elle. Comme quoi j'étais absente, passive au point d'être invisible…

– Est-ce qu'on pourrait avoir cette conversation à un autre moment ? Je suis vidé. Désolé si je t'ai heurtée, mais…

– Tu avais raison.

Pour toute réaction, il se borna à tirer sur sa cigarette. Kate le dévisagea quelques instants, puis reporta son attention sur la lune.

– Tu me vois comme quelqu'un qui a besoin d'être protégé en permanence, reprit-elle, consciente de prononcer des mots provenant d'une part d'elle qu'elle avait soigneusement enfouie jusque-là. Tu as cette image de moi, parce que c'est celle que John a de moi. Et c'est celle que j'ai essayé de lui donner pour me conformer à ce que je pensais être ses attentes. Alors je l'ai nourrie, entretenue. Mais je ne suis pas cette femme-là.

Son beau-père tourna la tête vers elle.

– Ah oui ? Et qui es-tu, alors ?

– Je suis plus forte qu'on ne le croit, alors s'il te plaît, à partir de maintenant, évite de me traiter comme une gamine ou de me regarder comme si j'étais hystérique. Par respect, je te demande de me parler franchement.

Il esquissa une grimace.

– D'accord.

– Bien.

Fisher expédia son mégot dans le jardin qui s'étendait devant eux comme un vide insondable. Il décrivit un arc de cercle en projetant des étincelles rougeoyantes, puis s'éteignit. Kate décida que ce moment marquait la fin de leur conversation et rentra dans la maison.

Elle trouva Mia dans sa chambre, vêtue du pyjama Spider-Man que son père lui avait offert. La gaieté de la pièce, décorée dans des tons de jaune et de bleu, contrastait avec l'absence totale de couleur sur le visage de la fillette assise en tailleur par terre.

Les mains jointes, elle chuchotait.

– Je peux entrer ? lança Kate.

Sa fille haussa les épaules, un geste que Kate choisit d'interpréter comme une invitation. Elle s'assit près d'elle.

– Tu priais, ma puce ?

– Peut-être, répondit Mia. Je sais pas trop. Mamie a dit que je pouvais demander à Dieu de ramener papa à la maison. C'est vrai que Dieu peut lire dans la tête des gens ?

– Ta grand-mère le croit, en tout cas.

– S'Il peut lire dans ma tête, j'ai peur qu'Il veuille pas ramener papa.

– Pourquoi dis-tu ça ?

Nouveau haussement d'épaules.

– Des fois, j'ai des mauvaises pensées.

– Comme nous tous, la rassura Kate. On ne peut pas avoir de bonnes pensées tout le temps. Les êtres humains ne sont pas faits comme ça.

Mia examina ses ongles.

– Mais des fois, quand je me pose des questions sur Dieu, j'ai des mauvaises pensées.

– Ah bon ? Comme quoi, par exemple ?

– Ben, d'abord, comment Noé a pu mettre autant d'animaux dans l'Arche ? Et si toute la planète était inondée à cause du déluge, ça veut dire qu'il y avait seulement de l'eau douce, alors comment c'est possible que les poissons d'eau de mer aient survécu ? Et elle est allée où, après, toute cette eau ? Et pourquoi Dieu a fait tuer tous les bébés égyptiens ? Et pourquoi Abraham a…

– Stop ! TIC, ma puce.

– Oh, d'accord. Pardon.

TIC (Trop d'Informations d'un Coup) était une expression souvent utilisée chez eux. Quand, au petit déjeuner, Mia commençait à expliquer de quelle partie du cochon provenait le bacon, ou décrivait le cycle de vie des asticots lorsqu'elle apercevait une bête crevée au bord de la route, ou encore, entreprenait de dresser la liste des différents modes d'exécution pratiqués en Amérique pour infliger la peine de mort – bref, quand elle abordait un de ces innombrables sujets perturbants dont elle avait pris connaissance sur Internet –, « TIC » suffisait en général à la stopper net dans son élan.

– C'est bien de se poser des questions, mon cœur, déclara Kate. Moi, j'avoue que j'ignore encore à quoi m'en tenir sur le sujet. En attendant, je ne crois pas que ce soit le moment de te tourmenter avec ça.

– Mais c'est plus fort que moi, maman. Si Dieu existe et qu'Il peut lire dans ma tête, alors Il sait tout ce que je pense, et peut-être que, à cause de ça, Il risque de pas faire revenir papa.

– Si Dieu existe, Il comprend, Mia. Et s'Il n'existe pas, ça n'empêchera pas ton papa de rentrer.

– Comment tu peux en être sûre ?

Parce que je ne pourrai pas survivre sans lui, songea Kate.

– Parce qu'il a la meilleure raison du monde de revenir : toi.

Un soupçon de rose colora les joues de Mia. Elle se blottit contre sa mère, qui l'enlaça, puisant dans la chaleur de son petit corps la force de ne pas fondre en larmes.

Kate alla se coucher vers 3 heures du matin, se roula en boule sous les couvertures et se répéta que John allait bientôt rentrer. Il allait rentrer, réchauffer le côté froid du lit, et elle se réveillerait dans ses bras.

Elle pleura longtemps cette nuit-là. Elle avait désespérément besoin d'évacuer son chagrin mais, de peur qu'on ne l'entende, elle s'efforça de libérer ses sanglots tout doucement, par saccades étouffées. Si la pression était forte, elle ne pouvait cependant pas se permettre de la relâcher d'un coup. Au fil des heures, cependant, son esprit s'apaisa, et son corps entra dans une sorte de mode veille – un état qui se rapprochait moins du sommeil que de l'animation suspendue. *Réveillez-moi quand John rentrera.* Elle dut néanmoins s'assoupir car, quand le téléphone sonna, il lui fallut quelques secondes pour identifier le son.

– John, chuchota-t-elle.

Il lui sembla que sa voix prenait une résonance lugubre dans la pénombre. Elle tâtonna à la recherche de son téléphone. Elle l'avait dans la main quand elle s'était mise au lit, et il s'était perdu dans l'enchevêtrement des draps. Guidée par la lueur de l'écran sous le tissu, elle finit par le récupérer et prit la communication sans regarder qui appelait. Au fond de son cœur, elle le savait.

– John ?

La question se heurta à un bref silence à l'autre bout de la ligne, puis un homme à l'accent moyen-oriental déclara :

– Désolé de vous déranger à une heure pareille, madame. C'est Tom à l'appareil, de Sanctuary Security. Notre système a enregistré une alerte signalant que votre alarme s'est déclenchée.

Pensant aussitôt à Mia, Kate s'assit, posa les pieds par terre et alluma sa lampe de chevet. Elle avait chaud, surtout au niveau des jambes. Elle s'était couchée sans ôter son jean.

– Vous en êtes sûr ? demanda-t-elle. Je n'entends rien.

– C'est bizarre, dit l'employé de la société de sécurité.

Elle perçut des bruits de mastication à l'autre bout de la ligne. Peut-être croquait-il une pomme.

– Pouvez-vous me confirmer que votre adresse est le 118 Neef Street, à Belport ?

– Belport ? Non, je suis chez moi, à Brighton. Votre appel doit concerner notre résidence secondaire.

– Si je comprends bien, vous n'êtes pas sur place ?

– Non.

– Eh bien, quelqu'un d'autre y est.

6

L'ÉPOUSE

Les deux dernières heures avant la fermeture étaient toujours particulièrement tranquilles au *Buy & Bye*. En général, Abby se retrouvait seule dans le magasin, sans rien d'autre pour lui tenir compagnie que ses pensées et la musique d'ascenseur diffusée en boucle – une version instrumentale de « Father and Son », de Cat Stevens.

Bobbi avait promis de venir lui raconter tous les détails croustillants de cette affaire dont son sergent avait dit que c'était « peut-être du lourd », mais elle ne s'était pas encore manifestée. Pour s'occuper en l'attendant, Abby entreprit de regarnir le frigo à sodas, puis l'armoire des alcools et le panier des articles en promotion. Elle donna ensuite un coup de balai, passa la serpillière dans la chambre froide, récura le rayon traiteur, réorganisa la présentation des fruits et légumes, nettoya le frigo dans la salle de repos et, pour finir, huila la roue du caddie qui grinçait. Puis elle consulta sa montre.

Le temps semblait s'étirer aussi lentement que pendant un sermon de Pâques. Chaque fois qu'un véhicule apparaissait dans la rue, Abby, avide de distractions, espérait reconnaître la voiture bleu et blanc conduite par Bobbi. Elle s'apprêtait à vérifier les dates de péremption sur les briques de lait quand une vieille Saab verte s'arrêta devant le magasin. Sur les quatre jantes, il n'en restait qu'une, et, à l'arrière, un assemblage de sacs en plastique remplaçait le verre d'une vitre cassée.

La portière côté conducteur s'ouvrit, et une femme d'environ soixante-dix ans descendit, oscillant et titubant sur ses talons hauts comme un poulain nouveau-né. Eileen Betchkie.

En dépit du froid, elle ne portait qu'une minijupe moulante et un haut sans manches encore plus moulant, laissant voir une bretelle de soutien-gorge rose qui tombait stratégiquement sur une épaule. Le regard d'Abby survola les cheveux blond platine de la nouvelle venue, son fard à yeux bleu nuit et son décolleté aussi généreux que factice.

Elle ferait une sacrée drag-queen, pensa-t-elle, *si elle se tenait plus droite*. De fait, Eileen avançait voûtée, comme si tous les fantômes de ses erreurs passées pesaient sur ses épaules – et, à en croire la rumeur sur l'île, elles étaient nombreuses. On disait, entre autres, qu'elle avait connu quatre mariages et autant de divorces, s'était retrouvée deux fois sur la paille et avait écopé de plusieurs condamnations, trois pour possession de stupéfiants et une pour racolage.

Ce n'étaient que des rumeurs, évidemment. Mais, à Belport, elles étaient légion.

La sonnette électronique au-dessus des portes tinta quand Eileen fit son entrée. La chair de poule hérissait la peau de ses larges épaules. Elle avait des bras musclés, fermes, comme si elle fendait du bois toute la journée.

– Bonsoir, ma belle, lança-t-elle en s'avançant vers la caisse d'Abby.

– Comment allez-vous, Eileen ?

– Oh, je ne sais pas trop. Je suis déprimée, je crois. Ou alors, je me sens seule. Peut-être un mélange des deux, en fait. Vous avez regardé *60 Minutes*, hier soir ? Ils ont parlé d'une femme quelque part au Royaume-Uni qui était morte devant sa télé et dont on n'avait découvert le corps que sept ans plus tard. Sept ans, vous vous rendez compte ?

Elle faisait partie des plus fidèles clients du *Buy & Bye*, et Abby avait déjà commencé à emballer ses achats habituels : deux paquets de Winfield rouges et un cubitainer de cinq litres de pinot noir Rawlins, le vin qui était à la fois le moins cher et le seul proposé dans un contenant d'une telle capacité.

Eileen, qui prononçait « Piii-not Norie », avait une devise : « Ne jamais choisir du haut de gamme quand on paie soi-même. »

– Vous imaginez ce qui restait de la malheureuse quand sa famille s'est enfin décidée à lui rendre visite ? reprit-elle. Elle était momifiée. Liquéfiée. Beurk… Faites-moi une faveur, Abby : si vous ne me voyez pas ici pendant une semaine, s'il vous plaît, venez frapper à ma porte.

– Bien sûr, déclara Abby. C'est inclus dans nos services : nous vous aidons à trouver ce que vous cherchez, à emballer vos courses, et de temps en temps nous vérifions que vous n'êtes pas un cadavre.

Son interlocutrice sourit, révélant des dents artificiellement régulières et blanches.

– En parlant de personnes délaissées, pourquoi votre mari ignore-t-il mes appels ? Je n'ai peut-être pas un compte en banque aussi bien garni que ses autres employeurs, mais mon paternel disait toujours : « Il faut traiter chaque client comme s'il était le plus important. » Il a vendu des Holden pendant quarante-six ans et il vouait une véritable passion à son métier. Il serait mort au milieu de son showroom si la goutte ne l'avait pas emporté.

– Il vaudrait mieux poser la question directement à Ray. Est-ce qu'il a oublié de faire quelque chose chez vous ?

– Il n'est jamais venu, vous voulez dire ! Il y a une rangée de niaoulis près de la remise qui sont plus vieux que moi et, à mon avis, après un hiver aussi rude, il suffira de péter un bon coup devant pour les renverser. Ray s'était engagé à les couper, sauf que je n'ai aucune nouvelle de lui. Vous savez, ma belle, je préfère lui confier le travail, mais le petit Wei, qui tient le magasin d'appâts, m'a affirmé qu'il pourrait s'en occuper pour moitié moins. Il est chinois. J'ai toujours pensé que ces gens-là avaient une meilleure éthique professionnelle que nous.

– C'est bizarre, murmura Abby.

– Quoi ?

– Oh, rien. Ray est rentré tard hier soir et il m'a raconté qu'il était chez vous. On a dû mal se comprendre, c'est tout.

– Eh bien, quoi qu'il en soit, dites-lui de ramener ses fesses au plus vite. Mes niaoulis attendent.

Eileen ouvrit son paquet de Windfield et laissa traîner l'emballage sur le tapis. Après avoir glissé une cigarette entre ses lèvres, elle récupéra un briquet bleu logé au creux de ses seins. Remarquant l'expression réprobatrice d'Abby, elle déclara :

– Tout doux, ma belle, je ne vais pas l'allumer à l'intérieur.

Les lampadaires dehors venaient de s'éclairer quand elle sortit dans la rue qui s'assombrissait.

Ce fut la dernière cliente de la journée. Pensant que Bobbi ne viendrait plus, Abby passa la demi-heure suivante à tout fermer. Sur le trajet du retour, elle ralentit en franchissant le sommet d'une colline pour jeter un coup d'œil à l'île en contrebas. Des lumières brillaient dans presque toutes les grandes maisons de vacances, car elles étaient programmées pour s'éclairer le soir afin de décourager les cambrioleurs et les squatteurs. La vue de cette immensité vide lui fit froid dans le dos, et elle alluma la radio, cherchant une chanson qu'elle pourrait reprendre en chœur. Quand elle l'eut trouvée, elle monta le son.

En arrivant, elle découvrit Ray dans leur chambre. Il préparait ses vêtements pour le lendemain et considérait le contenu de la penderie du même air perplexe qu'un explorateur devant de mystérieuses inscriptions gravées sur une tablette de pierre.

– Tu mets la même chose tous les jours, lança-t-elle, le faisant sursauter. Alors, qu'est-ce qui te fait hésiter aussi longtemps ?

– Bah, on ne soigne jamais trop sa tenue…

Elle l'enlaça, humant avec plaisir l'odeur de sa peau, puis regarda à son tour l'intérieur du placard. Il était presque entièrement rempli des chemises de travail de son mari, toutes grises, avec les mots « Island Care » brodés sur la poche de poitrine.

À l'idée de le savoir seul toute la journée, Abby se sentait triste, comme lorsqu'elle voyait un vieil homme attablé en solo au restaurant ou se rappelait ses propres déjeuners solitaires dans la cour de récréation. Ray avait déjà essayé d'embaucher des employés, mais ils ne restaient jamais longtemps. L'année précédente, il avait engagé Russ Graves, un insulaire qui, d'après lui, n'avait pas inventé l'eau tiède – pas assez intelligent pour s'ennuyer et pas assez imaginatif pour souffrir de la solitude. Or, sur ces deux points, Ray s'était trompé. Dans sa lettre de démission, Graves avait expliqué que, s'il ne rendait pas son tablier, il finirait par se remplir les poches de cailloux avant de se jeter dans Elk Harbour.

– C'était comment, le boulot, aujourd'hui ? demanda-t-elle.

– Super. Cet après-midi, j'ai dû repêcher un opossum qui s'était noyé dans la piscine de Dan et Louise Buckley.

Il ôta son maillot de corps.

– Tu ne me l'as pas rapporté pour que je l'empaille ?

– J'y ai pensé, mais il devait séjourner dans l'eau depuis déjà un bon moment, parce qu'il était dans un sale état. Et l'odeur… Je ne crois pas que tu aurais pu t'en approcher sans vomir. Et toi ? Rien de particulier au magasin ?

– Non, la routine.

– Tu rentres tard. Tu n'es pas revenue à pied, quand même…

– Non, mais Delahunt Street est transformée en lac, expliqua-t-elle en troquant son pantalon contre son vieux bas de pyjama. Du coup, ça me rallonge le trajet de dix bonnes minutes.

– Il faudra bien encore vingt-quatre heures pour que toute l'eau s'évacue. À condition, évidemment, qu'il ne pleuve pas cette nuit, ce qui me paraît mal parti.

– Tu peux me dire à quel moment on est devenu un couple qui parle du temps qu'il fait ?

Elle fourra sa tunique *Buy & Bye* dans le panier de linge sale, puis se blottit sous les couvertures.

– Bon sang, le lit est glacé. Viens vite me réchauffer.

Lorsqu'il s'allongea sur le flanc à côté d'elle, elle se serra contre son dos.

– Eileen Betchkie est passée, ce soir, raconta-t-elle.

Elle sentit les muscles des avant-bras de Ray se contracter, puis se détendre presque aussitôt – une réaction à peine perceptible, qui ne lui échappa cependant pas.

– Ah bon ?

– Elle m'a dit que tu n'étais pas allé chez elle hier. Pourtant, je croyais que c'était pour ça que tu étais rentré tard. Apparemment, elle a des tas de niaoulis qui risquent de tomber si, je cite, on pète devant.

– Je jure devant Dieu que cette femme perd la boule. J'ai manié la tronçonneuse dans son jardin toute la journée. Alors, ou elle ne m'a pas remarqué, ou elle a oublié. Je ne sais pas ce qui est le plus effrayant. Franchement, je ne suis pas certain qu'elle soit capable de vivre dans cette maison toute seule.

Abby inspira lentement. La peau de Ray sentait le savon et la sueur.

– Donc, tu étais bien chez elle hier ?

Il resta silencieux un moment, avant de se tourner vers elle.

– Où veux-tu que je sois allé ?

– Avec une autre, bien sûr.

Il éclata de rire, puis la regarda droit dans les yeux.

– Je ne te tromperai jamais, Ab. Tu sais pourquoi ?

– Parce que je suis la femme de tes rêves ?

– Non, parce que cette île n'offre qu'un choix extrêmement restreint de candidates.

– Oh, tais-toi.

– Je t'aime.

– Je t'aime aussi, affirma-t-elle.

Il l'embrassa sur la joue, puis se retourna de nouveau et éteignit sa lampe de chevet. Quelques minutes plus tard, il ronflait.

Pour des raisons qu'elle ne s'expliquerait que beaucoup plus tard, Abby passa une mauvaise nuit, à s'agiter dans son lit comme un bateau ballotté par une mer démontée.

7

LA VEUVE

Kate ignorait combien de temps elle resterait à Belport. Elle avait plus ou moins réussi à se persuader que, pour un motif qui lui échappait, John avait décidé de se rendre dans leur maison de vacances. Il avait déclenché l'alarme par inadvertance, et elle allait le rejoindre pour le convaincre de rentrer. Rien de plus simple. Peu importait que la société de surveillance ait envoyé un agent de sécurité sur place, qui n'avait vu personne. John serait là. Elle le ramènerait, de force s'il le fallait, et ils s'inquiéteraient plus tard de savoir s'il était possible de sauver leur couple.

Malheureusement, elle n'était pas idiote. Elle avait bien conscience que ce ne serait pas si facile. Elle aurait peut-être besoin de passer plusieurs nuits sur l'île, aussi rassembla-t-elle autant d'effets que pour un voyage d'un mois en Europe. Dans la valise qu'elle tirait à présent vers sa voiture se trouvaient six soutiens-gorge (des modèles sans bretelles, push-up et sport), deux parkas, trois jeans, une robe, trois paires de chaussures (elle avait dû se résoudre à enlever la quatrième pour pouvoir fermer le couvercle) et même un maillot de bain. Elle avait tout fourré pêle-mêle, incapable de faire le tri.

Depuis la disparition de John, tous les actes de la vie quotidienne étaient devenus compliqués pour elle, voire impossibles à accomplir. Les repas, entre autres, lui posaient des problèmes quasi insurmontables. La veille au soir, elle avait tenté de préparer des nouilles à Mia et s'était rapidement retrouvée noyée dans un océan d'ustensiles. Elle avait fini par se laisser tomber sur le sol de la cuisine, avant de commander des pizzas et de fondre en larmes en attendant le livreur.

Sa fille, qu'elle laisserait quelques jours chez ses beaux-parents, s'était montrée bien plus raisonnable dans le choix de ses affaires. Tout ce dont elle aurait besoin tenait dans son sac à dos rose. Au grand soulagement de Kate, elle n'avait pas insisté pour l'accompagner. Elle en mourait sans doute d'envie mais, faisant preuve d'une grande maturité pour son âge, la fillette avait compris qu'il valait mieux ne pas demander.

Elles montèrent dans la Lexus, puis Kate mit le contact.

– Tu es sûre que tu ne veux pas aller faire pipi, ma puce ?

Mia avait le chic pour s'apercevoir qu'elle avait envie d'aller aux toilettes quelques secondes seulement après que le portail électrique s'était refermé. La fillette baissa les yeux vers son ventre et secoua la tête.

– Non, ça va.

Kate démarra, puis remonta lentement l'allée en direction de la route. C'était une matinée grise et la circulation avançait au ralenti. Elle s'inséra dans le flot des véhicules avec l'impression de s'enfoncer dans des eaux profondes.

Quand elles arrivèrent devant la maison de Pam et Fisher, à Brighton, un peu après 9 heures, Kate se tourna vers sa fille.

– Deux nuits, dit-elle d'un ton qui se voulait rassurant, autant pour elle que pour Mia. Trois maximum.

Mia hocha la tête d'un air stoïque, déboucla sa ceinture de sécurité et poussa un soupir à fendre l'âme. Il exprimait un tel mélange d'inquiétude et de tristesse que Kate en eut le cœur serré.

– Ça va aller ? demanda-t-elle.

– Oui. Et toi, maman ?

– Moi quoi ?

– Ça va aller ?

– Il ne faut pas t'inquiéter pour moi, mon cœur. Je vais bien. Et dans trois jours, je serai de retour.

– Promis ?

– Promis.

Fisher sortit le premier pour les accueillir. Il avait insisté pour aller à Belport lui aussi, et portait un sac de voyage à l'épaule. La perspective de passer autant de temps avec son beau-père emplissait Kate d'une sourde appréhension, et pourtant, si on lui avait donné le choix entre faire le voyage seule ou avec lui, elle aurait opté pour la seconde solution.

À peine Mia était-elle descendue de voiture que son grand-père la prit dans ses bras.

– Sois gentille et veille sur ta grand-mère pendant mon absence, d'accord ?

– D'accord, papy, répondit-elle d'un ton morne.

Son petit visage reflétait une gravité qui n'était pas de son âge.

Pam, qui venait de les rejoindre en pantoufles, aplatissant l'herbe mouillée devant la maison, prit les mains de Kate dans les siennes avant de l'embrasser sur la joue.

– Écoute, je ne veux pas te retarder, mais il faut que je te dise quelque chose avant que tu partes. C'est important.

– Oui ?

Sa belle-mère recula légèrement, sans la lâcher.

– John va bien, murmura-t-elle.

– Je sais, déclara Kate. Je pense qu'il avait juste besoin d'un peu de temps pour lui. Nous le ramènerons, Pam.

– John va bien, répéta sa belle-mère, et Kate se demanda si elle l'avait entendue. J'ai fait un rêve.

– Comment ça ?

– Je t'ai déjà parlé de ces rêves que j'ai parfois… Ceux qui ont une vraie signification.

Elle leva les yeux vers le ciel.

– Là, je me tenais devant les portes du paradis. Je n'avais pas le droit d'entrer, bien sûr, seulement de regarder à l'intérieur. J'apercevais le trône de John, et tu ne devineras jamais…

Un rire bref, teinté d'hystérie, lui échappa.

– Il était vide ! Son trône était vide, parce que le moment n'est pas encore venu pour lui de s'y asseoir. Il est toujours vivant, Kate. Il est toujours vivant, j'en suis certaine. Tu verras que j'ai raison.

Kate et Fisher échangèrent un coup d'œil soucieux. Comme s'il lisait dans les pensées de sa bru, il déclara :

– La sœur de Pam doit venir de Beechworth pour l'aider à s'occuper de Mia.

Kate hocha la tête et esquissa un sourire nerveux. Puis elle s'accroupit devant sa fille.

– Tu peux m'appeler quand tu veux, ma puce. Le jour comme la nuit, chaque fois que tu en as envie. Et, pendant mon absence, je voudrais que tu sois courageuse. Tu es une grande fille, maintenant. Tu veux bien ?

La fillette acquiesça.

– Deux nuits, dit-elle.
– Trois maximum.
– Et, maman ?
– Oui, mon cœur ?
– Toi aussi, tu es une grande fille.

L'accès à Belport se faisait uniquement par ferry, depuis un port situé dans la péninsule de Bellarine, à un peu plus de deux heures de route. Il leur fallut un moment pour sortir de la ville, mais la circulation devint plus fluide à la périphérie et l'autoroute se révéla dégagée.

Kate resta néanmoins sur la file des véhicules lents, en s'obligeant à rouler un peu en dessous de la limite autorisée. Si sa façon de conduire frustrait Fisher, il ne lui demanda cependant pas d'accélérer. Contrairement à lui, elle n'était pas impatiente d'atteindre leur destination. Elle voyait leur arrivée sur l'île comme un point d'exclamation qui viendrait clore une phrase : le mystère entourant la disparition de John serait dévoilé, et sa propre vie serait bouleversée. Mais, pendant le voyage, il était encore possible de croire que tout ça n'était qu'un malentendu, que John aurait une bonne explication à leur fournir. Tant que la phrase restait en suspens, il y avait encore de la place pour l'espoir. Ou peut-être le terme « déni » était-il plus approprié.

Plus le silence entre Fisher et elle devenait pesant, et plus Kate se laissait aller à des rêveries irrationnelles. Sur ce trajet familier, elle parvenait presque à se convaincre que John était parti le premier afin de préparer leur venue. La maison sentait toujours le renfermé quand ils y entraient après des mois d'absence, alors il y était allé en avance pour aérer. Il avait ôté les housses protectrices des meubles, refait les lits, et il les attendait, Mia et elle.

Elle n'avait aucun mal à imaginer que c'était sa fille, et non son beau-père, qui était à côté d'elle sur le siège passager ; il lui suffisait de ne pas le regarder. Oui, Mia était dans la voiture. Elle somnolait, à présent, après avoir longuement parlé de tous les coquillages qu'elle ramasserait sur la plage, puis joué aux devinettes. Lorsqu'elles débarqueraient sur l'île, ce serait de nouveau l'été, et une brise chaude soufflerait. John serait assis sur la balancelle à l'entrée de la maison, le visage réchauffé par un grand sourire. De sa main droite (l'autre tiendrait une bière), il tapoterait la place à côté de lui, invitant sa femme à le rejoindre. Ce qu'elle ferait sans hésiter.

– Il a dû vouloir s'isoler, dit soudain Fisher. Ça lui arrivait parfois, quand il était adolescent.

C'étaient les premiers mots qu'il prononçait depuis qu'ils avaient quitté la ville, et ils ramenèrent brusquement Kate à la réalité.

– Comment ça ?

– Un jour, il nous a raconté qu'il était parti camper avec des élèves de sa classe mais, en voulant laver son jean quelques jours plus tard, Pam a trouvé dans une poche un ticket de caisse provenant d'un *McDonald's.* Il avait passé la nuit en ville, dans un hôtel. Quand nous lui avons demandé des explications, il s'est contenté de dire qu'il avait besoin de se retrouver seul un moment.

Il prit une cigarette dans son paquet. Conscient toutefois qu'il valait mieux ne pas l'allumer, il la fit rouler sur sa paume.

– Je peux le comprendre, dans une certaine mesure, reprit-il. Je sais moi aussi ce que c'est, d'avoir besoin de se retrouver seul. Ce qui m'échappe, c'est : pourquoi Belport ? Il déteste cette île.

– C'est vrai qu'il rouspète toujours un peu quand on y va, mais je croyais qu'il aimait bien y aller autrefois.

Fisher poussa un profond soupir, chargé de non-dits.

– Il y a bien longtemps, peut-être. Mais, même tout gosse, il ne parvenait pas vraiment à se détendre là-bas. Quand on vous a donné la maison, je me suis dit qu'il la verrait enfin comme je la voyais : un refuge, un endroit où décompresser. Malheureusement, ça n'a pas été le cas.

Kate se concentrait sur la route. Des broussailles poussaient sous les glissières de sécurité. Un incendie avait dévasté une partie du bush un ou deux étés plus tôt et, si le bas-côté restait toujours noirci, la végétation au-delà était de nouveau verdoyante et luxuriante.

– Est-ce qu'il t'a raconté qu'il avait sollicité mon avis avant de te demander en mariage ? poursuivit Fisher. Il cherchait mon approbation. Je lui ai répondu que ça ne fonctionnait pas comme ça, que c'était plutôt le père de la jeune femme qu'il fallait convaincre. Mais il voulait savoir si j'estimais que c'était une bonne idée, si je vous trouvais bien assortis.

– Je ne savais pas, avoua Kate.

Son beau-père baissa les yeux vers son alliance, un anneau en or poli devenu trop petit pour son doigt. Kate avait l'impression de voir un saucisson entouré d'une ficelle.

– John a toujours quêté l'approbation des autres, reprit-il. Pam dit que c'est à cause de moi. Elle prétend que je me suis montré trop dur avec lui, que je ne l'ai pas assez félicité.

Mais je pense plutôt que c'est dans son tempérament. C'est un cérébral.

– Et tu lui as dit quoi ?

– Que tu étais une valeur sûre.

« Une valeur sûre ». Fallait-il le prendre comme un compliment ?

Elle avait mis du temps à comprendre ce qui avait pu pousser John à l'épouser. Après tout, il côtoyait beaucoup d'autres femmes plus séduisantes et intéressantes ; il n'avait que l'embarras du choix. Elle-même estimait avoir un physique assez banal, sans compter qu'elle était plutôt effacée et aussi discrète qu'une petite souris. Pourtant, il lui avait fait une cour assidue.

Au cours de leurs années de vie commune, elle avait découvert différentes facettes de la personnalité de son mari et des pans de son histoire personnelle qui expliquaient pourquoi il avait jeté son dévolu sur elle. Il avait eu une autre relation sérieuse avant, avec une certaine Audrey Finn – un nom digne d'une vedette de cinéma –, qui se distinguait par sa beauté autant que par ses talents d'artiste. Kate avait plus d'une fois consulté sa page Facebook après avoir avalé un ou deux verres de vin blanc. Audrey Finn connaissait le langage des signes parce que sa sœur était sourde. Comme son père occupait un poste de diplomate, elle avait passé une partie de son enfance au Japon et aux États-Unis. À en croire John, il ne présentait pas assez d'intérêt pour elle.

Et c'est là qu'elle-même était entrée en scène. Diplômée de l'université deux ans plus tôt, elle était employée par un cabinet comptable dans la banlieue nord. Elle n'avait jamais eu de petit ami sérieux et n'avait jamais voyagé. Elle aurait été bien folle de dédaigner quelqu'un comme lui, et il en était parfaitement conscient.

– Écoute, Kate, c'est une évidence, mais sache que, quoi qu'il arrive sur cette île, vous ne manquerez jamais de rien, Mia et toi.

– Qu'est-ce que tu entends par « quoi qu'il arrive » ?

– Je me suis demandé pourquoi John était parti à Belport, et pourquoi il n'avait pas parlé de sa démission, ni à toi ni à nous. J'en suis réduit à des hypothèses, évidemment, et… eh bien, aucune n'est optimiste.

Kate s'humecta les lèvres et appuya plus fort sur la pédale d'accélérateur. L'aiguille du compteur grimpa vers la limite autorisée, puis la dépassa.

– Vois-tu, reprit-il, je crois qu'on doit se préparer à la possibilité d'apprendre des choses sur John qu'on aurait préféré ne pas savoir.

– Du genre ?

Il tourna la tête vers la vitre.

– On a tous des secrets enfouis en nous, qu'il vaut mieux garder pour soi. Des secrets qui, révélés au grand jour, changeraient l'image que les autres ont de nous. Bref, tout ça pour dire, est-ce qu'on connaît jamais vraiment les gens ?

Kate se demanda quels sombres secrets il avait lui-même enfouis.

– Tu penses qu'il a une liaison, c'est ça ?

Elle ne quittait pas la route des yeux, pourtant elle sentit peser sur elle le regard de son beau-père.

– Il aurait pu rencontrer quelqu'un à Belport l'été, c'est vrai, admit-elle. Une habitante, peut-être, avec qui il serait resté en contact. C'est facile, aujourd'hui.

– John ne ferait pas ça, affirma Fisher, d'un ton qui manquait cependant de conviction. Attention, tu roules trop vite.

Ignorant la remarque, elle doubla une BMW gris métallisé puis se rabattit brusquement.

– On se parle franchement, Fisher. Tu te rappelles ?

– Oui, je me rappelle, confirma-t-il. D'accord, oui, j'ai envisagé une maîtresse, au début. Quand les hommes changent soudain leurs habitudes, c'est souvent à cause d'une femme. Mais aujourd'hui, en un sens, j'espère qu'il s'agit seulement de ça.

– Tu *espères* qu'il a une maîtresse ?

– Par rapport à l'autre possibilité, oui.

Kate relâcha la pression sur l'accélérateur.

– Et ce serait quoi, d'après toi ?

– J'ai réfléchi à ce que t'a dit la directrice de Trinity. Cette histoire de « détresse spirituelle ». Je n'avais jamais entendu cette expression, mais elle décrit bien une partie de l'adolescence de John. Il y a eu une période où il était... tourmenté.

Elle hocha la tête.

– Je me souviens d'avoir vu des photos de lui à la fête de fin d'année, en terminale, déclara-t-elle. On aurait dit qu'il était invité au mariage d'Alice Cooper.

– Oh, il n'y avait pas que les vêtements noirs et le heavy metal : il était obsédé par le spiritisme, les planches de Ouija, la démonologie, les meurtres... Il a commencé à lire des romans d'horreur écrits par cet Américain fou – Love-croft ou craft, quelque chose comme ça. Et il faisait des tas de recherches sur un poète, Aleister Crowley, qui avait fondé une espèce de religion occulte. Pam a voulu le pousser à lire la Bible, avec le résultat que tu peux imaginer. C'est à cette époque qu'elle a décidé de faire du bénévolat à l'église, comme pour racheter la conduite de John.

– Tout ça remonte à loin, Fisher. On traverse tous des phases compliquées quand on est jeune et qu'on se cherche. Je crois que tu essaies d'établir des liens là où il n'y en a pas.

– Mmm. Je voudrais surtout me raccrocher à une explication, quelle qu'elle soit.

Si Kate se sentait troublée par les propos de son beau-père, elle était également soulagée de le découvrir vulnérable, quand pendant longtemps elle n'avait vu en lui qu'un homme froid et distant. Il était bel et bien humain, en fin de compte.

Il tourna de nouveau la tête vers la vitre et n'ouvrit plus la bouche de tout le trajet.

Les immenses portes métalliques du ferry s'ouvrirent telles les mâchoires d'un monstre, et Kate engagea la voiture à l'intérieur, juste derrière un vieux camping-car rouillé avec un autocollant sur la vitre arrière proclamant : « Nous dépensons l'héritage de nos enfants. »

La dernière fois qu'elle était allée à Belport, six mois plus tôt, il faisait si chaud que personne ne se serait aventuré sur le pont sans une bonne couche d'écran total indice 50. Les passagers déambulaient en bermuda et bikini, et il fallait compter quinze minutes d'attente pour être servi à la cafétéria. La cale était encombrée de véhicules bourrés à craquer de matériel de camping, avec des kayaks attachés sur le toit. Mais, à présent, le bateau était quasiment vide.

Fisher alla se chercher un café pendant que Kate sortait sur le pont affronter l'air glacial. La traversée ne durait qu'une demi-heure, et bientôt l'île se profila à l'horizon, évoquant une carapace de tortue géante parsemée de plaques de mousse. Un banc de brouillard s'attardait sur l'eau, qui en dissimulait certaines parties.

Elle repensa à la remarque de son beau-père, selon laquelle il leur fallait se préparer à ce qu'ils risquaient d'apprendre. « Si on ne parle pas des monstres de ce monde, on ne sera pas prêts à les affronter le jour où ils surgiront de sous le lit », avait dit John. Quels monstres les attendaient à Belport ?

8

L'ÉPOUSE

Lori, postée sous la véranda, se rongeait l'ongle du petit doigt en arborant l'air hagard de quelqu'un qui se serait égaré dans un quartier malfamé. Eddie était déjà parti attendre le car, mais elle traînassait, manifestement tracassée par quelque chose.

Abby, qui l'observait de derrière la fenêtre de la cuisine, à moitié dissimulée par la plante succulente dans la jardinière posée sur le rebord, se sentait aussi intriguée qu'un documentariste attendant de voir ce que son sujet va faire. Sans se douter qu'elle était épiée, sa fille descendit deux des marches de la véranda, puis repartit brusquement vers la porte d'entrée, devant laquelle elle hésita un instant avant de pivoter de nouveau.

Elle tressaillit quand Abby toqua à la vitre.

– Ça ne va pas ? lança-t-elle. Tu fais la même tête que ton père le soir où tu es née.

– Non, c'est rien, répondit Lori en redescendant les marches.

Abby enfila ses tennis et la rattrapa. Elle était toujours en pyjama, mais il n'y avait personne en vue dans la rue.

– Qu'est-ce qu'il y a, Lori ? insista-t-elle.

– Rien, je te dis.

Sa fille s'absorba quelques instants dans la contemplation de ses bottes, puis donna un coup de pied dans la marche du bas.

– En fait, je voudrais juste te demander un truc : tout va bien entre papa et toi ?

– Oui, évidemment. Pourquoi ?

L'adolescente haussa les épaules.

– Je sais pas trop. Bah, c'est pas important. Je vais rater le car.

– Bon sang, Lori, accouche !

Lori soupira.

– OK, OK. Papa s'est encore levé super tôt ce matin, et moi aussi, vu que j'avais envie de pisser, et j'ai pensé que vous aviez dû vous engueuler, parce que, quand je me suis approchée de la porte de la salle de bains, je l'ai entendu…

– Quoi ?

– J'ai pas envie de le dire.

– Qu'est-ce que c'était, Lori ? Des bruits dégoûtants ?

– Non, c'est pas ça.

– Alors quoi ?

– Peut-être que je l'ai seulement imaginé, mais je suis presque sûre que… qu'il pleurait.

Ray n'était pas du genre à pleurer. Lori avait dû se tromper, ou alors, il y avait une bonne explication à ce qu'elle avait entendu. Le problème, songea Abby tout en déambulant de pièce en pièce dans la maison vide, c'est qu'elle ne voyait pas laquelle.

Pour s'occuper, elle n'avait que l'embarras du choix – elle avait du linge à plier, du bois à couper, *La Vérité sur les meurtres de Buck River* à lire, un opossum à écorcher –, mais la perspective de passer la journée enfermée chez elle l'accablait d'une tristesse inexplicable, alors elle décida d'aller courir.

Après quelques minutes seulement, ses poumons commencèrent à la brûler et sa respiration se fit sifflante. Si elle forçait trop, elle aurait des courbatures pendant une semaine, pourtant elle ne pouvait se résoudre à modérer son allure. Chaque fois qu'elle était contrainte de ralentir pour éviter un obstacle sur son chemin, des idées noires l'assaillaient, et un poids s'abattait sur ses épaules comme un vêtement trempé.

D'abord, Ray lui avait dit qu'il avait travaillé chez Eileen Betchkie, ce que l'intéressée avait démenti. Et, ce matin, il avait pleuré dans la salle de bains ? Il se passait quelque chose, de toute évidence – quelque chose de grave –, et elle se prit à espérer qu'il ne s'agissait pas d'une autre femme.

Parvenue au niveau de la digue, elle s'arrêta devant le panneau « INTERDICTION DE S'AMUSER ». Saisie d'une brusque envie de vomir, elle se pencha en avant et avala de grandes goulées d'air. Une fois son malaise dissipé, elle contempla l'océan. Un banc de brouillard formait un rempart blanc derrière les bouées et, durant une fraction de seconde, elle eut l'impression que le continent n'existait plus. Un pélican en émergea soudain, comme par magie, et la survola en lâchant une fiente.

Au même moment, elle entendit des voix. Un peu plus loin, un vieil escalier de pierre permettait de monter jusqu'au sommet de la digue. De l'autre côté s'étendait Beech Tree Landing, un ensemble de rampes de mise à l'eau en ciment. C'était apparemment de là que provenaient les sons. Abby gravit les marches, jeta un coup d'œil par-dessus la dernière et se figea.

– Oh, merde…, murmura-t-elle.

Cinq voitures de patrouille stationnaient sur le vaste parking goudronné. Derrière, une grande camionnette blanche, sur laquelle figurait l'inscription « Police scientifique et technique », s'était garée perpendiculairement à deux des longs emplacements réservés d'ordinaire aux remorques à bateau. Des techniciens vêtus d'une combinaison blanche et coiffés de calottes en papier bleu s'affairaient sur les lieux, transportant des sachets de mise sous scellés et des boîtes à indices. Abby chercha Bobbi parmi les policiers présents, mais elle ne vit que des inconnus au visage fermé.

À quelques mètres du rivage, une vedette de la police longeait lentement les rampes, près desquelles deux agents montaient la garde. Tous deux portaient d'épaisses vestes informes dont les manches s'ornaient de bandes réfléchissantes. Aucun ne regardait dans sa direction, pourtant Abby s'agenouilla sur l'avant-dernière marche et prit soin de garder la tête baissée. Il lui semblait que quelqu'un venait de planter un décor de cinéma sur l'île.

Elle aperçut soudain une femme qui sortait de la camionnette de la Scientifique avec à la main un appareil photo équipé d'un téléobjectif et d'un gros flash. Elle rejoignit un groupe d'agents rassemblés à l'entrée du quai.

À l'autre bout s'élevait l'ancien terminal du ferry, une structure en bois délabrée, qui avait été abandonnée et condamnée quand un bâtiment ultramoderne avait été édifié à Elk Harbour une décennie plus tôt. Les vagues et l'air iodé avaient décoloré les murs verts, et les fientes qui constellaient le toit l'avaient transformé en œuvre de Jackson Pollock.

La femme, ainsi que les autres policiers, se dirigèrent vers le bâtiment et disparurent à l'intérieur.

C'était certainement en rapport avec cet appel qu'avait reçu Bobbi, songea Abby. « Rien de bon », avait-elle dit. Elle scruta attentivement le site, bien décidée à graver tous les détails dans sa mémoire afin de pouvoir les comparer plus tard aux informations que lui donnerait son amie. Il y avait un musée dans un recoin ténébreux de son esprit – comme chez tout le monde, peut-être –, qui rassemblait les ouvrages d'Ann Rule et de John Berendt, et dont les murs étaient décorés de photos de scènes de crime et de portraits de serial killers célèbres.

– … n'avez rien à faire là, dit soudain une voix cassante, la tirant de ses pensées.

Absorbée par le spectacle, Abby n'avait pas remarqué le policier qui s'approchait d'elle, une main sur la hanche et l'autre sur l'arme dans son étui.

– Vous avez entendu ?

– Euh, oui, je…

– Je vous demande de partir.

– Qu'est-ce qui s'est passé ici ?

L'agent fronça ses sourcils noirs broussailleux.

– Rien de bon.

Il assortit sa réponse d'un regard sévère. Abby hocha la tête, redescendit les marches de pierre et s'éloigna sur la plage, laissant la scène de crime derrière elle. Puis elle bifurqua vers l'intérieur des terres. La remarque de Lori lui était sortie de l'esprit, et elle n'éprouvait plus qu'une légère excitation.

Parvenue de nouveau au sommet de Harvill Hill Road, elle se retourna pour contempler l'océan. Le ferry approchait.

9

LA VEUVE

Le ferry accosta à Elk Harbour, sur l'île de Belport, à midi vingt-cinq. Les portes s'abaissèrent jusqu'à former une rampe de débarquement et crachèrent la Lexus. Kate et Fisher s'engagèrent sur la route qui longeait la promenade en direction de la ville.

– Je n'étais pas revenu ici depuis un bon moment, déclara Fisher en regardant les étendues de forêt côtière derrière la vitre. Bon sang, je me demande comment font les gens pour vivre ici toute l'année. L'isolement me rendrait dingue.

– J'y ai déjà pensé, admit Kate. Tous les étés, le dernier week-end de nos vacances, je ne pense plus qu'à ça, en fait. Surtout pour Mia. Les enfants grandissent tellement vite, aujourd'hui… Je me suis toujours dit que passer son enfance ici devait être plus simple, plus naturel, plus…

– Oui ?

– J'allais dire, sûr.

– Mmm. C'est ce que je croyais moi aussi.

Ils atteignirent Bay Street, qui grouillait de touristes l'été. Ce jour-là, comme tout le reste de Belport, la rue était bien morne.

La plupart des magasins et des restaurants devant lesquels ils passèrent étaient fermés et le resteraient jusqu'en décembre : *Island Gifts*, la boutique de souvenirs où, l'année précédente, Mia avait acheté un phoque en peluche et trois dizaines de cartes postales qu'elle n'avait jamais écrites ; le *Pond & Beyond Seafood*, qui proposait un délicieux grenadier bleu grillé et ne lésinait pas sur les oignons frits ; le magasin de location de cycles et de kayaks…

La quincaillerie, la laverie et le supermarché *Buy & Bye* étaient en revanche toujours ouverts, mais on ne voyait pratiquement aucun signe de vie à l'intérieur. Kate avait l'impression que leur voiture était la seule chose en mouvement dans la ville.

– On peut s'arrêter, si tu as besoin de quelque chose, proposa-t-elle.

– Non, ce n'est pas la peine. Je préfère qu'on y aille directement.

– Ça va, Fisher ?

Il parut surpris par la question. On ne devait pas la lui poser très souvent.

– Oui, je crois. Et toi ?

– Pareil. Pour le moment, en tout cas. Mais je ne vois pas trop comment expliquer la situation à Mia. Dans le meilleur des cas, John sera dans la maison quand on arrivera, occupé à faire je ne sais trop quoi. Qu'est-ce que je dirai à ma fille ? « Papa avait besoin de vacances » ? Jusqu'où je dois la protéger ?

– Tu sais, John devait avoir son âge lorsque mon père, son grand-père, est mort. Il n'arrêtait pas de me poser toutes sortes de questions bizarres. Est-ce que son papy aurait faim sous terre ? Est-ce que des trous seraient percés dans le couvercle du cercueil pour qu'il puisse respirer ? D'accord, ce n'est pas la même chose mais, à mon avis, ce qui compte avant tout, c'est d'être à l'écoute.

Parvenue au bout de Bay Street, Kate tourna à gauche dans Ewing Street, puis à droite pour s'engager dans Double Bluff Road, qui menait sur les hauteurs de l'île. Au croisement suivant, elle prit à gauche dans Neef Street. Si elle avait emprunté cet itinéraire à d'innombrables reprises, elle ne se souvenait pas de l'avoir fait sans John ou Mia. Et leur absence rendait le trajet ce jour-là d'autant plus irréel et perturbant. La grande demeure carrée, couleur gris ardoise, qu'elle trouvait jusque-là d'une élégante modernité, lui paraissait soudain aussi sinistre qu'un vaisseau spatial ennemi. La résidence de seize chambres qui lui rappelait toujours Downton Abbey avait un aspect hanté.

Enfin, ils s'arrêtèrent devant leur maison de style californien, située en retrait de la route derrière une haute clôture en bois. Là encore, Kate éprouva un étrange sentiment d'irréalité, comme si la bâtisse n'était qu'une réplique de ce qu'elle était l'année précédente. Peut-être parce qu'elle n'avait pas l'habitude de la voir hors saison ? Le jardin était envahi par les herbes folles et le paysage autour semblait lugubre. Ou alors, sa perception des choses était influencée par les sombres événements survenus depuis quelques jours.

Est-ce la maison qui a changé ? se demanda-t-elle. *Ou moi* ?

Elle s'engagea entre les vantaux du portail et alla se garer à l'extrémité de l'allée, derrière un bosquet de bouleaux à papier qui avaient l'air nettement plus vigoureux qu'au plus fort de l'été. Il n'y avait pas d'autre véhicule visible et aucune lumière ne brillait dans la bâtisse. Lorsqu'elle coupa le contact, un profond silence s'abattit autour d'eux. Aucun bruit, même pas la rumeur de la circulation.

Malgré la fraîcheur de l'air, Kate ne prit pas le temps d'aller chercher une parka dans sa valise. Pressée d'entrer, elle devança Fisher et courut jusqu'à la porte. Elle avait apporté la clé, la seule qu'ils conservaient à Caulfield. Sur une intuition, elle glissa la main sous l'une des marches de la véranda et récupéra la fausse pierre en plastique qui leur servait de cachette pour les cas d'urgence ou les amis en visite. La clé de secours dorée, tachée de rouille, était bien à l'intérieur.

Elle déverrouilla la porte, désactiva l'alarme et s'immobilisa sur le seuil pour parcourir du regard le vestibule. Il lui fallut quelques secondes pour s'accoutumer à la pénombre ambiante. Les stores étaient toujours baissés, comme ils les avaient laissés le dernier jour de l'été. Elle jeta un coup d'œil par terre. Une carte de visite avait été glissée sous le battant : « Sanctuary Security : Nous assurons votre protection ! »

– John ? appela-t-elle.

N'obtenant pas de réponse, elle avança. Fisher la suivit dans le couloir, avant de monter au premier inspecter les chambres.

– John ! cria-t-il. John, tu es là ?

Kate se dirigea vers la cuisine, où elle commença par ouvrir le frigo. C'était un vieil appareil massif, couvert de magnets, que John avait promis de remplacer dès qu'il rendrait l'âme mais qui, bon an mal an, fonctionnait encore. Il contenait des bouteilles d'eau minérale, quelques boîtes de houmous et un litre de lait, dont elle vérifia la date : il ne serait pas périmé avant trois jours. Dans le micro-ondes à côté se trouvait un plat de macaronis au fromage.

Elle s'approcha du plan de travail. Un sac en papier brun y était posé, sur lequel figurait le logo du supermarché local : deux B entrecroisés. Kate en sortit un flacon de gélules de valériane, de la tisane à la camomille, trois antihistaminiques différents, une bouteille de Wild Turkey, des crackers, cinq paquets de nouilles instantanées Mi Goreng et une boîte de céréales Frosties.

Son regard fut soudain attiré par un Post-it jaune collé près du téléphone. « S. Hallston 14 h », lut-elle sur le bout de papier. Elle ignorait qui était S. Hallston, mais l'écriture était incontestablement celle de son mari. Cette fois, le doute n'était plus permis : John était venu ici. Ce constat lui donnait à la fois envie de vomir et d'expédier son poing dans le mur.

Profondément ébranlée, elle s'engagea dans le couloir en jetant au passage un coup d'œil à l'intérieur des pièces qu'elle longeait, pour voir si quelque chose avait été dérangé. Salle de bains, toilettes, chambre d'amis. Chaque porte avait été ouverte en grand.

Du seuil, elle examina rapidement le salon. Tout paraissait en ordre. Elle s'apprêtait à se détourner quand, au dernier moment, elle hésita. Quelque chose avait retenu son attention, sans qu'elle puisse déterminer quoi. Devant elle, l'écran plasma et les dos de dizaines de vieux DVD et Blu-ray semblaient la contempler depuis l'imposant meuble-télé qui occupait le pan de mur en face de la cheminée. L'ensemble canapé-fauteuils était tel que dans son souvenir, de même que l'épais tapis bleu sur lequel Mia adorait s'allonger pour regarder des films. Pourtant, un élément avait changé, elle en était sûre.

Brusquement, elle comprit. Sur l'un des murs, dans le coin droit de la pièce, avaient toujours figuré une bonne dizaine de prénoms, dont celui de John, de ses cousins et amis, accompagnés de mesures. Les inscriptions y étaient déjà quand ils avaient hérité de la maison. Dès que Mia avait été en âge de se tenir debout, John y avait noté sa taille chaque année, pour la plus grande joie de la fillette, qui s'émerveillait d'un été à l'autre de voir à quel point elle avait grandi. Deux ans plus tôt, elle avait insisté pour que sa mère rejoigne la liste, et Kate avait accepté avec fierté. Or, tout avait disparu. La cloison était du même blanc cassé que les autres. Kate eut le sentiment d'avoir pénétré dans un univers parallèle, où tout était identique à l'exception de ce détail insignifiant en apparence.

Elle s'approcha et posa l'index sur le mur. La peinture était encore légèrement collante.

– Qu'est-ce que tu as fait, John ? dit-elle à voix basse.

Mal à l'aise, elle ressortit, puis s'engagea dans l'escalier pour aller voir leur chambre. Elle se souvenait d'avoir enlevé les draps à la fin des vacances, or elle découvrit le lit refait à la va-vite. La lumière terne du soleil hivernal qui filtrait à travers les rideaux teintait la pièce d'un jaune artificiel, comme pour évoquer un souvenir. Si on était dans un film, pensa Kate, ce serait le décor d'un flash-back qui les aurait montrés, John et elle, allongés sur ce lit, dormant en cuillère, faisant l'amour ou lisant les journaux du dimanche.

La valise de son mari était posée de l'autre côté du matelas, sous la fenêtre. Kate s'agenouilla et l'ouvrit. Tous les vêtements qu'il avait emportés – pour Londres, croyait-elle alors – y étaient rangés, propres et soigneusement pliés. Pantalons, chemises, chaussettes, sous-vêtements, articles de toilette. Il y avait aussi un cahier relié de cuir noir glissé dans la poche transparente bordant le couvercle. Elle le sortit, puis le feuilleta.

Les pages étaient couvertes de dessins. Kate reconnut le trait malhabile, un peu enfantin, de son mari : fines lignes irrégulières, hachures pour les ombres, perspectives mal maîtrisées... Mais, jusque-là, elle n'avait vu ses gribouillis que dans les marges du journal dominical et, en général, ils représentaient des petites maisons ou des cubes. Pas ce qu'elle avait sous les yeux.

Il avait utilisé des crayons de couleur, sans doute empruntés à Mia, et uniquement les plus foncés : noir, brun, rouge. Elle dénombra quinze croquis au total, chacun illustrant la même scène : une pièce sombre, anonyme, et une personne dans un coin, dont le visage était tourné vers le mur. Page après page, John avait ajouté des détails à la silhouette, jusqu'à représenter un homme aux cheveux courts, portant des tennis et un épais manteau noir. Sur les quatre dernières, une longue balafre apparaissait sur son visage, d'où s'échappaient de petites formes brunes.

– Des mites, murmura Kate, alors qu'elle avait envie de hurler.

Les mots de Holly Cutter lui revinrent à la mémoire : « détresse spirituelle », avait-elle dit.

Alors qu'elle refermait le cahier, elle sentit quelque chose chuter sur sa tête. Surprise, elle ébouriffa ses cheveux, délogeant un mouton de poussière. Il avait dû tomber du plafond.

Elle leva les yeux vers la trappe rectangulaire au-dessus d'elle, qui donnait accès à une soupente. Mia l'appelait la

« porte sous le toit » quand elle était plus petite, persuadée qu'un gremlin hideux, dévoreur d'enfants, se cachait là-haut. Elle ne voulait pas qu'on l'ouvre, de peur qu'il ne descende la nuit, se faufile dans le couloir et grimpe ensuite sur son lit.

Dans le souvenir de Kate, la porte en question n'avait été ouverte qu'une fois, lorsque John était monté chercher ses vieux CD de Sonic Youth. Or, elle distinguait maintenant un interstice entre le panneau et le bord de l'ouverture. John n'avait pourtant aucune raison de retourner dans le grenier, songea-t-elle. Cela dit, il n'avait aucune raison non plus de venir à Belport.

Elle se rappela un article qu'elle avait lu quelques semaines auparavant sur Facebook. C'était le compte rendu d'un fait divers à propos d'un homme qui vivait seul dans un appartement à Kyoto, au Japon. Ayant remarqué que de la nourriture disparaissait de sa cuisine, il avait installé des caméras de surveillance dans toutes les pièces. Lorsqu'il avait visionné les images, celles-ci lui avaient montré une femme qui sortait en pleine nuit du placard de l'entrée, allait chercher à manger dans la cuisine et utilisait la salle de bains. Il avait prévenu la police et, au moment de son arrestation, l'intruse avait affirmé vivre là depuis des mois.

– Kate ? Kate ! appela Fisher, de l'autre côté du couloir. Viens voir ça.

Elle le rejoignit dans la chambre de Mia, peinte en bleu vif. Fisher, qui se tenait dans un angle, regardait quelque chose qu'elle ne pouvait pas voir du seuil. La penderie massive, sur laquelle était posée une grande boîte en plastique remplie des jouets de Mia, et dont les portes s'ornaient de posters de chats faisant du yoga, lui masquait cette partie de la pièce.

– Qu'est-ce qu'il y a ? demanda-t-elle.

– C'est nouveau, ça ?

Elle s'avança vers lui, puis se figea, stupéfaite. Un lit à une place avait été disposé perpendiculairement au mur. Les draps, d'un blanc immaculé, paraissaient neufs. Derrière, la cloison avait été recouverte d'un papier peint vert clair. Un minibar – Dieu sait d'où il provenait – complétait le décor, sur lequel était posé un menu de room service à l'en-tête du « High Holborn, London ».

– Mon Dieu ! s'exclama-t-elle. On dirait une chambre d'hôtel.

– Je crois que c'est le but. C'est ce que tu as vu quand John vous a appelées par Skype, non ?

Elle voulut répondre, mais les mots s'étranglèrent dans sa gorge. Si elle commençait tout juste à se faire à l'idée que John lui avait menti à propos de son voyage à Londres, la découverte de cette mise en scène donnait une tournure encore plus sinistre à sa tromperie. C'était un acte prémédité. Délibéré. Agressif, même. En cet instant, elle n'avait plus qu'une envie : fuir. Vendre la maison et ne plus jamais revenir. L'acheteur pourrait tout garder à l'intérieur ou tout brûler, elle s'en fichait.

– Je me demande ce qui m'affole le plus, dit-elle. Découvrir que John est venu ici en douce ? Ou qu'il est parti précipitamment ? J'ai trouvé un sac de courses dans la cuisine et un plat dans le micro-ondes. Il s'est passé quelque chose, Fisher. Quelque chose de grave.

Le téléphone de son beau-père sonna. Il le tira prestement de sa poche, comme s'il dégainait une arme, et le plaqua contre son oreille.

– Oui, bonjour. Oui, c'est moi, Fisher Keddie… Allô ? Allô ?

– Qui est-ce ? demanda Kate.

Il se concentra pour écouter, puis secoua la tête.

– Aucune idée. Il n'y a presque pas de réseau, je n'entends rien.

– La réception est meilleure sur la terrasse derrière.

Il hocha la tête, avant de sortir de la pièce. Kate s'apprêtait à le suivre, quand elle s'arrêta près de la petite fenêtre qui donnait sur le jardin devant. Un grand hêtre poussait juste derrière la vitre, que Mia avait inexplicablement baptisé Simon. En été, sa frondaison masquait tout mais, en cette saison, il avait perdu ses feuilles et Kate pouvait voir la rue à travers ses branches squelettiques.

Un gros pick-up éclaboussé de boue, sur lequel se détachait le mot « Entretien », stationnait dans Milt Street, à l'entrée de l'allée. Elle ne distinguait pas le conducteur à cette distance, pourtant elle eut la nette impression qu'il observait la maison. Derrière elle, Fisher arpentait le couloir d'un pas lourd, en parlant au téléphone d'un ton saccadé et, distraite, elle jeta un bref coup d'œil dans sa direction. Au moment où elle se tournait de nouveau vers la fenêtre, le pick-up démarra, puis s'éloigna et disparut de l'autre côté de la colline.

Lorsque Fisher revint dans la chambre, il était blême.

– Qu'est-ce qu'il y a ? demanda Kate.

– C'était la police de Belport.

– Et ?

– Ils…

– Qu'est-ce qu'ils voulaient, Fisher ? le pressa-t-elle.

– Il faut que… qu'on les rejoigne tout de suite à l'hôpital.

Il avait eu du mal à prononcer les mots, comme si chacun lui coûtait.

– À l'hôpital ? s'écria Kate. Mais pourquoi ? C'est John ? Il est blessé ?

Fisher contempla ses mains sans répondre.

– Oh, bon sang, Fisher ! Qu'est-ce qui s'est passé ?

10

L'ÉPOUSE

– Ils ont trouvé un corps, lâcha Henry Biller d'une voix vibrante d'excitation.

C'était en principe son soir de repos, mais il s'était arrêté au magasin en sortant du *Belly*, le pub proche, pour acheter des pizzas surgelées et commenter les dernières nouvelles. Il avait franchi les portes en bombant le torse, avec « un putain de sourire jusque-là », comme aurait dit Lori, les joues rougies par le froid et quelques bières de trop. Il avait manifestement beaucoup à dire sur la présence policière renforcée à Belport, et il n'était pas le seul.

En cette nouvelle nuit froide et venteuse, Abby ne s'attendait pas à voir grand monde au supermarché, or elle avait dû faire face à une affluence inhabituelle. Bon nombre d'habitants de Belport s'étaient succédé à sa caisse, tous désireux d'évoquer la grande question du moment : Qu'avait-il bien pu se passer à Beech Tree Landing ?

Caddy Larson, responsable de la cafétéria sur le ferry, lui avait confié qu'il n'y avait pratiquement que des flics à bord pendant la traversée du matin ; elle avait même dû réchauffer pour eux un plateau supplémentaire de tourtes œufs-bacon.

D'après Paul et Liz Ryan, qui avaient acheté un énorme pot de crème glacée et une bouteille de Jim Beam, les policiers frappaient à toutes les portes pour demander si quelqu'un avait vu ou entendu quelque chose d'anormal. Chris De Luca, qui habitait dans une caravane installée près du phare, jurait qu'il avait entendu les mots « cadavre immergé » sur son scanner de la police.

Abby avait raconté à chacun la scène à laquelle elle avait assisté à Beech Tree Landing et tiré une satisfaction un peu perverse du respect que lui avait valu son histoire. Si les hypothèses avancées étaient aussi diverses que fantaisistes – un laboratoire clandestin de drogue sur l'île, un crime lié à la mafia, ou encore un serial killer en cavale –, tous les insulaires semblaient s'accorder sur un point :

– Les flics ont trouvé un corps, répéta Biller en frappant dans ses mains.

– C'est la rumeur qui circule, oui.

– C'est pas une rumeur.

Il s'approcha de la caisse d'Abby, se pencha et baissa d'un ton, comme pour conférer plus de solennité à ses propos.

– Tout le monde en parlait, au pub.

– Tout *Belport* en parle, souligna Abby. Qu'est-ce que tu as entendu au juste et de qui tu tiens tes informations ?

– Deux flics sont passés me voir aujourd'hui, répondit Biller en souriant de plus belle.

– Toi ? Où ? Ici, au magasin ?

– Oui. Et c'étaient pas des gars du coin. Le continent a dû envoyer des renforts pour mener l'enquête. L'un d'eux ressemblait à un fœtus avec une plaque, l'autre se prenait pour Columbo. Ils voulaient savoir si j'avais remarqué des étrangers parmi les clients ces derniers temps, ou quelqu'un qui aurait eu un comportement bizarre.

– Et tu leur as répondu quoi ?

– Je leur ai demandé s'ils pouvaient être plus précis. Alors ils m'ont montré la photo d'un homme sur lequel, je cite, ils « cherchaient des renseignements ». C'était celle de son permis de conduire, apparemment.

– Tu l'as reconnu ?

Biller remonta son jean puis posa les mains sur ses hanches.

– Il était là il y a quelques jours, affirma-t-il.

– Quoi ? Quand ? Tu l'as servi ?

Il confirma d'un hochement de tête assorti d'un sourire suffisant.

– Oui, et y avait rien de particulier chez lui. Il avait pas l'air du genre parano, à regarder sans arrêt autour de lui pour voir s'il était suivi. Il se comportait pas comme quelqu'un qui avait peur de mourir. C'est ce que j'ai dit aux flics.

– Brrr, ça me fait froid dans le dos de savoir qu'il était là. Qu'est-ce qui a pu arriver, d'après toi ?

– Vu le nombre de flics qui ont débarqué, c'est forcément un meurtre, non ? À mon avis, soit le type sur la photo est mort, soit c'est lui le tueur.

Il la regarda, les yeux plissés, la mine sinistre.

– Et toi, qu'est-ce que tu as entendu ?

Elle lui répéta les propos de Caddy Larson, de Paul et Liz Ryan, et de Chris De Luca. Puis elle lui parla de ce qu'elle avait vu près des rampes de mise à l'eau. Biller l'écouta d'un air abasourdi, se fendant de temps à autre d'un « Waouh ! » ou « La vache ! ».

– Donc, tu penses que c'était la scène de crime ? demanda-t-il.

– Oui. Ça grouillait de flics. J'ai aussi vu une vedette sur l'eau et des techniciens de la Scientifique qui entraient dans l'ancien terminal du ferry.

– Ah… Pour le coup, ça soulève d'autres questions.

– Pourquoi ?

– Tu ne sais pas ce qu'on raconte sur cet endroit ? Sur ce qui s'y passe ?

– Non, avoua Abby.

Les rides sur le front de Biller s'accentuèrent. Abby avait vu cette expression à de nombreuses reprises sur le visage de certains natifs de Belport quand elle bavardait avec eux : Biller essayait à l'évidence d'évaluer à quel point il pouvait se fier à elle.

– Je ferais peut-être mieux de me taire, dit-il.

Abby, qui vivait à Belport depuis près de dix-huit ans, se considérait comme une authentique îlienne. Pour autant, elle n'y était pas née, elle n'avait pas vu le jour au centre médical situé au bout de la rue. Toutes les communautés abritent des secrets, supposait-elle, des vérités cachées et des portes dissimulées. Et si, avec le temps, certaines lui avaient été révélées ou ouvertes, il en restait apparemment quelques-unes auxquelles elle n'avait pas accès.

– Allez, Henry, le pressa-t-elle. Qu'est-ce qui se passe dans le terminal ?

– Eh bien, certains prétendent que c'est un… un « *beat* ».

– Un quoi ?

– Un endroit où les gays se retrouvent pour avoir des relations sexuelles. Alors, je me dis que c'est peut-être un crime de haine ou un chantage qui a mal tourné ou… une querelle d'amoureux, pourquoi pas ?

– Je ne comprends pas. Qu'est-ce qui pourrait pousser les gens, gays ou autres, à vouloir s'envoyer en l'air dans cette espèce de ruine ?

Biller secoua la tête.

– Oh, Abby… tu es tellement naïve.

– Eh bien, quoi qu'il en soit, c'est l'événement le plus marquant ici depuis la découverte de la Grosse Jenny.

La Grosse Jenny était le nom qu'avaient donné les habitants à une baleine franche australe de quinze mètres qui s'était échouée sur la plage en 1993. Compte tenu du poids de la dépouille, le conseil municipal avait dû la faire découper sur place et évacuer les morceaux par camion.

– Qu'elle repose en paix, ajouta Abby.

– En pièces, plutôt, ma belle, plaisanta Biller en lui adressant un clin d'œil.

Abby regarda dehors par les portes vitrées. Il faisait nuit noire.

– Bah, ce n'était sans doute qu'une question de temps avant que le monde extérieur nous rattrape, reprit Biller.

– Un meurtre… Bon, c'est tragique, c'est vrai, mais je dois bien admettre que c'est aussi…

– Excitant ? suggéra Biller.

– Tu crois que ce genre de pensée fait de moi une personne horrible ?

– Non, ça prouve juste que tu es humaine, ma belle.

Abby termina son service peu après. Une fois les portes verrouillées, elle fit sa caisse et compta la recette de la soirée, ce qui lui prit quelques minutes de plus que d'ordinaire. De quoi réjouir Biller. Elle glissa ensuite les espèces dans un conduit relié directement au coffre, puis laissa courir ses mains sur la rangée d'interrupteurs devant la porte de la salle du personnel. Toutes les lumières s'éteignirent dans le supermarché.

Dehors, elle se dirigea d'un bon pas vers sa petite Volvo rouillée, les épaules rentrées pour se protéger du froid. En même temps, elle scrutait les ombres autour d'elle, s'attendant presque à voir le tueur de Belport surgir de l'obscurité, effleurant déjà du doigt l'extrémité pointue de sa clé de voiture dans sa poche. Elle se sentait sur le qui-vive.

Le calme de l'hiver sur l'île lui avait causé un choc au début, mais il ne lui avait pas fallu longtemps pour s'y habituer. De fait, après la folie de l'été, elle en était même arrivée à le souhaiter. Pour autant, il lui arrivait parfois d'avoir encore la frousse – lorsqu'elle était réveillée en pleine nuit par un grincement dans la maison ou par le craquement d'une branche, par exemple, ou encore, comme en ce moment, quand elle marchait seule vers sa voiture alors que toute l'île croyait à la présence d'un meurtrier en cavale.

Enfin en sécurité dans sa Volvo, elle mit le contact. Au même moment, elle vit dans son rétroviseur qu'on lui faisait un appel de phares. Elle se retourna pour regarder à travers la lunette arrière et distingua une Jeep Cherokee garée de l'autre côté de la rue, dans l'ombre de l'Uniting Church.

Elle entrouvrit sa vitre, tendit le cou et appela :

– Bobbi ?

– Oui, lui répondit la voix familière. C'est moi. Tu me rejoins ?

Quand Abby ouvrit la portière de la Jeep pour grimper sur le siège passager, le plafonnier s'éclaira, nimbant Bobbi d'une lumière jaune maladive. Son amie avait une mine de déterrée. De profonds cernes étaient apparus sous ses yeux et sa queue-de-cheval s'était défaite, libérant des mèches folles sur un côté de son visage. Elle serrait dans sa main une bouteille ouverte de téquila – la marque la moins chère, avec un bouchon rouge en forme de sombrero. Elle portait toujours sa chemise d'uniforme d'un bleu pastel peu flatteur, et l'étui sur sa hanche était vide.

– Ferme la portière, dit-elle.

Abby obéit.

– Ça ne va pas ? demanda-t-elle. C'est Maggie ? Le bébé ?

Bobbi porta la bouteille à ses lèvres, avala une gorgée d'alcool, grimaça puis assena un coup de poing sur le tableau de bord.

– Non, Maggie et le bébé vont bien. C'est justement pour ça que je suis là. Je ne peux pas rapporter cette merde à la maison.

– Qu'est-ce qu'il y a, Bobbi ? Je pensais te voir hier.

Son amie but encore un peu de téquila, avant de demander :

– Qu'est-ce que tu as entendu dire sur ce qui est arrivé ?

– Rien que des rumeurs. Biller est persuadé que vous avez trouvé un corps.

Bobbi contempla Bay Street en grimaçant de nouveau.

– Il a raison.

– Ah bon ?

Un frisson parcourut l'échine d'Abby, glacé mais pas déplaisant pour autant.

– À l'école de police, on te montre tout un tas de photos crues, expliqua Bobbi. Ça fait partie de l'entraînement. Tu vois des gens tués par balle, des victimes d'accidents de voiture, des suicidés, j'en passe et des meilleures. C'est censé t'endurcir, t'éviter de vomir tes tripes chaque fois que tu arrives sur une scène de crime. Mais il y a une sacrée différence entre les photos et ce que j'ai eu sous les yeux aujourd'hui…

Le cœur d'Abby s'emballa. Elle se sentait alerte. Vivante.

– Tu as vu le corps, c'est ça ?

Bobbi s'accorda une longue rasade de téquila, une réaction qu'Abby interpréta comme une réponse affirmative. Quand son amie se tamponna les yeux avec la manche de sa chemise, elle dut résister à l'envie de la prendre dans ses bras. Mais Bobbi détestait ça, même de la part de Maggie. Alors elle se contenta de lui repousser une mèche derrière l'oreille.

– Tu sais qui c'est ? s'enquit-elle. D'après Biller, ce n'est pas un insulaire.

– C'est un estivant, confirma Bobbi. Il possède une maison de vacances à Belport, mais on n'a aucune idée de ce qu'il était venu faire ici à cette époque de l'année.

– Dieu merci…

– Pardon ? De quoi tu remercies Dieu, franchement ?

– Non, désolée, ce n'est pas ce que je voulais dire. Je suis juste soulagée que ce ne soit pas quelqu'un d'ici. C'est déjà assez horrible et tragique qu'un meurtre ait été commis chez nous, mais si en plus la victime avait été une de nos connaissances…

Bobbi caressa de l'index le goulot de la bouteille, puis la porta à ses lèvres.

– Tu as sa photo ? reprit Abby.

La question lui valut un regard soupçonneux de la part de son amie – un regard semblable à celui qu'elle s'attirait en général quand elle avouait sa passion pour la taxidermie.

– Deux flics sont allés interroger Biller aujourd'hui, s'empressa-t-elle d'expliquer. Ils lui ont montré la photo d'un homme qu'il a reconnu pour l'avoir servi au magasin. Si ça se trouve, je l'ai peut-être eu moi aussi comme client…

En réalité – et Bobbi l'avait sans doute deviné –, elle voulait voir le visage de cet homme pour une seule raison : la curiosité. Cette même curiosité qui la poussait à insérer la lame d'un scalpel dans le ventre d'un animal mort.

Son amie avala une dernière gorgée de téquila, reboucha la bouteille, alluma le plafonnier et tira de sa poche de poitrine une photo qu'elle lui tendit.

C'était le portrait d'un homme séduisant, rasé de près, qui regardait droit vers l'objectif. Il ne souriait pas, mais son expression n'était pas dénuée d'humour. Le cliché, qui s'arrêtait au niveau du cou, révélait le col d'une chemise gris anthracite, comme celles portées par les banquiers. Ou les avocats.

– Tu le reconnais ? demanda Bobbi.

– Non, répondit Abby, déçue. Qu'est-ce qui lui est arrivé, d'après toi ? La police a déjà une théorie ?

– Non, il est encore trop tôt. Quoi qu'il en soit, les secrets, ici, ne le restent pas longtemps. Il y a forcément quelqu'un qui sait quelque chose.

Elle récupéra la photo.

– Il vaudrait mieux que je rentre. Maggie va s'inquiéter.

– Tu es en état de conduire ?

Bobbi hocha la tête.
– Merci de m'avoir laissée déverser ma bile sur toi.
Abby lui pressa la main.
– Les amis sont faits pour ça.

11

LA VEUVE

Hormis une voiture de police stationnée près de l'entrée, le vaste parking du centre médical de Belport était désert. Après s'être garée, Kate tourna la tête vers son beau-père. Il contemplait une ambulance arrêtée devant la porte des urgences. Deux aides-soignants, adossés au véhicule, se passaient une cigarette.

– Tu te sens prêt ? interrogea-t-elle.

– Franchement ?

– Oui.

– Je ne suis pas sûr d'y arriver, Kate.

– Tu n'es pas obligé de venir. Ils n'ont besoin que de l'un de nous.

– Je ne peux pas te faire ça.

– Ne t'inquiète pas, Fisher, ça ira. Reste ici.

– Le plus dingue, c'est que, si Pam était là, elle en serait capable, dit-il d'une voix douce. Tu la prends sûrement pour une folle, et j'imagine qu'elle l'est à sa manière, mais sa foi est si profonde qu'elle lui permet de tout affronter. Elle la rendrait assez forte pour sortir de la voiture et entrer dans ce bâtiment.

Il la regarda.

– Tu es bien certaine de vouloir y aller ?

Kate hocha la tête, descendit, puis referma la portière et se dirigea vers l'hôpital. Une policière en civil corpulente l'attendait à l'accueil. Affalée sur une chaise en plastique, elle se rongeait les ongles, manifestement plongée dans ses pensées. Elle se leva à son approche.

– Bonjour, madame Keddie, je suis l'inspectrice Barbara Eckman. C'est moi qui ai parlé à votre beau-père au téléphone.

Elles échangèrent une poignée de main.

– Enchantée, dit Kate machinalement, aussi absurde que la formule puisse paraître dans un tel contexte.

Elle sourit par réflexe puis, se rappelant où elle était, se ressaisit et fronça les sourcils.

La policière inclina la tête de côté en laissant son regard se perdre dans le vide, comme si elle essayait de se rappeler quelque chose.

– Vous êtes prête ? murmura-t-elle.

Est-ce que je le suis ? se demanda Kate. Son cœur battait à tout rompre, elle était transie et parcourue de tremblements. Il lui semblait qu'une chape de ténèbres planait au-dessus de sa tête. Quand elle descendrait au sous-sol et verrait le cadavre, cette obscurité s'abattrait sur elle et l'engloutirait à jamais.

– Je crois, oui.

Eckman l'entraîna vers les ascenseurs et appuya sur le bouton. En pénétrant dans la cabine, Kate se sentait aussi tendue qu'oppressée. Elle avait l'impression d'être une vache que l'on dirige le long d'un passage bordé de barrières métalliques, inconsciente de ce qui l'attend à l'intérieur de l'abattoir.

– Quand avez-vous parlé pour la dernière fois à votre mari ? questionna l'inspectrice.

Elle s'exprimait d'un ton beaucoup plus grave que celui du policier qui les avait reçus à Melbourne, constata Kate. Lui l'avait prise pour une épouse paranoïaque à l'imagination débridée ; Eckman s'adressait déjà à elle comme à une veuve, ce que Kate espérait de toute son âme ne pas être. Elle se raccrochait au rêve que lui avait raconté Pam – le trône vide de John au royaume des cieux – en souhaitant qu'il soit prémonitoire.

– La veille de sa disparition, répondit-elle.

– Avez-vous une idée de ce qui l'a amené sur l'île ?

– Non. Je ne savais même pas qu'il s'y trouvait jusqu'à ce que la société de surveillance m'appelle. Il m'avait dit qu'il était…

– … à Londres, oui, termina Eckman. J'ai lu le signalement de disparition que vous avez rempli, madame Keddie.

Celle-ci crut percevoir une intonation accusatrice dans cette remarque, et elle en vint à se demander si la policière ne jouait pas la comédie en feignant l'embarras et la nervosité. Après tout, le conjoint n'était-il pas toujours le premier suspect ? Et si Eckman analysait ses réponses, qu'en déduisait-elle ? Kate ignorait comment on est censé réagir dans ce genre de situation. Peut-être aurait-elle dû pleurer, hurler, manifester sa douleur d'une manière quelconque…

Parvenues au sous-sol, elles s'engagèrent dans un couloir.

– On y est, annonça Eckman en s'arrêtant devant une porte.

Elle se tourna vers Kate.

– Si vous avez encore besoin de temps, madame Keddie…

– Non, merci. Ça va.

Après l'avoir considérée quelques instants, Eckman l'introduisit dans une petite salle d'observation qui ne sentait pas le formol, comme Kate s'y attendait, mais un parfum artificiel, mélange de pin et de cerise chimique. Le plafond était bas. *Si John était là, il serait obligé de baisser la tête*, pensa-t-elle. « *Ah, mais John est là, juste de l'autre côté de cette vitre* », lui chuchotèrent les ténèbres qui l'accompagnaient.

La vitre en question, qui occupait tout un pan de mur, devait donner sur l'endroit où le corps était conservé. En l'occurrence, elle était masquée par un rideau froissé couleur lilas. Kate ferma les yeux et, une dernière fois, s'autorisa à imaginer John sur la terrasse de leur maison, une bière à la main, en train de tapoter la place à côté de lui sur la balancelle.

Eckman marcha jusqu'au rideau, qu'elle tira, révélant une vaste pièce blanche, laquelle ressemblait à la fois à une salle d'opération et à une chambre froide. Sous les rampes fluorescentes, Kate vit sur un côté un bloc de larges tiroirs mortuaires en acier et, au centre, un chariot métallique à roulettes. Dessous, un siphon d'évacuation se découpait dans le carrelage immaculé. Un corps était étendu sur le chariot, recouvert d'un drap plastifié. Un drap rose.

Pourquoi rose ? s'interrogea Kate, comme si ce détail avait la moindre importance.

Un assistant médical étonnamment grand se tenait à côté. Il portait des gants en latex, eux aussi roses, et une charlotte en papier assortie. L'air était assez froid pour qu'on distingue son souffle. Il tendit la main vers la dépouille et replia deux fois le drap, d'abord au niveau du cou, ensuite du bassin.

Kate avait jusque-là plus ou moins réussi à se convaincre que le défunt aurait l'air de dormir. Mais il semblait juste…

privé de vie. En le découvrant, elle sentit une vague de chaleur l'envahir. La peau était pâle, fripée et gonflée par l'eau. Il avait les yeux fermés et la bouche ouverte. Une profonde entaille courait en travers de sa gorge, semblable à une seconde bouche aux lèvres légèrement écartées.

Ce fut plus fort qu'elle, elle se demanda si les poissons s'étaient attaqués à lui. Elle avait entendu dire que ça arrivait. Un souvenir lui revint de leur voyage en famille à Bali des années auparavant : John avait plongé les pieds dans un bassin de poissons chirurgiens, qui s'étaient agglutinés autour pour grignoter les peaux mortes, et il avait éclaté de rire parce qu'ils le chatouillaient.

– Je veux entrer, murmura-t-elle.

– Je crains que ce ne soit pas possible, répondit Eckman. Ça va sans doute vous paraître un peu morbide mais, d'un point de vue strictement légal, le corps est toujours considéré comme un élément de preuve, et nous devons éviter tout risque de contamination.

– Morbide ? Non, c'est ridicule.

– Je regrette.

– Qui… qui lui a fait ça ?

– C'est ce que nous cherchons à savoir, madame Keddie. Nous suivons actuellement différentes pistes.

– Qui lui a fait ça ? répéta Kate.

Ce n'était cependant plus à Eckman qu'elle posait la question, mais à l'univers qui, soudain, lui paraissait horriblement cruel – un gosse méchant et brutal s'amusant à lancer des pierres sur les voitures qui passent sans songer aux conséquences.

– Est-ce lui ? s'enquit Eckman. Est-ce votre mari ?

Le mot se forma dans la bouche de Kate – rond, plein et entier –, pourtant elle fut incapable de l'énoncer.

– Madame Keddie ?

– Je... Oui.

– Je suis désolée mais, pour que nous puissions procéder à une identification formelle, il faut que vous me donniez le nom complet du défunt.

– Je ne peux pas... Je...

Le choc se révélait plus violent qu'elle ne l'avait anticipé. Jusque-là, elle avait tenu grâce à l'espoir – ténu, et pourtant bien présent dans son cœur – qu'il s'agissait d'une erreur, d'un malentendu. Or, elle ne pouvait plus se bercer d'illusions : tout était réel. C'était vraiment en train d'arriver.

– Souhaitez-vous rester seule un moment ? demanda Eckman.

Kate sentit ses jambes se dérober et, durant une fraction de seconde, s'imagina tomber en avant et se cogner le front contre la vitre. Puis elle sentit une main prendre la sienne. Sur le coup, surprise par ce contact intime, elle crut qu'il s'agissait d'Eckman. Mais, quand elle tourna la tête, elle découvrit Fisher à côté d'elle, qui fixait le corps à travers la vitre.

– Il s'appelle John Morgan Keddie, déclara-t-il. C'est lui. C'est mon fils.

Ils n'échangèrent pas un mot sur le trajet jusqu'au motel où ils passeraient la nuit, le *Blue Whale Motor Inn.* L'inspectrice Eckman les avait avertis que leur maison de vacances leur serait interdite d'accès pendant plusieurs jours, le temps que la police la fouille et effectue des relevés. Quand Fisher avait appelé le motel pour demander s'il y avait des chambres libres, le réceptionniste avait répondu : « À cette époque de l'année, on n'a que ça, monsieur. »

Et pour cause, s'était dit Kate. Même en été, l'établissement n'était guère attrayant. Devant, un cétacé géant en fibre de verre servait d'enseigne. Il ne s'agissait pas, comme le laissait supposer le nom, d'une baleine bleue, mais d'une orque figée en plein saut et mouchetée d'une bonne décennie de fientes d'oiseaux. Sans doute déjà laide à l'origine, la sculpture était devenue hideuse après des années d'exposition aux tempêtes, aux chaleurs écrasantes et à l'air iodé. Le rouge délavé qui transparaissait sous la peinture blanche et noire écaillée faisait penser à du sang séché. Un œil était rongé par la moisissure, l'autre avait disparu.

Pour autant, Kate se sentait coupable d'aller coucher là-bas sans Mia. Sa fille, qui adorait l'orque, était persuadée que les chambres ressemblaient à des aquariums : en guise de murs, elle imaginait des vitres derrière lesquelles évoluaient toutes sortes de poissons. John avait eu beau essayer de lui expliquer qu'il s'agissait selon toute vraisemblance d'un hôtel banal, avec des draps défraîchis, des matelas tachés et une connexion wi-fi défaillante, qu'au mieux il y aurait un réveil en forme de coquillage ou un rideau de douche à motifs aquatiques, Mia s'accrochait à son rêve.

Penser à sa fille lui serra le cœur. Comment pourrait-elle avoir cette conversation-là avec Mia ? Lui annoncer cette nouvelle qui déclencherait un cataclysme ? Mais Pam avait déjà dû la mettre au courant… Fisher l'avait appelée du parking de l'hôpital, pendant qu'elle-même l'attendait dans la Lexus aux vitres éclaboussées par la pluie.

« C'est fait », avait-il annoncé en remontant dans la voiture.

Kate avait presque l'impression d'entendre sa belle-mère expliquer à la fillette : « Ton papa est là-haut, maintenant, au paradis, avec Jésus, Marie et Charlie. » (Charlie était le lapin de Mia, qui avait connu un destin tragique le jour où il s'était échappé du jardin pour s'aventurer sur la route.) Et, après tout, peut-être valait-il mieux que Mia apprenne la vérité par sa grand-mère, songea-t-elle. Pam serait certainement plus délicate. Une nouvelle fois, les paroles de John lui revinrent à l'esprit.

– « Si on ne parle pas des monstres de ce monde… », dit-elle à voix haute.

– Pardon ? demanda Fisher.

– Non, rien.

Parvenue devant le motel, Kate se gara dans l'ombre de l'orque. Son beau-père et elle prirent leurs clés à la réception puis, sans un mot, se séparèrent. Lorsque Kate entra dans sa chambre, elle put constater qu'il n'y avait pas de poissons derrière des vitres. Les murs étaient en Placoplâtre bon marché, le matelas était trop mou et l'air sentait l'humidité. Malgré tout, c'était un endroit chaud, abrité du vent violent venu de l'océan.

Après avoir accroché la petite pancarte « NE PAS DÉRANGER » à la poignée de la porte, elle s'assit sur son lit et tenta de libérer son chagrin. Toute la journée, elle avait eu l'impression de porter sur elle une grenade émotionnelle ; si elle ne la dégoupillait pas pour la jeter au loin, celle-ci risquait de lui exploser à la figure. Mais les larmes refusèrent obstinément de couler. Elle devait être en état de choc, ou brisée.

Quelques minutes plus tard, son téléphone sonna. C'était Mia. Avec le sentiment d'être la pire des mères, Kate ne répondit pas.

12

L'ÉPOUSE

– C'est pas parce que la victime vient d'ailleurs que le meurtrier est pas d'ici, déclara Lori.

Elle affichait une bonne humeur inhabituelle et brandissait sa fourchette en direction d'Abby telle une baguette magique.

Pour le meilleur et pour le pire – et généralement pour le pire –, les Gilpin dînaient en famille autour d'une table. De son côté, Abby aurait été ravie de manger devant la télé ; elle avait été élevée ainsi et n'en avait pas souffert. Mais Ray tenait beaucoup à ce « moment tous ensemble ». Il le voyait comme un laps de temps – une demi-heure chaque soir – où ses proches se passaient le sel tout en parlant de leurs espoirs, de leurs rêves et de leurs peurs. Sauf que la réalité correspondait rarement à ses attentes. Quand les enfants étaient petits, c'était différent : le repas pouvait durer une bonne heure. Ray avait toujours des histoires à raconter, et Abby allait chercher une seconde part de glace napolitaine pour tout le monde. Malheureusement, lorsque Eddie et Lori avaient atteint l'âge de la puberté, ce « moment tous ensemble » s'était transformé en « dîner avec des inconnus ».

Le plus souvent, désormais, Abby et Ray s'échinaient à faire la conversation tout en s'efforçant d'arracher des bribes d'informations à leurs adolescents réticents. C'était à peu près aussi efficace que d'essayer de tirer l'eau d'un puits avec une paille. Eddie déplaçait la nourriture sur son assiette, Lori jetait des coups d'œil moroses autour d'elle, et Abby se dépêchait d'avaler sa part pour en finir au plus vite.

Ce soir-là, cependant, l'atmosphère avait changé. La découverte du corps déliait la langue de Lori. Penchée en avant sur sa chaise, elle monopolisait l'attention de tous.

– Si ça se trouve, l'assassin est quelqu'un qu'on connaît, vous imaginez ? Et s'il en était pas à sa première victime ? Peut-être qu'il a attiré des centaines de personnes sur l'île puis jeté les cadavres aux requins à Elk Harbour. Sauf que, ce coup-ci, les flics ont été plus rapides que les requins, et...

– Respire, chérie, lui conseilla Abby.

– Je voulais juste dire que c'est une possibilité, souligna Lori. Et toi, papa, t'en penses quoi ?

Assis en face d'elle, Ray salait frénétiquement son plat. C'était Abby qui avait fait la cuisine ce soir-là, et elle n'avait rien d'un chef. Elle avait préparé des fettuccine, ajouté de la sauce carbonara, puis transvasé dans les assiettes tout ce qui n'avait pas collé à la casserole. Il en résultait quatre gros tas peu ragoûtants de nouilles molles et crémeuses.

– Je pense qu'il y a des sujets plus légers à aborder au dîner, répondit-il. Les cours se sont bien passés aujourd'hui, Eddie ?

Son fils ne répondit pas. Les yeux fixés sur sa canette de Coca ouverte, la capuche de son sweat tellement serrée autour du visage qu'il devait avoir perdu toute vision périphérique, il paraissait plongé dans ses pensées.

– La Terre à Eddie, insista Ray en claquant des doigts.

L'adolescent tressaillit et redressa la tête en cillant.

– Hein ?

Lori leva les yeux au ciel.

– J'y crois pas ! Y a eu un meurtre sur l'île, un truc tout droit sorti des bouquins de maman, et mon frangin rêvasse…

Elle s'interrompit le temps d'avaler une fourchetée de pâtes, puis reprit :

– Vous savez qui je verrais bien en meurtrier ? Denny Chow. Tu le connais, Eddie, il est dans la même année que toi au lycée.

– Ouais, sûr, il est zarbi, confirma son frère. Schizo, peut-être bien, un truc comme ça. La semaine dernière, il est arrivé en classe avec une énorme tache sur les fesses. On aurait cru qu'il s'était chié dessus et, lui, il se baladait tranquillement avec ça sur son jean.

– Eh bien, voilà qui le met hors de cause, commenta Abby. Lorsqu'on interroge les voisins d'un serial killer, ils disent toujours : « Il avait l'air tellement normal. » Jamais : « Oui, je savais que c'était un tueur fou, parce qu'il avait de la merde sur son pantalon. »

Lori éclata de rire – un son inhabituel, comme un cri d'oiseau exotique, que sa mère n'avait pas entendu depuis longtemps.

– Non, sérieux, leur assura Abby. Vous verrez que, quand on l'aura arrêté, c'est ce qu'on dira de l'assassin : « Il avait l'air normal. »

– Pas de danger que tu sois suspectée, alors, ironisa Lori.

– Pareil pour toi, riposta sa mère.

– Peut-être que c'est un coup des mafieux de Melbourne, poursuivit l'adolescente. La victime avait une dette de jeu envers eux et, comme il refusait de payer, ils l'ont envoyé roupiller avec les poissons.

Quand Abby se leva pour aller chercher une bière, les muscles de ses jambes se contractèrent douloureusement. Elle avait un peu forcé sur la course à pied, à l'évidence. Devant le frigo, elle se tourna vers Ray.

– Au fait, Biller m'a raconté un drôle de truc à propos de l'ancien terminal du ferry, près de l'endroit où on a trouvé le corps. Il paraît que c'est un *beat*, un lieu de rendez-vous pour les gays. Tu le savais ?

Il haussa les épaules.

– C'est la rumeur qui circulait quand j'étais gamin. Mais on disait aussi qu'il y avait un crocodile dans Blue Lake, des trafiquants de drogue qui dealaient près du phare, et une famille de nains difformes, avec une énorme tête bulbeuse, qui vivait dans des galeries sous les marais salants et sortait tourmenter les enfants la nuit.

– Les Têtes de melon, intervint Lori. Moi aussi, j'en ai entendu parler.

– Ce que je voulais dire, c'est que les rumeurs, ici, ne reposent que sur du vent, déclara-t-il.

– Possible, mais j'ai repensé à cette histoire de rendez-vous clandestin entre homos, répliqua Abby. Si on a quelque chose à cacher, on a quelque chose à protéger, et si on veut protéger quelque chose, on a une raison de tuer.

– Quelqu'un est mort, je vous rappelle, lâcha Ray d'un ton sec.

À ces mots, un subtil changement s'opéra dans la pièce ; soudain, l'air parut se raréfier. D'un même mouvement, comme des gamins pris en faute, Abby, Eddie et Lori se tournèrent vers Ray. Il les dévisagea l'un après l'autre, s'attardant sur sa femme.

– Quelqu'un est mort sur cette île, répéta-t-il lentement. Ça n'a rien de drôle ni d'excitant. Au contraire, c'est tragique, triste et effrayant. Alors, au lieu d'échafauder toutes sortes d'hypothèses folkloriques, on devrait faire preuve d'un peu de respect et de décence. Toi aussi, Ab.

Celle-ci éprouva une pointe de ressentiment, la balaya, puis offrit sa meilleure imitation d'un parent responsable en déclarant :

– Votre père a raison.

– Tu rigoles ? se récria Lori. Tu t'éclates avec ce genre de trucs, maman. Tous tes bouquins parlent de serial killers, de massacres, d'enfants kidnappés et…

– C'est différent, la coupa Abby.

– En quoi ?

Abby jeta un coup d'œil à Ray de l'autre côté de la table.

– Ces crimes-là n'ont pas été commis à Belport.

– Mais ils l'ont bien été quelque part, rétorqua Lori. Ton argument tient pas la route.

– Je suis une adulte, Lori. Nous n'avons pas à être cohérents. Alors, change de sujet et mange tes pâtes.

Lori reporta son attention sur son assiette.

– Ah bon ? C'étaient des pâtes ?

Après le dîner, la famille se dispersa. Eddie débarrassa la table, Lori disparut dans sa chambre sous prétexte de terminer ses devoirs, et Ray monta prendre une douche à l'étage. Abby délaissa la bière pour se servir un verre de vin rouge qu'elle emporta dans le garage.

Elle éclaira en entrant, puis alluma le vieux radiateur électrique sous son établi. Les trois résistances ne tardèrent pas à rougeoyer en dégageant une odeur de poussière chaude.

Après avoir jeté un plaid sur ses épaules, Abby posa son verre sur l'établi et ouvrit la porte du petit frigo. L'opossum que Susi Lenten avait découvert mort sous les lignes à haute tension devant chez elle se trouvait à l'intérieur, emballé dans un sac en plastique orné du double B du *Buy & Bye*.

Abby le considéra quelques secondes. Elle n'avait encore jamais travaillé sur un animal de cette taille. Les ouvrages sur la taxidermie qu'elle avait empruntés à la bibliothèque de Belport affirmaient tous que les créatures comme les oiseaux, les souris et les rats sont difficiles à naturaliser, car tout est réduit. Mais le problème, c'était que plus les sujets étaient gros, plus ils avaient l'air *réels*.

Alors qu'elle se penchait, son plaid accrocha un clou qui dépassait et glissa. Elle frissonna. Le radiateur avait beau être poussé à fond, le garage mal isolé était inchauffable. Elle aurait pu travailler sur la table de la cuisine, où il faisait bon, mais elle était quasiment certaine que Ray demanderait le divorce à cette simple suggestion.

Trois grosses mites brunes s'échappèrent soudain de sous le frigo, lui frôlant le menton au passage. Elle tenta de les écraser entre ses mains mais les manqua. Elles s'élevèrent en formation désorganisée jusqu'au néon contre lequel elles revinrent se cogner, encore et encore.

Abby les regarda en se rappelant le carton de vêtements d'enfant abîmés. Si elle avait eu une bombe d'insecticide à portée de main, elle les aurait éliminées sur-le-champ, et tant pis si elle enfreignait la règle de « capture-libération » instaurée par Ray. Chaque fois qu'un insecte entrait dans la maison, il insistait pour qu'on l'attrape – en général, avec le gobelet *Batman Forever* rangé sous l'évier – et qu'on le relâche dans le bois derrière leur jardin. Aussi poilue ou effrayante la créature soit-elle, cela ne changeait rien : le 106 Milt Street était une zone de droit à la vie.

Mais si l'animal était déjà mort, tout était permis. Cette pensée en tête, Abby sortit le sac en plastique et le posa délicatement sur l'établi. Après avoir avalé une gorgée de vin, elle enfila son tablier vert et une paire de gants chirurgicaux.

Elle déballa la dépouille – un bassaris adulte gris et blanc, constata-t-elle. Il n'avait aucune blessure visible et n'avait sans doute pas eu le temps de comprendre ce qu'il lui arrivait.

– Salut, toi, dit-elle. Comment tu t'appelles ?

L'opossum semblait la contempler de son regard fixe, la gueule entrouverte, les yeux globuleux et vitreux.

– Tu as une tête à t'appeler Trevor, décréta-t-elle. Je suis Abby, et aujourd'hui je serai ta styliste.

Elle remonta son tabouret, alluma la radio, d'où s'éleva une chanson des TLC, et saisit son scalpel. Après y avoir fixé une lame à pointe fine n° 11, elle l'approcha de la dépouille. Dès la première incision, elle sentit s'envoler toutes ses craintes liées à la taille de l'animal.

L'étape numéro un consistait à retirer la peau et à la traiter. Abby commença par fendre le ventre en prenant soin de ne pas percer les intestins. Elle avait commis cette erreur une fois avec un rat du bush. Une telle puanteur s'était dégagée des entrailles qu'elle avait failli sortir en courant et raccrocher son tablier une bonne fois pour toutes.

Elle glissa lentement la lame sous la peau, procédant par petits gestes mesurés. Puis, de la main gauche, elle la décolla. Le manuel décrivait cette phase du processus comme une sorte de déshabillage, mais elle avait plutôt l'impression d'éplucher une orange.

Quand « Dreamlover », de Mariah Carey, succéda à TLC, Abby se demanda qui pouvait avoir choisi cette station. Si elle n'avait pas eu les mains prises, elle se serait levée pour en changer. Pourtant, à mesure qu'elle s'absorbait dans son activité, elle se retrouva bientôt en train de fredonner la chanson. Pour la première fois depuis vingt-quatre heures, le meurtre lui était sorti de la tête. Il n'y avait plus que le tambourinement des mites contre le néon, Trevor l'opossum, et Mariah…

– Merde !

Elle venait de faire un faux mouvement et de s'entailler le pouce gauche. Une brusque sensation de chaleur irradia de la coupure, qui se mit aussitôt à saigner à l'intérieur du gant.

Abby lâcha le scalpel, puis referma sa main droite sur son doigt blessé. Elle ne voulait pas regarder, ne voulait pas savoir si la plaie était profonde. A priori, elle ne pensait pas avoir besoin de points de suture, mais la douleur fuserait plus tard, elle le savait.

Elle descendit de son tabouret et se dirigea vers la partie du garage réservée à Ray, certaine d'y trouver un kit de premiers secours. Le pouce gauche toujours comprimé dans sa main droite, elle navigua entre les bacs en plastique et les pots vides, contourna le banc de musculation couvert de toiles d'araignées et la vieille tondeuse autoportée rouillée.

L'établi de son mari occupait tout un pan de mur au fond. C'était son domaine, ce qui se rapprochait le plus pour lui d'un bureau, où il entassait quantité d'outils électriques divers. Une tronçonneuse Stihl boueuse était posée sur un carton rempli de documents administratifs, marqué « TAXES DIVERSES » sur le côté, au feutre noir. Un souffleur électrique Buffalo recouvert d'herbe était appuyé contre une pile de livres de la collection « Pour les nuls ».

Il lui fallut près d'une minute de fouille frénétique pour dénicher enfin le kit de secours. Elle était sur le point de renoncer et d'aller se soigner dans la maison quand elle repéra la boîte, coincée entre l'établi et le mur. Abby s'accroupit, la tira vers elle de sa main valide, avant de s'immobiliser brusquement. Par l'interstice du couvercle entrouvert, elle venait d'apercevoir ce qui ressemblait à…

Une paire de fesses ?

Elle récupéra le kit, puis le transporta jusqu'à son propre établi. Là, elle souleva le couvercle.

La première chose qui lui vint à l'esprit, c'était que la boîte ne contenait pas ce dont elle avait besoin. Pas de pansements, pas de compresses de gaze ni de crème apaisante – juste une pile de magazines, rangés à l'envers. L'étalage de chair pâle au dos du premier lui inspira sa seconde pensée : « Je viens de découvrir l'endroit où Ray planque ses revues porno. »

Elle n'ignorait pas que ce genre de publications excitait bon nombre d'hommes, et elle n'en voulait pas vraiment à Ray de céder lui aussi à ses pulsions. En attendant, il aurait dû mieux choisir la cachette : un des enfants aurait pu tomber dessus.

Elle retourna le premier magazine pour voir ce qui faisait vibrer son mari. Des *pom-pom girls*, des filles entre elles, des femmes mûres, ou…

Mountain Stud ?

Sur la couverture, un blond à demi nu la dévisageait d'un air lascif. Torse musclé, glabre, moue boudeuse… Une main levée derrière la tête, il ouvrait de l'autre la braguette de son jean.

Ébranlée, Abby sortit toutes les revues avant de les aligner sur l'établi. *Y-Mag*, *Boyz*, *Truck Stop*, *Man O Man…* Elle en avait oublié son pouce blessé. Une angoisse sourde l'envahissait peu à peu tandis que son regard survolait les images d'hommes nus. Certains faisaient saillir leurs muscles, d'autres s'étreignaient en s'embrassant passionnément. Sur l'un des clichés, quatre Noirs dont on ne voyait pas les visages dominaient un jeune Blanc qui joignait les mains, l'air de supplier ou de prier.

Plus tard, en se repassant la scène dans sa tête, Abby la trouverait presque comique. Elle se visualiserait comme dans un tableau : une femme en tablier vert foncé, avec une main gantée dégoulinante de sang, le cadavre à moitié écorché d'un opossum sur l'établi en arrière-fond et, ouvert devant elle, un numéro de *Stud Fucker* montrant une belle empreinte de pouce rouge vif dans le bas de la double page centrale.

En l'occurrence, son seul désir était d'effacer ces cinq dernières minutes de sa vie. Elle replaça rapidement les magazines dans le kit de secours sans même chercher à les remettre dans l'ordre où elle les avait découverts. Peu importait. Tout ce qu'elle voulait, c'était qu'ils disparaissent de sa vue. Elle referma le couvercle, rangea la boîte dans l'espace entre l'établi de Ray et le mur, et rentra chercher un pansement.

13

LA VEUVE

– Bon, voilà ce que je peux vous dire, déclara l'inspectrice Eckman. Ce matin, nous avons reçu un appel de Ben Norbo, qui tient le magasin d'appâts sur la promenade. Il nous a signalé ce qu'il pensait être une voiture abandonnée à Beech Tree Landing.

Kate et Fisher étaient assis en face d'elle, de l'autre côté d'un bureau constellé de taches de café, dans une petite pièce tout au fond du poste de police de Belport. La seule fenêtre donnait sur un passage bétonné et humide entre le poste et la maison voisine. Il s'était remis à pleuvoir. Il pleuvait pratiquement sans interruption depuis leur arrivée sur l'île.

– La voiture en question était immergée au bas d'une des rampes de mise à l'eau, comme si on l'avait garée au sommet, avant de la mettre au point mort et de la laisser descendre jusqu'à la mer, poursuivit la policière. Ben venait de faire démarrer son Riva Aquarama et il a bien failli abîmer sa coque avant de remarquer le véhicule dans l'eau.

– Son Riva quoi ? demanda Kate.

– C'est un bateau à moteur, répondit Eckman. Au début, Ben a supposé, comme nous plus tard, que la voiture avait été abandonnée par des jeunes qui l'avaient volée pour partir en virée. Ça arrive plus souvent qu'on ne le croit. Ils fauchent une bagnole sur le continent, se cotisent pour payer la traversée sur le ferry et s'en donnent à cœur joie une fois arrivés ici. Après, ils l'abandonnent ou la brûlent. Bref, pour nous, ce n'était que ça.

– Mais c'était plus grave, n'est-ce pas ? intervint Fisher, qui prenait des notes sur un calepin.

– En effet. Un de nos agents est allé voir sur place et a demandé une dépanneuse pour la sortir de l'eau.

Eckman grimaça.

– C'est là que votre mari a été découvert, sur le siège du conducteur.

Kate éprouva une soudaine bouffée de chaleur. Elle se sentait étrangement détachée, coupée de la réalité. En cet instant, elle avait l'impression d'être un vieux bateau que seule une fragile amarre retenait encore au quai. L'envie de la rompre pour partir à la dérive était presque irrépressible. Sans Mia, elle y aurait peut-être cédé.

– La voiture avait été louée au nom de votre mari, reprit Eckman. Nous ne savons pas exactement depuis combien de temps elle était là mais, compte tenu de la décomposition du corps, nous pensons qu'elle est restée dans l'eau au moins quarante-huit heures.

– Vous êtes sûre ? s'étonna Kate. La société de surveillance m'a appelée hier soir. Quelqu'un avait déclenché l'alarme. Si John était déjà…

Eckman ne la laissa pas terminer sa phrase.

– C'était peut-être dû à un dysfonctionnement ou au passage d'un animal. Il est possible aussi que quelqu'un d'autre se soit introduit dans cette maison hier soir. Les techniciens de la Scientifique sont en route, ils vont tout examiner. Nous allons devoir prendre vos empreintes à tous les deux avant que vous quittiez le poste.

Fisher leva les yeux.

– Pourquoi ? Nous sommes suspects ?

– Nous en avons juste besoin pour les comparer à celles qui seront relevées chez vous.

Il griffonna quelque chose dans son calepin.

– Comment est-ce arrivé ? demanda Kate. Comment John a-t-il… comment a-t-il été tué ?

Fisher lui jeta un bref coup d'œil, puis attendit la réponse de la policière.

– Le séjour dans l'eau a forcément détruit pas mal d'indices potentiels, répondit Eckman d'un ton neutre. Mais nous savons que son artère carotide a été sectionnée.

– Autrement dit, il a été égorgé, déclara Fisher.

Le mot frappa Kate par sa brutalité.

– C'est ça, confirma l'inspectrice. Jusque-là, nous n'avons pas localisé l'arme du crime.

– Elle n'était pas dans la voiture ? s'enquit Fisher.

– Non.

– Vous avez fouillé les environs ?

– Nous sommes en train de le faire. Sans résultat pour l'instant.

Il parut soulagé.

– Si l'arme n'était pas près de lui, alors il n'a pas pu… Il n'a pas pu s'infliger lui-même cette blessure.

Kate sursauta, comme si on venait de lui assener une grande claque sur l'épaule.

– Bien sûr que non, protesta-t-elle. Comment peux-tu penser ça ?

Son beau-père se borna à écrire dans son calepin sans répondre.

– Il n'y avait pas de traces de lutte, leur apprit Eckman. Il n'a même pas eu le temps de boucler sa ceinture. Voilà pourquoi nous pensons que John connaissait son agresseur, qui l'a peut-être attiré là-bas. Nous sommes en train d'examiner ses relevés téléphoniques et ses mails. John avait-il des attaches à Belport ? Une personne à qui il aurait pu vouloir parler ou rendre visite ?

– Pas que je sache, déclara Kate. Nous ne nous doutions même pas qu'il était sur l'île.

– À propos…

L'inspectrice ouvrit un porte-documents en cuir noir, dont elle retira trois photos.

– Votre mari est arrivé ici il y a deux semaines, le jour où il vous a dit qu'il partait pour Londres.

Elle plaça la première image sur son bureau et la fit glisser vers eux.

– Elle provient des enregistrements des caméras sur le ferry. Ce vieux rafiot aurait bien besoin d'un système de surveillance plus moderne mais… Il s'agit de John, n'est-ce pas ?

La photo à gros grain, de qualité médiocre, montrait une vue en plongée du pont avant. S'il y avait beaucoup d'espace vide – l'étendue du pont, celle de l'océan au-delà du bastingage –, on distinguait néanmoins la silhouette solitaire d'un homme dans l'angle. Il regardait vers le large, les mains dans les poches de son épaisse parka, un sac de voyage coincé entre les pieds. Son visage était légèrement tourné vers la caméra, comme si quelque chose à droite du ferry avait attiré son attention – une barge, peut-être, ou un groupe de dauphins. Grand, mince, c'était bien John. Impossible de s'y méprendre.

Kate n'avait pas imaginé un seul instant que son mari ait pu venir à Belport contre sa volonté – enfermé dans le coffre d'une voiture conduite par un fou ou embarqué de force sur un dinghy sous la menace d'une arme. Pour autant, le voir ainsi entreprendre ce voyage secret de son plein gré lui faisait mal.

– Deux de nos agents visionnent les images des caméras sur le ferry enregistrées tous les jours depuis, expliqua Eckman. Pour l'heure, ils ne l'ont pas repéré. Nous supposons donc que c'est la seule fois où il a fait la traversée. Comme il avait payé en liquide et acheté un billet de retour pour le lendemain du meurtre, j'en déduis qu'il avait l'intention de repartir à la date qu'il vous avait indiquée.

Étrangement, cette nouvelle apporta un certain réconfort à Kate. Elle semblait suggérer que si John n'avait pas été tué, il serait rentré à la maison. Il ne lui aurait peut-être jamais parlé de son expédition, et elle aurait vécu dans une bienheureuse ignorance jusqu'à la fin de ses jours. C'était aussi la confirmation, du moins dans son esprit, qu'il n'était pas allé à Belport pour se suicider, comme l'envisageait Fisher. Pourquoi acheter un billet de retour quand on sait qu'il n'y aura pas de retour, justement ?

Eckman leur présenta la deuxième photo.

– Celle-ci provient de la caméra fixée au-dessus de l'entrée de l'Uniting Church, dans Bay Street, précisa-t-elle. Elle a été installée pour démasquer la personne indélicate qui laissait son chien faire ses besoins devant la porte, et offre une vue dégagée du périmètre, jusqu'au parking devant le *Buy & Bye*, de l'autre côté de la rue.

– Le supermarché existe toujours ? lança Fisher.

– Oui, répondit Kate.

Elle le connaissait bien. Il était pittoresque, pratiquait des prix prohibitifs, et Mia adorait fureter dans le petit rayon des jouets. Pendant les vacances, elles y allaient souvent toutes les deux faire les courses, ce qui permettait à John d'avoir la maison pour lui et de pouvoir lire tranquillement.

Elle se pencha pour examiner le cliché, qui montrait John en train de sortir du *Buy & Bye*, chargé de deux gros sacs. Cette fois, il était face à la caméra. Il n'avait pas le front plissé par l'inquiétude ou les soucis. Son visage était inexpressif, son regard insondable.

– Il n'y a pas de caméras à l'intérieur du magasin, mais nous sommes pratiquement certains qu'il y est allé deux fois, leur révéla Eckman. La première, le jour de son arrivée, pour acheter…

Elle s'interrompit le temps de sortir du porte-documents la photocopie d'un ticket de caisse, qu'elle lut à voix haute :

– Du pain, du lait, des conserves, de l'eau minérale, une rallonge électrique, deux multiprises, des piles, une lampe torche dynamo et du chocolat.

– On dirait qu'il faisait des stocks, observa Kate.

Eckman hocha la tête.

– Il est retourné au supermarché le jour supposé de sa mort, pour acheter les provisions que vous avez trouvées dans la maison.

Fisher, qui avait déjà saisi la troisième photo que l'inspectrice avait posée sur le bureau, demanda :

– Qui est-ce ?

Il la tendit à Kate. L'image semblait provenir d'une caméra de sécurité installée chez un particulier. On y voyait deux hommes qui se tenaient sous une vieille véranda en bois délabrée. L'un des deux était John. En constatant qu'il souriait, Kate se sentit envahie par une rage sourde. Au cœur même de toute cette mascarade, il avait le cran de sourire ? Elle avait soudain l'impression de regarder un parfait inconnu, au point que Fisher aurait très bien pu parler de lui quand il avait demandé : « Qui est-ce ? »

L'autre homme, que Fisher pointait de l'index, était un individu trapu, au torse en barrique, avec des bras courts et épais. Il était pris de dos, révélant une tonsure importante au milieu d'une chevelure encore abondante. Autour d'eux s'étendait une pelouse mal entretenue, sur laquelle étaient disséminées des pièces détachées, un barbecue rouillé et quelques fûts métalliques.

– C'est Russ Graves, expliqua Eckman. Il a toujours vécu sur l'île, c'est un peu notre excentrique local. Il gagne sa vie en faisant des petits boulots ici et là. Il est aussi ferrailleur, il achète et revend des marchandises d'occasion. Lorsque nous avons épluché les mails de John, nous avons trouvé une réponse à une publicité que Russ Graves avait publiée sur Gumtree.

Fisher inscrivit le nom de « Russ Graves » sur son calepin.

– Une publicité pour quoi ? demanda Kate.

– Des pièges électriques pour se débarrasser des insectes.

– À cette époque de l'année ? Pourquoi John aurait-il eu besoin d'un piège à insectes ?

– De plusieurs, en fait, précisa Eckman.

– Comment ça ?

– Russ Graves en proposait onze à la vente. John les a tous achetés.

– Ça n'a pas de sens, intervint Fisher. Et si ça n'a pas de sens, c'est sans doute parce que ce n'est pas vrai.

Eckman prit visiblement sur elle pour dissimuler son agacement.

– Je comprends votre point de vue, monsieur Keddie, mais c'est un fait. D'autre part, j'aurais voulu savoir ce que vous pensiez de cette fausse chambre d'hôtel que John a reconstituée.

– Il voulait me faire croire qu'il m'appelait de Londres par Skype, dit Kate.

– C'est tout de même se donner beaucoup de mal pour étayer un mensonge, souligna la policière. Pourquoi ne vous a-t-il pas dit qu'il venait à Belport, tout simplement ?

Kate secoua la tête. Elle commençait à en avoir assez qu'on lui pose cette question. Chaque fois, il lui semblait qu'elle connaissait de moins en moins John. Discrètement, elle plongea la main dans la poche de sa parka et effleura le cahier contenant les dessins de son mari. Elle l'avait apporté en pensant qu'il serait peut-être utile pour l'enquête.

– Je ne sais pas, répondit-elle. Et il y a autre chose. Deux choses, à vrai dire. Il y avait une couche de peinture fraîche sur l'un des murs du salon. J'ignore ce que ça signifie, ou si c'est important…

– Oui, je suis au courant, déclara Eckman. Mais, pour le moment, ce n'est pas notre préoccupation. Je voudrais que vous me parliez de ce décor de chambre d'hôtel.

Kate retira la main de sa poche et la posa sur ses cuisses.

– Pouvons-nous revenir à ce Graves, plutôt ? lança Fisher. Est-ce qu'il a un casier ? S'il a installé une caméra de surveillance sur sa véranda, c'est qu'il a quelque chose à cacher.

Eckman prit une profonde inspiration.

– Les investigations sont en cours, répliqua-t-elle. Mais M. Graves a un alibi et, a priori, il est solide.

– Vous avez d'autres suspects ? attaqua Fisher. Des indices ? Des éléments tangibles ?

Cette fois, l'inspectrice parut hésiter. Le bout de sa langue pointa entre ses lèvres à deux reprises.

– Nous y travaillons, monsieur Keddie. Pour ce que ça vaut, vous avez ma parole.

– Je dirais qu'elle ne vaut foutrement rien, rétorqua-t-il.

– Fisher, s'il te plaît, intervint Kate.

Il secoua la tête et feuilleta son calepin.

– Et maintenant, qu'est-ce qui va se passer ? demanda Kate à la policière.

– Nous suivons un certain nombre de pistes, répondit-elle. Le seul point positif de cette affaire, c'est qu'elle s'est produite dans une communauté restreinte, où les gens ont tendance à remarquer tout ce qui sort de l'ordinaire. Excusez mon langage un peu cru, mais on a l'habitude de dire sur l'île que personne ne peut chier quelque part un jour sans que quelqu'un d'autre flaire l'odeur le lendemain.

14

L'ÉPOUSE

Le *Belly* était un pub accueillant niché au croisement de Bay Street et de Jackson Street. Dans la nuit bruineuse, on voyait sa chaude lumière orangée briller derrière les vitres. À l'intérieur, dans la salle principale, des rangées de bancs en bois s'alignaient le long des murs recouverts d'un papier peint vert à motif floral, sur lesquels étaient accrochées de nombreuses photos encadrées, en noir et blanc, de Belport dans les années 1930 et 1940. Un bon feu crépitait dans la grande cheminée de pierre dont le manteau avait été sculpté dans du bois flotté.

La propriétaire, Sheila Gosnell, avait promis d'y placer un des animaux d'Abby lorsque celle-ci maîtriserait mieux la technique de la taxidermie. Sur le moment, elle devait imaginer une belle tête de cerf avec une large ramure… Comment réagirait-elle devant Trevor le bassaris ? se demanda Abby.

Elle s'était installée avec Bobbi dans un box près de l'âtre. Elle-même avait commandé du vin rouge, et Bobbi du blanc. C'était cette dernière qui avait proposé d'aller boire un verre, mais c'était Abby qui en avait vraiment besoin. Elle se demanda si sa meilleure amie avait reçu par télépathie l'appel de détresse qu'elle avait lancé en découvrant le contenu du kit de secours.

– Il y a trop longtemps qu'on ne s'était pas retrouvées ici, dit-elle quand elles trinquèrent. Je croyais que tu avais décidé de renoncer à l'alcool – en public, du moins – jusqu'à ce que Maggie ait accouché et puisse se joindre à nous.

– Je me suis dit que je te devais bien ça après avoir pleuré sur ton épaule l'autre soir, déclara Bobbi. Mais je voulais aussi te parler de quelque chose. Qu'est-ce qui t'est arrivé ? ajouta-t-elle en indiquant le pouce d'Abby.

Celle-ci baissa les yeux vers le pansement dont elle avait entouré son doigt. En nettoyant la plaie, elle s'était aperçue qu'il s'agissait d'une entaille à peine plus large qu'une coupure faite par une feuille de papier. Mais c'était tout aussi douloureux.

– Petit accident de taxidermie, répondit-elle. Et, à propos, moi aussi je voulais te parler de quelque chose.

Bobbi s'adossa à son siège, plaça une main sur sa nuque et, de l'autre, leva son verre.

– Les dames d'abord.

Abby avala une gorgée de vin, puis se lança. Elle lui raconta sa découverte de *Mountain Stud* et des autres magazines, du blond en couverture qui baissait la braguette de son jean… Bobbi l'écouta les lèvres pincées, sans rien laisser paraître de ses pensées. La seule fois où elle prit la parole, ce fut pour chasser Jim Biggins, un habitué du *Belly*, qui s'était approché en titubant pour l'interroger au sujet du meurtre – un mot qu'il prononçait « meurdreu » après trop de Woodstock-Coca.

Quand Abby eut terminé, Bobbi se pencha en avant, posa les coudes sur la table et but en silence. L'expression de son regard rendit Abby nerveuse ; son amie semblait se livrer à un calcul mental compliqué. Au bout d'un long moment, elle finit par lâcher :

– Merde.

– Ça, tu peux le dire, confirma Abby.

– Tu t'es expliquée avec lui ?

– Pour le moment, je ne sais pas trop comment aborder le sujet.

– OK. Bon, d'abord, ce n'est pas parce qu'il regarde ce genre de revues qu'il est gay. Pour posséder moi-même une certaine autorité sur le sujet, je peux t'affirmer que la sexualité, ce n'est pas tout noir ou tout blanc. À ton avis, pourquoi on a choisi un drapeau aux couleurs de l'arc-en-ciel, hein ?

– Ma raison est d'accord avec toi, Bobbi, mais pas mes émotions. J'en viens à me demander s'il pense à Brad Pitt quand il me baise.

Bobbi ébaucha un sourire et avala une gorgée de son chardonnay.

– Nan, moi, je suis sûre que son genre, c'est plutôt Richard Gere.

– Tu ne m'aides pas, là.

– Si j'ai bien compris, ce n'est pas comme s'il ne te touchait plus, répliqua Bobbi. Eddie et Lori sont là pour prouver que vous l'avez fait au moins deux fois, sans compter que je n'ai pas oublié toutes ces conversations cochonnes de fin de soirée qu'on a eues toi et moi au *Buy & Bye*. Il en pince pour toi, ma grande, c'est évident. Alors, si je devais me prononcer, je dirais qu'il est juste motivé par… la curiosité.

Une pensée sinistre traversa soudain l'esprit d'Abby. À en croire la rumeur, l'ancien terminal du ferry était un *beat* gay. Ray était-il curieux au point de… ?

Arrête, s'ordonna-t-elle en se forçant à repousser l'image. En vérité, elle n'avait aucun moyen de savoir ce que ces magazines faisaient là. Et si Ray les avait trouvés dans une des maisons dont il s'occupait ? Après tout, il y avait peut-être des tas de pervers richissimes parmi les résidents de Neef Street… Ça n'expliquait pas pourquoi il les avait cachés sous son établi, en attendant, c'était plausible.

– Il va falloir que je lui pose la question, pas vrai ? reprit-elle.

– J'en ai bien peur.

Abby vida son verre, avant d'aller au bar commander une nouvelle tournée. Quand elle revint s'asseoir en face de son amie, elle déclara :

– À toi, maintenant.

– Hein ?

– Tu m'as dit tout à l'heure que tu voulais me parler de quelque chose. Alors, vas-y, je t'écoute.

Bobbi changea de position sur son siège, puis avala une grande lampée de vin, comme pour se donner du courage. Ce n'était pas bon signe, songea Abby.

– Allez, Bobbi, crache ! Tu commences à me faire peur.

– Je comptais passer chez toi pour discuter de ça, et puis je me suis dit que ce serait plus facile ici, loin des gosses et de Ray. D'autant que j'ai repensé à une habitude qu'avaient mes parents. Chaque fois que mon père et ma mère étaient confrontés à une décision importante – n'importe laquelle, comme racheter une voiture ou mettre mamie dans une maison de retraite –, ils prenaient la route et roulaient au hasard. Ils ne revenaient pas avant de s'être mis d'accord.

Elle sourit.

– Et tu veux savoir le plus ironique ? La dernière expédition de ce genre qu'ils ont faite ensemble, c'était pour décider si leur couple méritait d'être sauvé ou non. Pour ton information, il ne le méritait pas.

Elle porta de nouveau son verre à ses lèvres. Abby attendit la suite.

– Un jour, j'ai interrogé mon père au sujet de ces longues virées, reprit Bobbi. Je m'imaginais qu'il y avait quelque chose dans le fait d'être en mouvement – la vitesse, peut-être, ou l'élan – qui permettait d'avoir les idées plus claires. Il m'a répondu que j'allais chercher trop loin, que l'explication était beaucoup plus simple : on ne chie pas à l'endroit où on dort. Par principe, il vaut mieux éviter d'aborder certains problèmes chez soi.

– Donc, tu préfères chier à l'endroit où on boit ?

Bobbi pouffa.

– Ouais, ça doit être ça.

Elle s'adossa de nouveau à son siège et fourra les mains dans les poches de son coupe-vent. Il faisait chaud à l'intérieur du bar, pourtant elle ne l'avait pas enlevé.

– C'est au sujet du meurtre ? la pressa Abby. Je te le répète, je serai toujours là pour toi, Bob, et je comprends très bien que tu ne puisses pas te confier à Maggie. Pour autant, vous n'avez pas des psychologues dans la police, ou…

– Non, ce n'est pas ça, l'interrompit Bobbi. C'est en rapport avec le meurtre, mais ce n'est pas ça.

Elle but une gorgée de vin, hocha la tête et se décida.

– On a examiné les relevés téléphoniques de la victime. Et quand je dis « on », je veux parler de l'inspecteur qui mène l'enquête. Il y avait un tirage sur son bureau, au poste, et je n'ai pas pu m'empêcher d'y jeter un coup d'œil. J'étais curieuse, tu comprends, je me disais que certains numéros me seraient peut-être familiers. Notre mort n'avait pas passé beaucoup de coups de fil : six au total en deux semaines. Or, sur ces six, j'ai reconnu deux numéros. Le premier était celui de *Speedy Pizza*. Il les a appelés quatre jours avant le meurtre. L'autre…

Le juke-box diffusait un titre de Paul Simon et, durant quelques secondes, Bobbi parut absorbée par la chanson.

– Oui ? Continue, la pressa Abby.

– Eh bien, le second numéro correspondait à un appel passé le jour de sa mort, à 11 h 16 du matin, qui a duré quatre minutes et quarante secondes. Écoute, je ne voudrais surtout pas te faire peur et je n'accuse personne. Je tenais juste à te prévenir. Il y a sans doute une bonne explication à…

– Qu'est-ce que tu essaies de me dire, Bobbi ?

– Le jour du meurtre, la victime a téléphoné chez toi.

– Chez nous ? s'étonna Ray. Mais non, voyons, impossible. Elle se trompe, forcément.

En rentrant, Abby l'avait trouvé allongé sur le canapé devant la télé, et il venait de s'asseoir pour lui faire de la place. Il repêcha la télécommande derrière les coussins puis éteignit le téléviseur, le front plissé par la perplexité. Ou la contrariété, peut-être ?

Abby s'installa à côté de lui, croisa les doigts, les décroisa et se releva.

– Bobbi a dit qu'il n'y avait aucune raison de paniquer. Elle voulait nous avertir, c'est tout. Un policier va certainement venir nous interroger au sujet de ce coup de fil et…

– Attends, tu vas trop vite. Un policier, *ici* ? C'est complètement dingue ! Il devait s'agir d'un faux numéro, rien de plus.

– L'appel a duré quatre minutes et quarante secondes, souligna Abby. C'est trop long pour une simple erreur.

Il fronça les sourcils.

– Ça ne pourrait pas être un des enfants ?

– C'était en fin de matinée, en pleine semaine. En principe, ils étaient en classe. Mais je leur poserai la question, pour en avoir le cœur net.

Ray garda le silence.

L'odeur du feu de bois emplissait la pièce. Le vent s'engouffrait dans le conduit du poêle, avivant les flammes et produisant une sorte de hurlement irréel, qui prenait une résonance étrangement lugubre aux oreilles d'Abby. Elle en venait néanmoins à se dire que, vu les circonstances, même la chanson « Jingle Bells » lui semblerait lugubre en cet instant. Sa conversation avec Bobbi lui avait noué l'estomac et, jusque-là, Ray n'avait rien fait pour la rassurer.

– C'était le jour où l'orage a éclaté, reprit-elle.

Il tressaillit. Il devait se douter de ce qu'elle allait ajouter, mais il ne chercha pas à l'interrompre.

– Lori et Eddie étaient en cours, je bossais au *Buy & Bye*, et toi, tu…

– J'avais pris ma matinée, admit-il. Il pleuvait trop pour travailler dehors.

– Donc, tu étais ici ?

Durant un moment, éclairé par les lueurs orangées du poêle, son mari lui parut presque menaçant et, brusquement, elle revit la photo du blond en couverture de *Mountain Stud*. Puis l'expression de Ray s'adoucit, et il fit claquer sa langue.

– Maintenant que j'y repense, je me rappelle avoir reçu un coup de téléphone.

– Ah bon ?

– Oui. D'un gars qui voulait des renseignements sur Island Care. Un client potentiel, quoi. Tu sais, la plupart des estivants estiment que louer les services d'un gardien l'hiver revient à jeter l'argent par les fenêtres, jusqu'à ce qu'ils arrivent chez eux et découvrent un nid de guêpes sous la véranda ou une famille de roussettes dans leur chambre d'amis.

– Il envisageait de t'engager, c'est ça ?

– Oui.

– Qu'est-ce qu'il a dit ?

– Il voulait savoir ce que je faisais exactement et combien ça lui coûterait.

Il tripota son lobe un instant, puis secoua la tête.

– Je lui ai tout expliqué et il a dit qu'il allait réfléchir et qu'il me rappellerait. N'ayant plus de nouvelles, j'ai supposé qu'il avait changé d'avis. Je comprends mieux pourquoi il ne s'est pas manifesté… Bon sang, ça fait froid dans le dos. Écoute, je m'arrêterai au poste demain matin en allant au boulot pour éclaircir la situation, d'accord ? À mon avis, je ne suis pas le seul habitant de l'île qu'il a contacté.

– Non, il a aussi passé une commande à *Speedy Pizza*.

– Ah, tu vois ? Qu'est-ce que je te disais ! s'exclama Ray en triturant de nouveau son lobe.

S'il lui avait raconté tout ça avant qu'elle ouvre le kit de secours, elle l'aurait sans doute cru. Après tout, elle n'aurait eu aucune raison de mettre sa parole en doute. Mais, s'il était capable de garder un tel secret sur sa sexualité, comment était-elle censée distinguer le vrai du faux ? Il fallait bien qu'elle lui fasse confiance, non ? Quelle était l'alternative ?

Elle s'apprêtait à l'interroger sur les magazines, quand elle se ravisa. Au fond, elle n'était pas certaine de vouloir obtenir des réponses, aussi se borna-t-elle à demander :

– Est-ce que je dois m'inquiéter, Ray ?

Il la regarda droit dans les yeux, puis sourit, fit semblant de se menotter les poignets et les lui présenta.

– Je me rends, m'sieur l'agent.

Une plaisanterie qu'elle ne trouva pas particulièrement drôle.

15

LA VEUVE

Clank… Clank… CLANK !

Le bruit provenait de l'extérieur. Malgré l'heure tardive, il n'avait pas réveillé Kate, qui ne s'était pas assoupie depuis qu'elle avait éteint sa lampe de chevet.

Elle tendit l'oreille.

Clank… Clank !

Intriguée, elle se leva pour s'approcher de la fenêtre, se cognant le genou contre une chaise au passage. Quand elle écarta le rideau, elle s'attendait presque à découvrir un tueur fou essayant de s'introduire dans sa chambre. Mais ce n'était que Fisher qui, en robe de chambre élimée, un seau métallique vide à la main, tanguait et se colletait avec la machine à glace.

Elle le vit essayer de repousser en vain le couvercle, puis s'accroupir et renouveler sa tentative. Il était apparemment trop éméché pour avoir remarqué l'affiche scotchée à cinquante centimètres de son visage, sur laquelle se détachaient les mots « EN PANNE, VEUILLEZ NOUS EXCUSER POUR LE DÉSAGRÉMENT » en majuscules rouge vif.

– Saleté de machine, marmonna-t-il, avant de finalement renoncer.

En se redressant, il renversa le seau, qui roula loin de lui. Il le contempla un instant, puis haussa les épaules. Au lieu d'aller le récupérer, il retourna vers sa chambre d'un pas mal assuré et, après avoir bataillé avec la serrure, disparut à l'intérieur.

Kate envisagea de retourner se coucher, mais elle savait bien que le sommeil s'obstinerait à la fuir. Alors elle alla chercher le bac à glaçons dans le minibar et sortit dans la nuit. Frissonnant dans le froid glacial, elle se hâta vers la porte de son beau-père et frappa. Pas de réponse. Elle toqua de nouveau. Pour finir, le visage de Fisher apparut à la fenêtre. De ses yeux injectés de sang, il l'examina de la tête aux pieds. Il paraissait ivre et complètement défait.

Il laissa retomber le rideau, et Kate l'entendit arpenter la chambre pendant une quinzaine de secondes avant qu'il vienne lui ouvrir.

– Qu'est-ce qu'il y a, Kate ? Il s'est passé quelque chose ?

– J'ai des glaçons, répondit-elle.

– Pardon ?

– Je t'ai vu te battre avec la machine et je me suis dit que tu en avais peut-être besoin.

Elle lui tendit le bac.

– Oh, euh, merci. J'allais prendre un dernier verre avant de me coucher. Ça m'aidera à dormir.

– Je peux me joindre à toi ?

– Oh.

Il plissa le front et jeta un coup d'œil à la pièce derrière lui.

– Bien sûr. Entre.

La chambre de Fisher était la réplique exacte de la sienne, constata Kate, à l'exception des deux bouteilles de Chivas Regal posées sur le bureau – une vide et une tout juste ouverte, apparemment. Il leur servit un verre à chacun et ajouta quelques-uns des glaçons qu'elle avait apportés.

– J'espère que tu l'aimes pur, dit-il en lui tendant le sien. Je n'ai rien pour faire un mélange. Ni jus de fruits ni sodas.

– Pas de problème.

Kate s'assit sur le lit et avala une gorgée de whisky. S'il lui piqua un peu la gorge, il dispensa rapidement une agréable sensation de chaleur dans son estomac. En général, elle n'aimait pas les alcools forts, mais ce soir-là elle eut l'impression que ses tensions se dénouaient, comme si elle se plongeait dans un bon bain – brûlant au début, puis à la température idéale. Ils restèrent un long moment sans parler, se bornant à boire à petites gorgées. Kate commençait à se dire que son beau-père aurait peut-être préféré rester seul, quand il saisit de nouveau la bouteille pour les resservir.

– J'ai failli ne pas le reconnaître, murmura-t-il en faisant s'entrechoquer les glaçons dans son verre. Je veux dire, c'était lui, bien sûr, mais pas tout à fait.

– Un peu comme si on le regardait dans le viseur d'un appareil photo, hein ?

Il hocha la tête, prit une cigarette dans son paquet, la glissa entre ses lèvres puis demanda :

– Ça te dérange ?

– Je crois qu'il y a des détecteurs de fumée dans les chambres.

– J'ai trouvé la parade.

Il se releva, perdit l'équilibre mais se rétablit de justesse et alla ouvrir la fenêtre. Manifestement insensible au froid, il approcha une chaise, s'y assit et fuma.

– Tu n'as jamais vu mon père, n'est-ce pas ?

– Non, confirma Kate.

Le grand-père de John était mort depuis cinq ans quand ils s'étaient rencontrés – d'un emphysème, lui semblait-il.

– C'était quelqu'un de dur, révéla Fisher. Un gros con, en fait. Je sais qu'on n'est pas censé dire du mal des morts, et que je devrais plutôt parler de sa franchise, de son refus de tolérer la bêtise… Mais, au fond, ce n'était qu'un gros con.

Légèrement avachi sur son siège, il tira de nouveau sur sa cigarette sans quitter son verre des yeux.

– Il ne supportait pas qu'on pleure devant lui. D'aussi loin que je me souvienne, ça ne m'est arrivé qu'une fois en sa présence. J'avais dix ans, je venais de me bagarrer avec d'autres gamins. Je rentrais de l'école à vélo, et j'avais pris un raccourci par le Dustbowl – c'était le nom qu'on donnait à l'époque à ce grand terrain vague en forme de triangle près de l'endroit où j'ai grandi –, quand ces trois garçons m'étaient tombés dessus aux abords du tunnel de drainage. L'un d'eux était Jim Haskin. Un gars qui n'avait rien d'une lumière, qu'on appelait entre nous le « taré ». Pas en face de lui, bien sûr. J'ai oublié le nom des deux autres, mais je revois encore leurs faces de rat et…

Kate garda le silence.

– Bref, ces deux-là m'ont forcé à descendre de mon vélo, continua Fisher, et ensuite Haskin l'a poussé dans le tunnel sombre en m'ordonnant d'aller le récupérer. J'avais à peine fait deux pas à l'intérieur que mon cœur s'est emballé. Au troisième, j'étais prêt à hurler.

Il la gratifia d'un petit sourire triste, absent.

– L'obscurité à l'intérieur du tunnel était totale. Impénétrable. J'avais l'impression d'affronter la mort.

Saisi d'un brusque hoquet, il faillit lâcher sa cigarette. De l'autre bout de la pièce, Kate voyait des larmes briller dans ses yeux.

– Mon vélo avait été avalé par ces ténèbres, qui cherchaient à m'engloutir aussi. Alors, j'ai pris mes jambes à mon cou, abandonnant cette foutue bicyclette que j'adorais. Pour autant que je le sache, elle est toujours là-bas, toute rouillée, à m'attendre dans le noir…

– Tu avais dix ans, Fisher. Dans la même situation, tout le monde aurait eu la frousse. Moi, je m'effondrerais si ça m'arrivait aujourd'hui.

– Sauf que papa n'a pas vu les choses comme ça, déclara-t-il, laissant percer son mépris dans sa voix. Quand je suis arrivé à la maison, je pleurais à chaudes larmes. Il m'a toisé comme si je n'étais rien. Moins que rien, même. Pas seulement parce qu'il considérait que pleurer était un signe de faiblesse. Non, je le dégoûtais, c'était évident. Je lui donnais la nausée. Tu sais ce qu'il m'a dit ?

– Non…

– Conduis-toi en homme.

Il termina sa cigarette, l'écrasa sur le rebord de la fenêtre et l'expédia dans la nuit.

– Conduis-toi en homme… Ça paraît si étrange de sortir ça à un enfant. Je me suis juré, à l'époque, que si j'avais un jour un fils, je m'y prendrais différemment. Mais que dit la Bible à propos des péchés des pères, déjà ? Que les enfants seront punis jusqu'à la troisième et quatrième génération ? Pam pourrait citer le passage.

– Tu es un bon père, Fisher, affirma Kate. Je suis bien placée pour le savoir, j'en ai eu un vraiment merdique. Quels que soient les péchés commis par le tien, il les a emportés dans sa tombe.

– Si c'était vrai, j'aurais trouvé le moyen d'empêcher John de venir ici. Il devait y avoir des signes montrant que quelque chose n'allait pas.

– S'il y en avait, je ne les ai pas vus non plus.

Kate avala une gorgée de Chivas.

– Qu'est-ce qu'il venait faire à Belport, d'après toi ? poursuivit-elle. S'il a été attiré ici par la même personne qui l'a piégé à Beech Tree Landing, pourquoi a-t-il menti sur sa destination ?

La lampe posée dans un coin de la pièce, coiffée d'un abat-jour en verre teinté, projetait de longues ombres irrégulières sur les murs et au plafond. Fisher les contempla un moment en sirotant son scotch.

– John t'avait parlé de ses terreurs nocturnes ? demanda-t-il.

– Non.

– Quand il était adolescent, peut-être vers quinze ou seize ans, il a eu des cauchemars. Des cauchemars horribles. Il se réveillait la nuit en hurlant, il pleurait, vociférait… À force, il est devenu insomniaque, ses notes en ont souffert, il s'endormait n'importe où et il… il lui arrivait même de voir des choses. La privation de sommeil est terrible, elle peut jouer de drôles de tours à l'esprit. Au bout de deux ou trois mois de nuits blanches, John a commencé à avoir des hallucinations.

– De quel genre ?

– Il entendait des chuchotements, croyait voir des ombres et des formes… Puis le Visiteur est apparu. C'est comme ça qu'il l'appelait.

Fisher se racla la gorge avant de poursuivre.

– Ce Visiteur venait surtout la nuit. Il se postait dans un coin de sa chambre pour l'observer. J'ai demandé à John un jour de faire son portrait. Il a dessiné un homme en long manteau noir. Il avait une grande déchirure sur un côté du visage, d'où sortaient des dizaines de…

– Mites ?

– Hein ?

– J'ai trouvé un cahier dans la maison. Désolée, Fisher, j'aurais dû te le montrer, j'ai juste… Il est dans ma chambre. John y a dessiné un homme avec une blessure à la tête, d'où s'échappent des mites.

– Non. À l'époque, c'étaient des chenilles.

Un frisson glacé parcourut Kate.

– C'était il y a longtemps, poursuivit son beau-père. Il a pris toutes sortes de médicaments – du clomi… clomipra-quelque chose, et aussi de l'Ambien pendant un an. En fin de compte, les cauchemars ont cessé.

Il se leva pour les resservir.

– Nous n'avons jamais su ce qui les avait provoqués. Et ces traitements qu'on lui a prescrits nous paraissaient être l'équivalent d'un pansement appliqué sur une plaie susceptible de s'infecter à tout moment. Pam se demandait s'il n'avait pas été abusé ou maltraité, s'il n'avait pas subi un traumatisme quelconque…

– C'est possible ?

Il haussa les épaules.

– Si c'était le cas, soit il avait oublié, soit il ne voulait pas en parler.

– Et tu penses que ça pourrait avoir un lien avec sa décision de venir sur l'île ?

– John avait acheté des gélules de valériane, de la camomille et trois antihistaminiques au supermarché. Tous ont des vertus sédatives. Et, à la réflexion, on peut considérer que la bouteille de Wild Turkey en a aussi.

– John ne souffrait plus d'insomnie, objecta Kate. Je l'aurais remarqué, je dormais avec lui.

– Tu en es sûre ?

Est-ce qu'on connaît jamais vraiment les gens ? songea-t-elle.

– Donc, tu penses qu'il avait de nouveau des cauchemars ?

Fisher hocha la tête.

– Oui. Et, à mon avis, c'est pour ça qu'il a acheté les sédatifs et les pièges à insectes.

– Je ne comprends pas.

– Je crois que, pour une raison ou pour une autre, le Visiteur était revenu, Kate.

Celle-ci frissonna de plus belle. Elle se sentait transie, soudain, peut-être parce que l'air froid venu de la fenêtre toujours ouverte avait chassé la chaleur de la pièce, ou parce que les paroles de son beau-père la glaçaient.

– Mais, même si c'était vrai, quel rapport avec Belport ? insista-t-elle.

Son beau-père se redressa en s'appuyant d'une main contre le mur, puis ferma la fenêtre. Il avala les dernières gouttes de whisky avant de poser le verre vide sur la table de chevet.

– Il est tard, Kate. On peut en rester là pour ce soir ?

– Fisher…

– Je suis fatigué. Très fatigué, c'est tout.

16

L'ÉPOUSE

Ray était déjà parti lorsque Abby se leva. Il ne restait de lui qu'un léger creux de son côté du lit. Elle enfila son legging de la veille, puis descendit sur la pointe des pieds préparer le café et allumer le feu.

Le téléphone sonna au moment où elle entrait dans la cuisine, comme s'il n'avait attendu que son arrivée pour se manifester.

– Allô ?

– Bonjour, ma belle. Je ne te réveille pas, au moins ?

C'était Henry Biller, qui appelait probablement de son bureau exigu, sans fenêtres, adjacent à l'aire de livraison du *Buy & Bye*.

– Non, répondit-elle en branchant le percolateur. Qu'est-ce qui se passe ? Un problème ?

– Eh bien, j'aurais besoin d'aide au magasin aujourd'hui et, comme tu m'avais parlé de faire des heures supplémentaires, j'ai tout de suite pensé à toi. Les flics ont installé ce qu'ils appellent une « caravane d'information » devant le centre social, pour que les gens puissent venir les voir s'ils savent quelque chose à propos du meurtre, et j'en tire deux conclusions : un, la police patauge, et deux, Bay Street va devenir un vrai champ de foire.

Le percolateur glouglouta, emplissant la pièce d'une bonne odeur du café frais. Des bruits dans la maison révélèrent à Abby que les enfants étaient réveillés et se préparaient pour aller en cours.

– Écoute, Henry, je sais que je t'ai demandé si je pouvais travailler plus, mais j'ai beaucoup à faire en ce moment, déclara-t-elle. Tu n'as personne d'autre sous la main ?

– Danny est parti chez sa petite amie sur le continent, Enza ne me sera d'aucun secours et Marge ne met jamais sa prothèse auditive le matin. Elle n'entendra même pas le téléphone.

– Donc, quand tu m'as dit que tu avais *tout de suite* pensé à moi...

– Tu es la seule à qui j'ai pensé, en fait, admit Biller. Tu peux être là dans combien de temps ?

– Donne-moi une heure.

– Tu me sauves la vie. Si je me décide un jour à instaurer le système de prime pour l'employé du mois, tu seras la première sur la liste.

– Mais oui, c'est ça, répliqua-t-elle, avant de raccrocher.

Elle remonta prendre une douche, puis repêcha sa tunique marron du *Buy & Bye* dans le panier de linge sale. Comme le vêtement était encore imprégné des odeurs du rayon traiteur qu'elle avait nettoyé à la fin de son dernier service, elle l'aspergea de déodorant.

En redescendant, elle vit Eddie qui enfilait ses chaussures près de la porte d'entrée.

– Hello ! mon grand, lança-t-elle en le gratifiant au passage d'une tape dans le dos. Amuse-toi bien au lycée. Tâche d'apprendre plein de choses.

– Salut, maman. Bye, maman.

Il ouvrit la porte et s'apprêtait déjà à sortir quand Abby le rappela :

– Eddie ? Attends une seconde.

– Pas plus, hein ? Je voudrais pas rater le car.

Elle le rejoignit sur le seuil et jeta un coup d'œil derrière lui. C'était une belle journée dégagée, mais la pelouse était recouverte d'une épaisse couche de givre.

– Est-ce que tu as remarqué quelque chose de bizarre chez ton père, ces derniers temps ?

– Tu veux dire quoi par « bizarre » ?

Bonne question. Elle n'avait pas parlé à son fils du coup de téléphone qu'avait passé la victime chez eux. Elle ne voulait pas lui faire peur, sans compter que, si elle abordait le sujet, ça reviendrait forcément aux oreilles de Lori, qui était déjà assez excitée comme ça par le meurtre.

– Oh, rien de particulier. Je me demandais seulement s'il ne t'avait pas paru un peu… enfin, pas dans son état normal.

– Ben, je sais pas… Non, je crois pas. Pourquoi ?

– Aucune importance. Oublie ça. Allez, file.

Eddie ajusta les sangles de son sac sur son épaule puis fourra les mains dans la poche ventrale de son sweat-shirt. Après s'être fendu d'une petite courbette, il dévala les marches et s'élança sur la pelouse, ses tennis faisant crisser le givre.

Les mêmes pensées tournaient en boucle dans l'esprit d'Abby : les magazines, cet appel mystérieux qui avait duré plus de quatre minutes, les larmes de Ray dans la salle de bains des enfants, pour qu'elle ne puisse pas l'entendre… Elle avait l'impression de détenir les pièces d'un puzzle – ou des ossements de dinosaure éparpillés qu'elle époussetait un à un, exposant certaines parties d'une créature dont elle ne savait pas trop ce que c'était ni à quoi elle pouvait ressembler.

Mais tenait-elle vraiment à le découvrir ?

La question prit une résonance particulière lorsque, parvenue au sommet de Neef Street, elle aperçut le pick-up de Ray garé devant une énorme maison de style néo-géorgien.

Elle devait se rendre au *Buy & Bye*, aussi envisagea-t-elle de poursuivre sa route, mais elle se sentait troublée par la coïncidence. Et une remarque faite par Bobbi la veille au *Belly* lui parut soudain étrangement pertinente : « On ne chie pas à l'endroit où on dort. »

Le nombre de choses dont elle devait parler à son mari ne cessait de s'accumuler, et elle aurait préféré en discuter avec lui chez eux, mais il lui semblait que l'île venait de lui souffler à l'oreille : « Il est temps. »

Elle inséra la Volvo entre deux piliers de pierre monumentaux, puis suivit la longue allée menant à la demeure. Celle-ci, qui se dressait sur un vaste terrain, avait l'air d'un château hanté. En remarquant une large fissure au-dessus de la fenêtre du troisième étage, qui zébrait la façade jusqu'au toit, Abby songea à la Maison Usher.

Après s'être garée à côté du pick-up de Ray, à l'extrémité de la boucle formée par l'allée, elle descendit. Son mari avait laissé sa boîte à outils sur le plateau, nota-t-elle au passage. La porte d'entrée était grande ouverte, sans doute pour aérer. Elle gravit rapidement les marches du perron et s'immobilisa sur le seuil.

– Ray ? appela-t-elle.

Pas de réponse autre que l'écho de sa propre voix se répercutant dans le vestibule. Elle avança.

– Ray ? RAY ?

Elle vit partout des pièces immenses, ornées de cheminées imposantes et de meubles recouverts de housses protectrices. Toutes les fenêtres côté ouest offraient une vue imprenable sur l'océan.

– Ray, tu es là ?

Le silence commençait à l'inquiéter. Et si…

Crac !

Le bruit la fit tressaillir. Il venait de l'extérieur. Elle marcha jusqu'à une porte qui débouchait sur un grand jardin où abondaient les espèces endémiques – un océan de couleurs vives sous un ciel incolore. Eucalyptus et faux hêtres de Cunningham foisonnaient le long de la clôture. La propriété jouxtait la réserve naturelle, une vaste étendue de bush dense et sombre.

À l'exception de quelques serpents bruns, tous les animaux dangereux pour l'homme à Belport vivaient dans l'eau. On pouvait randonner en toute tranquillité sur les chemins ou se promener le long des routes peu fréquentées sans craindre de se faire mordre ou dévorer, pourtant Abby n'avait aucune peine à imaginer toutes sortes de créatures monstrueuses cachées dans cette épaisse végétation.

Si les deux jours écoulés lui avaient bien appris une chose, c'était que le danger rôdait sur l'île.

Tchac !

Guidée par le son, elle s'engagea sur une petite allée dallée qui serpentait jusqu'à une pelouse fraîchement tondue. Elle aperçut enfin Ray, une hache à la main, occupé à dégager un gommier qui, en chutant, avait fracassé une fontaine à oiseaux. Son mari était enfoncé jusqu'aux genoux dans un amas de branchages et de rameaux.

À en juger par la taille de l'empilement, il s'activait déjà depuis un bon moment. Il y avait également des bouts de bois éparpillés partout sur l'herbe. La température était glaciale, pourtant la sueur ruisselait sur le front de Ray. Elle s'approcha doucement pour ne pas le surprendre, craignant qu'il ne se sectionne un orteil. En le voyant transférer la hache de sa main gauche à la droite, avant de la lever haut et de l'abattre avec précision sur une grosse branche, elle fut frappée par l'impression de force virile qu'il dégageait. Quand le tranchant de l'outil s'enfonça dans le bois, elle crut sentir la tension s'alléger autour d'eux.

– Bonjour, chéri, dit-elle.

Il leva les yeux et grimaça.

– Abby ?

– Je suis passée par la maison, la porte d'entrée était ouverte. Ça ne t'ennuie pas, j'espère.

– Tu me suis, maintenant ?

L'accusation la déstabilisa.

– Hein ? Non, je partais au boulot et... Pourquoi je te suivrais ?

Il appuya la hache contre le tronc brisé et s'essuya le visage avec le devant de son T-shirt, étalant une traînée de poussière en forme d'araignée au-dessus de son œil droit.

– Désolé, j'avais la tête ailleurs, s'excusa-t-il. Tu m'as pris au dépourvu, c'est tout. En général, il n'y a que moi et les oiseaux, ici.

Le vent s'insinua entre les plis de la tunique d'Abby, lui arrachant un frisson. Elle indiqua l'arbre à terre.

– C'est arrivé comment ?

– Oh, je m'y attendais, il était fragile depuis plusieurs saisons. Mais c'était un vieux coriace. Dommage qu'il ne soit pas tombé cinq centimètres plus à gauche, pour éviter la fontaine…

– Tu as fait un saut au poste ?

– Pas encore.

– Tu m'avais dit que tu irais en partant ce matin.

– Je sais, c'est juste que ça ne me paraissait pas urgent. J'irai quand j'aurai fini de nettoyer ce bazar.

– Merde, Ray, c'est important ! s'exclama Abby, consciente de la frustration – ou était-ce de la peur ? – qui transparaissait dans sa voix. Les flics vont vouloir te parler, et je préférerais que ce ne soit pas en présence des enfants. Je comprends que ça puisse t'effrayer, mais je suis sûre qu'ils veulent seulement vérifier ton alibi.

– Mon *alibi* ? On n'est pas dans tes bouquins, Abby ! Et non, ça ne m'effraie pas. Je suis occupé, point final. J'ai dit que je le ferais et je vais le faire.

– Pourquoi es-tu si agressif ?

Au lieu de répondre, il reprit la hache et fendit une branche humide.

– Qu'est-ce que tu fabriques ici, Abby ?

– Je te l'ai dit, j'ai vu ton pick-up et…

– Arrête de tourner autour du pot.

– OK. Je n'avais aucune envie de chier là où on dort.

Il fit rouler le manche de l'outil entre ses paumes, tout en la regardant comme pour la mettre au défi de poursuivre.

– Tu veux savoir comment je me suis blessée ? lança-t-elle en levant son pouce gauche bandé. J'étais dans le garage, en train d'écorcher l'opossum que Susi m'a donné, quand je me suis coupée. Je pensais trouver un pansement dans le kit de secours que tu gardes sous ton établi. Mais, à l'intérieur, il n'y avait que tes magazines.

– Je ne vois pas de quoi tu parles, Ab.

– *Boyz*, *Truck Stop*, *Man O Man*, *Stud Fucker*...

– Oh, bon sang.

Il pinça les lèvres. Les muscles de ses bras se contractèrent quand il se mit à tripoter le manche de la hache en tournant la tête vers la forêt de niaoulis qui bordait la propriété.

– Tu le connaissais, Ray ? interrogea-t-elle. Le type qui a été tué, qui a appelé chez nous... Tu le connaissais ?

– Bien sûr que non. Je te le répète, il a téléphoné pour me demander combien je lui prendrais pour faire du gardiennage. Voilà. Sérieux, Abby, qu'est-ce que tu t'imagines ?

– Moi ? Franchement, qu'est-ce que je suis censée imaginer ? Pourquoi achètes-tu ce genre de magazines ?

– Ce n'est pas...

Il s'interrompit et appuya l'outil sur son épaule. Abby regarda la sève poisseuse sur la lame. On aurait dit du sang.

– Ce n'est pas ce que tu crois, affirma-t-il.

– Lori t'a entendu pleurer l'autre nuit.

– Ah oui ? répliqua-t-il d'un ton soudain glacial. Eh bien, laisse-moi te dire un truc : je voudrais que Lori me foute la paix et toi aussi.

Surprise, Abby fit instinctivement un pas en arrière et faillit perdre l'équilibre en butant sur un morceau de la fontaine à oiseaux. Ray, qui se concentrait sur l'arbre abattu, leva les yeux vers elle. Ses traits convulsés par la rage métamorphosaient son visage. Sa peau semblait cireuse dans la lumière matinale et son regard était celui d'un inconnu. Abby ne lui avait jamais vu cette expression, et elle eut soudain l'impression de se trouver en face d'un étranger.

– Lâche-moi, gronda-t-il.

– Quoi ?

– Oublie ces magazines, oublie ce coup de téléphone, et lâche-moi ! J'ai dit que j'allais régler ça et je vais le faire.

– Je ne suis pas sûre de pouvoir, Ray.

Durant un instant terrifiant, elle eut la vision de son mari se jetant sur elle, la hache brandie haut et… Soudain, leurs plaisanteries au sujet de Jack Torrance et du maillet de croquet dans *The Shining* ne lui parurent plus drôles du tout.

– Même pas pour les enfants ?

– Qu'est-ce que tu essaies de me dire, Ray ?

– D'y aller mollo et de me lâcher, bordel !

Il souleva la hache et la planta dans ce qu'il restait du tronc. Puis il s'éloigna à grands pas sur l'allée dallée en direction de la maison. Abby se perdit un moment dans la contemplation des eaux bleu foncé de Bass Strait à l'ouest, en se demandant si ce serait agréable d'y patauger.

17

LA VEUVE

Lorsqu'elle ouvrit les yeux, Kate avait la tête vide, une sensation merveilleuse qu'elle savoura quelques instants seulement avant que son téléphone sonne. Elle avait fini par s'assoupir, et le jour venait de se lever.

– Oui ? répondit-elle, encore ensommeillée.

– Je t'ai réveillée ? murmura une petite voix à l'autre bout de la ligne.

– Mia ?

– Je sais qu'il est très tôt, maman, mais t'avais dit que je pouvais t'appeler à n'importe quelle heure.

À ses intonations tremblantes, Kate devina qu'elle avait pleuré.

– Bien sûr, ma puce, affirma-t-elle en s'efforçant de maîtriser sa propre voix.

Elle devait se retenir pour ne pas pleurer elle aussi mais, en même temps, elle se surprit à sourire dans la pénombre. C'était un tel réconfort d'entendre sa fille…

– Tu vas bien, ma chérie ?

Après un court silence, Mia répondit :

– Je sais pas. Je crois. Tu rentres bientôt ?

– Oui, très bientôt.

– Mamie m'a dit qu'on avait parlé de papa à la télé, mais elle a pas voulu me laisser regarder et elle m'a rien raconté.

Kate s'assit dans son lit et passa un bras autour de ses genoux en fermant les yeux pour refouler ses larmes.

– Comment va ta grand-mère ?

– Elle va bien, mais elle est toute drôle. J'étais sur YouTube, tout à l'heure, et elle m'a demandé ce que je faisais, alors je lui ai montré la vidéo d'un singe qui avait grimpé sur le dos d'un cochon, et elle a pris un fou rire. Elle pouvait plus s'arrêter, elle riait tellement fort qu'elle tremblait – tu sais, comme quand je fais semblant d'être électrocutée. Et puis, tout d'un coup, elle s'est mise à pleurer.

– Les gens ont des réactions bizarres quand ils sont tristes, déclara Kate. Je suis désolée, mon cœur, je devrais être là, près de toi. Et c'est moi qui aurais dû t'annoncer la nouvelle, pour ton papa. Ces derniers jours, je… je n'ai pas été la meilleure maman du monde.

– C'est pas grave, la rassura Mia. Les gens ont des réactions bizarres quand ils sont tristes, hein ?

Dans le bref silence qui suivit, Kate imagina sa fille assise par terre près de son lit dans la chambre d'amis. Elle parvenait presque à sentir l'odeur de sa peau, fraîche et fleurie comme celle des savons coûteux de Pam. Deux heures de trajet seulement les séparaient, pourtant il lui semblait qu'elles étaient à des années-lumière l'une de l'autre.

– Maman ? Il était comment ?

– Qui ?

– Papa.

La question transperça le cœur de Kate. Elle prit une profonde inspiration.

– Il avait l'air de dormir, prétendit-elle.

– Des fois, avant les enterrements, ils laissent le cercueil ouvert pour qu'on puisse voir le mort. Ce sera comme ça pour papa ?

– Je ne sais pas, ma puce.

– En tout cas, il faudra l'em-bau-mer, affirma Mia en détachant chaque syllabe. C'est quand on remplace le sang par des produits chimiques pour éviter que le corps pourrisse et sente mauvais.

– C'est ta grand-mère qui t'a parlé de ça ?

– Non, j'ai regardé dans WikiHow, répondit-elle, et Kate eut l'impression de voir les yeux de sa fille briller d'une curiosité morbide. Et après, on te coupe les ongles, on te met du gel dans les cheveux et on te maquille. Même les garçons, on les maquille. Et puis, des fois, les yeux se ferment pas, alors il faut les coller. Oh, et aussi, quand il y a des fuites, on utilise des espèces de culottes en plastique. Maman, tu m'écoutes ? Pardon, est-ce que c'est TIC ?

Après avoir envisagé un instant de laisser les monstres sous les lits, Kate déclara :

– Non, mon cœur. Vas-y, continue. Et après ?

Après avoir raccroché, Kate ne put se rendormir. De nombreuses questions d'ordre pratique se bousculaient dans son esprit. À quel moment fallait-il commencer à organiser les funérailles ? Qui devait-elle informer de la mort de John ? Qu'allait-elle faire de la maison de Belport ?

Dépassée et un peu étourdie par toutes ces interrogations, elle se leva pour aller se doucher. Dans la cabine, elle se laissa glisser sur le carrelage et ferma les yeux en essayant de visualiser sa douleur comme du sable que l'eau chaude entraînait vers la bonde. Mais ses efforts restèrent vains. Pour finir, elle se sécha, s'habilla et se prépara une tasse de café instantané – il n'y avait pas de lait dans le minibar, aussi le prit-elle noir –, avant de s'asseoir sur le matelas trop mou.

Elle alluma la télé et, durant quelques minutes, zappa d'une chaîne à l'autre, puis elle s'étendit sur le lit. Tandis que la lumière du matin éclairait peu à peu la chambre, elle songea au panneau déplacé dans la maison de vacances. L'image de l'interstice dans le plafond l'obsédait. Que pouvait-il y avoir dans la soupente ?

Deux cafés plus tard, elle ne tenait plus en place. Déterminée à éclaircir le mystère, elle saisit ses clés de voiture et sortit. En passant devant la chambre de Fisher, elle s'arrêta pour jeter un coup par la fenêtre, pensant voir de la lumière à l'intérieur, mais la pièce était toujours plongée dans la pénombre. La veille, son beau-père avait vidé une bouteille entière de Chivas avant qu'elle le rejoigne, et il n'était sans doute pas près de se réveiller. Néanmoins, par acquit de conscience, elle toqua au battant.

Fisher vint lui ouvrir plus rapidement qu'elle ne s'y attendait. Était-il jusque-là assis dans le noir ?

– Je t'ai réveillé ? s'enquit-elle.

Il secoua la tête et se passa une main dans les cheveux.

– Je ne crois pas avoir fermé l'œil de la nuit.

– Je vais faire un tour. Tu as besoin de quelque chose ?

Il leva l'index, comme pour dire : « Attends, je réfléchis. » Puis il rentra dans la chambre et reparut une seconde plus tard.

– Je n'ai plus de cigarettes. Tu peux m'en acheter ?

– Pas de problème.

Une fois au volant de la Lexus, Kate prit la direction de Bay Street et ralentit à la hauteur du *Buy & Bye*, où John avait fait ses courses, vêtu d'une parka, le visage impénétrable. Le supermarché n'était pas encore ouvert, aussi continua-t-elle vers Neef Street.

Elle se gara le long du trottoir en face de la maison et examina les alentours à la recherche de voitures de patrouille. Elle s'était plus ou moins persuadée que la propriété grouillerait de policiers, de photographes et de techniciens de scène de crime, mais elle ne vit personne. Tout était tranquille. Seule la présence de traces de pneus boueuses sur l'allée et d'un ruban jaune tendu en travers du portail, avec les mots « Accès interdit » imprimés encore et encore, indiquait qu'il y avait eu de nombreuses allées et venues.

Kate escalada le portail – si elle l'avait ouvert, elle aurait pris le risque de déchirer la rubalise –, puis s'engagea sur l'allée.

Elle avait beau se dire qu'elle allait probablement enfreindre la loi en pénétrant sur une scène de crime, rien n'y faisait. Elle ne pouvait chasser l'image de ce panneau entrouvert. Il l'attirait comme un aimant.

Après s'être faufilée sous le ruban qui barrait l'entrée, elle pénétra dans la maison. À l'intérieur, les lumières étaient toujours allumées, révélant des empreintes de pas partout sur la moquette – celles des policiers, supposa-t-elle. L'extrémité de la rampe au bas de l'escalier était recouverte de poudre blanche, de même que toutes les poignées de porte.

Kate alla chercher une torche électrique sous l'évier de la cuisine, puis un escabeau dans la buanderie. Elle emporta les deux à l'étage, dans leur chambre, et plaça l'escabeau sous le panneau. Elle gravit les marches en faisant attention à la quatrième, qu'elle savait branlante. Une épaisse couche de saleté et quelques toiles d'araignées étaient visibles sur le pourtour de l'ouverture, mais Kate distingua des marques de doigts dans la poussière. De toute évidence, quelqu'un était monté récemment. Un policier, peut-être ? C'était possible, pourtant elle en doutait.

Elle souleva le panneau et le poussa sur le côté, révélant un pan d'obscurité au-dessus. Quand elle le balaya du faisceau de sa torche, elle n'aperçut que d'autres toiles d'araignées qui pendaient des poutres exposées. Elle grimpa sur la dernière marche afin de pouvoir passer la tête à l'intérieur. Pour en avoir le cœur net, elle n'avait cependant pas d'autre solution que de monter dans la soupente. L'escabeau trembla lorsqu'elle se hissa à l'intérieur mais, par chance, ne se renversa pas.

À peine s'était-elle redressée qu'elle braqua frénétiquement sa lampe autour de ses pieds, redoutant de voir des araignées, avant d'élargir le cercle à la recherche d'éventuels monstres ou tueurs tapis dans l'ombre. La toiture était basse et un isolant rose recouvrait les pans très inclinés. À gauche de l'ouverture, une vieille planche de surf voisinait avec une caisse remplie de journaux jaunis.

Un hoquet de stupeur lui échappa quand le faisceau lumineux éclaira des empreintes de pieds nus qui se dessinaient sur le sol poussiéreux, s'enfonçant loin dans les profondeurs du grenier.

– Il y a quelqu'un ? lança-t-elle.

Si une voix lui avait répondu, elle aurait sans doute sauté aussitôt par l'ouverture, au risque de se rompre le cou. Mais tout était silencieux. Elle sentit soudain l'arrière de sa tête déchirer une épaisse toile d'araignée et se démena pour ôter les fils soyeux pris dans ses cheveux, avant de se forcer à se calmer. Dans sa main, la lampe tremblait. Elle l'orienta vers les empreintes, qu'elle suivit.

Il faisait chaud dans le grenier exigu. Son cœur cognait à tout rompre, et elle sentait la transpiration s'accumuler dans l'encolure de son pull. L'espace lui paraissait à la fois étouffant et infini, comme une sorte de néant insondable. Son pied heurta soudain un objet dur, et elle grimaça de douleur. Sa lampe lui révéla un haltère taché de peinture. John en avait apporté plusieurs sur l'île, des années plus tôt, avec l'intention de s'entraîner tous les matins, mais elle ne se rappelait pas l'avoir vu s'en servir une seule fois.

Elle balaya la paroi de gauche à droite et finit par repérer l'interrupteur. Elle le pressa, sans résultat.

Au moment où elle s'en écartait, son regard fut attiré par la prise dessous. Une multiprise y était branchée, truffée d'adaptateurs et de rallonges qui serpentaient dans toutes les directions. Elle appuya sur le commutateur.

Un bourdonnement grave s'éleva, qui semblait provenir de différents endroits autour d'elle. Puis, l'une après l'autre, des sources lumineuses apparurent. Des bleus étonnants, des verts vifs et des blancs froids. Les pièges à insectes. Kate en compta onze – tout le stock de Russ Graves. Regroupés dans les angles, ils délimitaient le périmètre du grenier.

Saisie d'une terreur irrationnelle, elle se représenta le Visiteur de John : yeux noirs dans un visage anonyme, bouche ouverte pour cracher des nuées de mites… Sa frayeur fut cependant de courte durée. La clarté des appareils lui montrait le trajet sinueux des empreintes autour de divers rebuts – un carton plein de poêles et de casseroles, une pile crasseuse de livres de poche, un autre carton marqué « JOUETS DE MIA PETITE » – jusqu'à un objet isolé. Un coffret métallique noir.

À en juger par la trace de deux ronds dans la poussière, quelqu'un s'était agenouillé devant. Au moment où elle se penchait vers lui, l'un des pièges à insectes émit un grésillement sonore dans son dos. Elle tourna la tête, s'attendant presque à voir surgir le gremlin dévoreur d'enfants dont Mia avait si peur autrefois. Mais ce n'était qu'un insecte malchanceux qui venait de connaître une fin prématurée.

Reportant son attention sur le coffret, elle remarqua que le couvercle luisait. Il n'y avait pas un grain de poussière à la surface. Elle tenta de le soulever, sans succès. Il était verrouillé. Après avoir cherché en vain la clé, elle le secoua, et une goutte de sueur coula le long de sa joue. Elle avait l'impression de suffoquer. Serrant le coffret, elle se dépêcha d'aller éteindre la multiprise. Puis, guidée par les lueurs mourantes des pièges électriques, elle se précipita vers l'ouverture et redescendit.

Durant les quelques minutes qu'il lui fallut pour remettre en place le panneau et aller ranger l'escabeau, elle parvint à se convaincre que toutes les réponses qu'elle était venue chercher se trouvaient à l'intérieur de ce coffret. Elle le posa sur la table de la cuisine, puis récupéra la boîte à outils sous l'évier.

Celle-ci contenait quelques boulons, un assortiment de tournevis IKEA, un vieux tube de glu et un marteau arrache-clou.

Kate fit plusieurs tentatives avec des tournevis de différentes tailles et têtes. Mais elle eut beau insérer, tourner et pousser chacun d'eux dans le mécanisme de verrouillage, il ne céda pas. Elle essaya ensuite le marteau. Elle le prit dans sa main droite, maintint le coffret avec la gauche et abattit l'outil. Le premier coup se révéla trop faible, le second fut trop brutal ; elle en ressentit l'impact jusqu'en haut de son bras. Avec, pour seul résultat, un creux dans le métal.

– Et merde ! grommela-t-elle, avant d'abattre le marteau une troisième fois, par dépit.

L'une des pointes de l'outil lui pinça l'index droit, et elle poussa un cri de douleur. Lâchant le marteau, elle saisit le coffret et, de rage, l'envoya valser à travers la pièce. Il percuta le mur du couloir, avant de tomber par terre dans un nuage de poussière de plâtre. Un fragment de la cloison s'était détaché, laissant un trou en forme de triangle, mais la boîte était toujours scellée.

Partagée entre la frustration, la colère et une immense tristesse, elle se mit à pleurer, doucement d'abord, puis à chaudes larmes. Elle tomba à genoux, avant de se rouler en boule sur le lino, laissant libre cours à son chagrin. Toujours secouée de sanglots, elle hurla.

Lorsqu'elle ressortit, Kate fut surprise de découvrir près de la Lexus un homme qui, les mains de chaque côté du visage, essayait de voir l'intérieur à travers les vitres teintées. Il avait garé son propre véhicule, un pick-up professionnel, derrière.

« Entretien », lut-elle sur le côté. C'était celui qu'elle avait déjà aperçu la veille. Elle n'avait pas pu distinguer le conducteur mais, en s'approchant, elle constata qu'il devait avoir entre trente-cinq et quarante ans.

– Je peux vous aider ? demanda-t-elle, en proie à une certaine nervosité.

Il se retourna vivement, faisant crisser le gravier sous ses bottes. De face, il était assez séduisant, constata-t-elle : traits réguliers, front haut, et un regard chargé de tristesse qui lui donnait l'air pensif. Il y avait des fils blancs dans ses cheveux et il portait une chemise de travail gris clair, avec les mots « Island Care » brodés sur la poche de poitrine.

– Oh, excusez-moi, dit-il. Je passais dans la rue et j'ai vu votre voiture arrêtée en face de la maison. Vous connaissiez l'homme qui vivait ici ?

Elle hocha la tête.

– Je suis sa femme, répondit-elle.

Même si, officiellement, elle ne l'était plus. Elle était sa veuve. *Veuve*… Le mot lui paraissait cependant trop difficile et douloureux à prononcer.

– J'ai été choqué d'apprendre ce qui lui est arrivé. Comme tout le monde sur l'île, du reste.

Remarquant le coffret qu'elle avait logé sous son bras, il demanda :

– Qu'est-ce que c'est ?

– Oh, rien, dit-elle en le prenant dans ses mains. J'ai égaré la clé.

– Je peux l'ouvrir, si vous le souhaitez.

– Je ne voudrais pas vous déranger…

– Pas du tout. Montrez-moi.

Elle hésita, puis lui tendit la boîte. Après l'avoir examinée quelques secondes, il l'emporta vers son pick-up et la posa sur le plateau. Il fouilla dans une grosse boîte à outils rouge, avant d'en sortir un marteau et un tournevis à tête plate. Kate balaya la rue du regard. Presque toutes les grandes maisons étaient vides. Elle se retrouvait seule en compagnie d'un inconnu.

– J'ai déjà essayé, expliqua-t-elle.

Sans relever, il appuya la pointe du tournevis contre le mécanisme de verrouillage, puis tapa sur le manche avec la tête du marteau. Après trois ou quatre coups bien placés, la serrure céda. Il souleva le couvercle, contempla l'intérieur un long moment, le referma et lui rendit le coffret.

– Merci, dit-elle.

– Il n'y a pas de quoi.

Il rechargea ses outils à l'arrière du pick-up, s'installa au volant et s'éloigna. Kate attendit qu'il disparaisse, puis remonta dans sa voiture et verrouilla les portières. Ensuite seulement, elle ouvrit la boîte.

18

L'ÉPOUSE

Biller avait vu juste : Bay Street était un vrai champ de foire. De nombreuses voitures stationnaient autour du centre social, un bâtiment en brique sans âme, mal entretenu faute de moyens, qui partageait un bout de terrain avec la bibliothèque municipale.

La police avait installé la caravane d'information sur la pelouse devant, une large bande d'herbe verdoyante qui jaunissait l'été. Il s'agissait moins d'une caravane à proprement parler que d'une longue remorque blanche, équipée d'un auvent sous lequel avait été installée une petite table avec du café et des biscuits. Quelqu'un avait placé une pierre sur la pile de serviettes en papier pour éviter qu'elles ne s'envolent.

Plusieurs agents aux alentours bavardaient avec les habitants. L'un d'eux, un jeune au visage poupin, discutait avec Mario Brumniach, qui organisait des excursions de pêche pendant la saison touristique. Tous deux examinaient une carte de l'île, que Mario tapotait de l'index, encore et encore. Un peu plus loin, appuyée sur son déambulateur, la vieille Nancy Malerman, qui devait approcher les quatre-vingt-dix ans, parlait avec animation à un sergent trapu.

Abby nota tous ces détails alors qu'elle longeait le site à une allure d'escargot. Elle n'avait pas le choix, de toute façon, car les rues grouillaient d'insulaires trop excités pour faire attention à la circulation. En outre, elle était curieuse.

Non, à vrai dire, ce n'était plus de la curiosité. Au début, oui, ce meurtre, qui rompait la monotonie de la vie à Belport, avait suscité en elle le même genre d'intérêt morbide que la taxidermie, les récits de crimes réels ou la vue d'un accident de voiture sur l'autoroute. Mais elle se rendait compte à présent qu'il valait mieux faire l'expérience des affaires criminelles à distance, dans un endroit chaud et sûr, près d'un feu de cheminée ou d'une piscine.

La menace – qu'elle ne parvenait pas encore à identifier – lui semblait désormais trop proche, trop réelle. Elle avait trouvé le moyen de pénétrer dans leur foyer. Et c'était Ray qui l'avait fait entrer.

« Lâche-moi », avait-il dit – un conseil qu'elle avait désormais presque envie de suivre.

Comme toutes les places de stationnement devant le supermarché étaient occupées, elle dut aller se garer sur le parking de l'église, de l'autre côté de la rue.

Le *Buy & Bye* débordait d'activité, découvrit-elle. Ce n'était pas l'affluence de l'été, mais ça s'en rapprochait. Il n'y avait qu'une caisse ouverte, et la file s'étendait jusqu'au rayon boucherie, au fond du magasin.

Biller, en nage, enregistrait les articles en distribuant des sourires. Si c'était un personnage de dessin animé, songea Abby, il aurait le symbole du dollar dans les yeux.

– Ah, te voilà ! s'exclama-t-il en la voyant. La numéro trois est prête, elle n'attend plus que toi.

Abby se glissa à son poste, enleva son manteau et retroussa ses manches. La moitié des clients en attente affluèrent aussitôt vers elle, et elle passa l'heure suivante à encaisser les divers produits – pour l'essentiel, de petits achats : snacks, boissons, cigarettes. Personne n'était venu ce jour-là faire ses courses de la semaine. Si le salon de thé, la boulangerie ou même le glacier avaient été ouverts à cette époque de l'année, la plupart des habitants de l'île s'y seraient retrouvés aussi.

Tout le monde voulait parler du meurtre, mais Abby choisit de ne pas renchérir. Elle savait que ce genre de discussion l'angoisserait, ou pire, l'amènerait à avouer ses inquiétudes. Alors elle s'appliqua à scanner et à emballer les articles, en ponctuant ses échanges d'un « Au suivant, s'il vous plaît » ou d'un « Bonne journée ! ». Si elle se laissait distraire ne serait-ce qu'une seconde, les paroles de Bobbi lui revenaient aussitôt à l'esprit :

« Il y a forcément quelqu'un qui sait quelque chose. » Était-elle ce quelqu'un ?

Enfin, la file d'attente diminua, les heureux clients du *Buy & Bye* retournèrent affronter le froid, et Abby et Biller purent enfin souffler. Ce dernier ne perdit pas une minute.

– Alors, qu'est-ce que t'as entendu ? demanda-t-il en essuyant son front luisant de sueur avec le devant de son polo, exposant sa bedaine pâle.

– À quel propos ? répliqua-t-elle, sachant très bien de quoi il voulait parler.

Il se borna à attendre la réponse.

– Pas grand-chose à part des ragots, ajouta-t-elle.

Son patron récupéra les sacs-poubelle sous chacune de leurs caisses – ils n'avaient pas été évacués depuis plus d'une semaine –, fit un nœud pour les fermer puis se dirigea vers les portes d'un pas léger, presque sautillant.

– Fais-moi plaisir, Abby, tu veux bien regarnir le frigo des sodas ? Ah, et tu peux jeter un coup d'œil dans l'allée trois ? Rose Furleo est venue avec son gamin, Bernie, et elle a laissé ce petit morveux cavaler partout. Non mais, franchement, quelle idée d'appeler un gosse « Bernie » !

– C'est bien la première fois que je te vois aussi survolté, fit remarquer Abby.

Il s'arrêta avant d'atteindre l'entrée du magasin et lâcha ses sacs, qui tombèrent sur le sol avec un bruit mouillé.

– Eh bien, il se trouve que j'ai un truc bien croustillant à te raconter à propos du meurtre.

– À vrai dire, Henry, je ne suis pas sûre que ce soit une bonne idée de commenter les rumeurs, croustillantes ou pas. Ça paraît un peu… irrespectueux, non ?

Biller la gratifia d'un regard qu'elle jugea vaguement soupçonneux ou vaguement constipé.

– Comment est la vue de là-haut, Abby ?

– Hein ?

– Depuis tes hautes sphères.

Elle leva les yeux au ciel.

– OK, Henry. Vas-y, dis-moi tout.

Il sourit.

– D'accord. Tu as déjà rencontré mon ex-femme, Helen ?

– Pas officiellement, mais j'ai tellement entendu parler d'elle que j'ai l'impression de la connaître.

Et, à entendre Henry, Helen Biller, née Watts, était un monstre à tête de démon inspiré du folklore local : une créature qui se repaissait du cœur des hommes valeureux dans la maison qu'elle avait achetée à Barwon Heads avec l'argent du divorce.

– Eh bien, j'ai… je suppose qu'on peut appeler ça une manie, révéla-t-il. Quand j'ai trop bu, je lui téléphone. Des fois, je lui dis que je suis toujours amoureux d'elle, il m'arrive aussi de lui dire que j'aimerais qu'elle soit morte mais, la plupart du temps, on se contente de bavarder.

– Elle en a de la chance, ironisa Abby.

– Enfin bref, hier soir, j'ai remis ça. Je m'étais acheté une bouteille de Glenfiddich en prévision de mon anniversaire, et j'en avais vidé les deux tiers lorsque je me suis retrouvé à afficher son numéro. Helen ne l'avouerait jamais, ni à moi ni à personne, mais son cœur est toujours à Belport. Elle aime se tenir au courant de tout ce qui se passe sur l'île alors, forcément, on a parlé du seul sujet qui en vaille la peine en ce moment. Et figure-toi que l'amie d'une de ses amies travaille pour la police scientifique. Tu sais, ceux qui relèvent les empreintes et les traces d'ADN. Eh bien, elle a entendu dire qu'il y avait du sang partout à l'intérieur du terminal.

Abby garda le silence.

– Il avait giclé jusqu'aux poutres, apparemment, ajouta-t-il, l'air impressionné. Alors, qu'est-ce que t'en penses ?

– Je crois que je vais aller voir si Bernie a vomi.

– T'es vraiment pas drôle, aujourd'hui.

– Comme tu le dis toujours, « quand on a du temps pour flemmarder, on a du temps pour nettoyer ».

Biller secoua la tête, récupéra ses sacs et les emporta vers la benne. En sortant du magasin, il croisa une grande brune qui entrait. Les cheveux lisses, aux épaules, elle portait une tenue dans des tons de gris et avançait les bras le long du corps, comme un cow-boy se préparant à un duel.

Elle était de ces femmes qui possèdent une beauté naturelle. Elle n'était pas maquillée, mais la fraîcheur de son teint se suffisait à elle-même. Si son regard était empreint de gravité, Abby y décela aussi de la tristesse. Sans trop savoir pourquoi, elle se sentit fascinée par la nouvelle venue.

Peut-être parce qu'il s'agissait d'une inconnue, tout simplement, et qu'ils étaient rares en cette saison. Elle ne ressemblait pas à une policière, songea Abby, mais, après tout, Bobbi non plus. Ses vêtements paraissaient trop élégants pour être ceux d'une journaliste, pourtant, si elle avait dû parier, c'était sur cette possibilité qu'elle aurait misé.

– Je peux vous aider ? demanda-t-elle.

La femme tressaillit, comme si la question l'avait tirée de ses pensées, puis fronça les sourcils.

– Vous avez des cigarettes ?

– Bien sûr, répondit Abby, qui se tourna aussitôt vers le présentoir derrière sa caisse. Quelle marque ? Nous avons du tabac à rouler, des menthol, des cigares… et peut-être même des cigarettes au clou de girofle, derrière, si vous êtes d'humeur gothique.

L'inconnue ne sourit pas. Elle ne parut même pas se rendre compte qu'Abby avait tenté de plaisanter, rappelant à cette dernière l'attitude de Lori.

– Un paquet de Sterling Blues, s'il vous plaît, dit-elle.

– Excellent choix, commenta Abby. Je n'ai jamais pu me les offrir quand je fumais, mais j'en ai toujours eu envie. J'ai arrêté lorsque je suis tombée enceinte de ma fille. De toute façon, ça n'aurait rien changé, elles seraient restées trop chères pour moi.

Elle s'interrompit, consciente de parler pour ne rien dire. La femme étira ses lèvres en un semblant de sourire.

– Quel âge a votre fille ?

– Seize ans, bientôt dix-sept. Et j'ai aussi un fils de quinze ans. Vous avez des enfants ?

En guise de réponse, l'inconnue se borna à hocher la tête. Elle paya les cigarettes, puis esquissa de nouveau l'ombre d'un sourire.

– Merci, Abby.

– Vous connaissez mon nom ? s'étonna cette dernière.

De l'index, la femme montra le badge sur la poitrine d'Abby, qui annonçait en lettres rouge vif : « Bonjour, je m'appelle ABBY ! »

– Ah oui ! c'est vrai.

En la regardant s'éloigner, Abby songea que sa tenue était trop soignée et chic pour empester la cigarette. Autrefois, elle-même aimait bien l'odeur du tabac mais, depuis ses grossesses, elle lui donnait la nausée.

Un souvenir lui revint soudain en mémoire, comme s'il avait été déclenché par un signal – peut-être parce qu'elle pensait à des vêtements au moment précis où Biller laissait tomber les ordures dans la benne. Quoi qu'il en soit, elle se retrouva soudain transportée le jour où l'orage avait éclaté.

Elle avait découvert en rentrant chez elle une semaine d'ordures répandues dans la rue, après que la poubelle avait été renversée par le vent. Elle se rappelait encore les corbeaux qui se régalaient et le dernier sac qu'elle avait récupéré au milieu de Milt Street.

À la fin de son service, Abby rentra chez elle en longeant l'esplanade. Le vent agitait les sombres étendues de forêt côtière qui bordaient la route. Sur sa gauche, un remblai pentu, recouvert d'herbe, montait vers la réserve naturelle. Sur sa droite, les vagues venaient se briser sur les rochers déchiquetés dix mètres plus bas.

Tout en conduisant, elle songea : *OK, tu le fais, et après tu mets un point final à tout ça.*

Arrivée chez elle, elle se dirigea vers la porte du garage. Une fois à l'intérieur, elle tira sur le cordon de l'interrupteur. Les rampes au néon s'éclairèrent, dispensant leur lumière crue. Les yeux plissés, Abby s'avança vers le rectangle de ciment taché d'huile où Ray garait son pick-up, puis survola du regard son établi, derrière lequel était caché le kit de secours. Elle se concentra ensuite sur les rayonnages occupant le mur du fond.

Le carton destiné à l'Armée du Salut, où elle avait fourré la chemise de Ray, son pantalon et ses bottes, y était toujours.

Après avoir enfilé une paire de gants en latex, elle sortit les affaires de son mari en se demandant : *Qu'est-ce que je fabrique, bon sang ?*

Elle les plaça sur son propre établi, après avoir écarté scalpels, épingles à insectes, abaisse-langue, pinces, maillet en caoutchouc et pistolet-agrafeur pour dégager un espace. Le silence régnait autour d'elle, seulement troublé par le grésillement des néons et le goutte-à-goutte d'une fuite quelque part dans un coin sombre.

Sous la table, à côté du petit frigo, se trouvait une grande boîte en plastique. Abby la tira, souleva le couvercle et chercha le luminol parmi les produits qu'elle contenait. S'il jouait un petit rôle dans le processus de nettoyage en taxidermie, elle savait aussi qu'il était utilisé par les techniciens de la police scientifique pour repérer les traces révélatrices sur les scènes de crime. Au contact du fer dans le sang, le liquide émettait une lueur bleutée, visible dans la pénombre.

Abby en vaporisa sur le pantalon, la chemise et les bottes en priant pour que la porte du garage ne s'ouvre pas pour laisser entrer le pick-up de Ray. Quand elle fut certaine d'en avoir répandu suffisamment, elle se prépara à éteindre. S'il y avait des taches de sang, elle le saurait tout de suite. Elle se dirigea vers le cordon de l'interrupteur et prit trois grandes inspirations.

19

LA VEUVE

Le coffret noir ne contenait qu'un avis de décès d'un paragraphe, découpé dans un journal. Le temps avait jauni le papier et l'encre était décolorée par l'humidité à certains endroits, mais le texte était toujours lisible :

STEMPLE, David E.

Disparu bien trop tôt, le 7 août 1996. Attends-nous de l'autre côté, Dave. Il laisse deux sœurs aimantes, un fils qu'il adorait et une femme qu'il chérissait, Annabel.

– Qui est David Stemple ? demanda Fisher lorsque Kate lui montra le papier.

Elle l'avait rejoint dans sa chambre au *Blue Whale Motor Inn*, au moment où il allait prendre sa douche. Il était à présent installé devant le bureau, une serviette bleu pâle drapée autour des épaules.

– Aucune idée, répondit Kate. J'ai trouvé cette coupure dans le grenier de la maison, rangée à l'intérieur d'un coffret.

– Tu y es retournée ? Mais enfin, Kate, c'est une scène de crime…

– Je sais, oui.

– L'inspectrice Eckman a bien insisté pour qu'on ne…

– Je sais, Fisher. C'est juste que… il fallait que je fasse quelque chose. Je n'en peux plus de me sentir impuissante.

– Tu veux bien me faire plaisir et rester tranquille ? Tu me donnes mal au cœur à t'agiter comme ça.

Depuis son arrivée, Kate arpentait la chambre sans relâche. Elle s'assit sur le lit et fourra ses mains sous ses cuisses. Fisher avait réellement l'air nauséeux, mais le Chivas y était sans doute pour beaucoup.

Il relut l'avis de décès en plissant ses yeux injectés de sang, puis se frotta l'arête du nez.

– Bon, cet avis date de 1996. Qu'est-ce qui prouve qu'il n'a pas passé les vingt-trois dernières années dans le grenier ? Cela dit, Pam et moi possédions toujours la maison à l'époque, et je ne vois pas pourquoi l'un de nous aurait gardé ce papier.

– Le coffret était à peu près la seule chose propre dans un grenier très poussiéreux, souligna Kate. Même s'il y est resté durant tout ce temps, quelqu'un l'a manipulé très récemment.

– Alors, c'est une pièce à conviction.

– Que les flics n'ont pas découverte.

– On ne devrait même pas y toucher, déclara Fisher en plaçant l'avis de décès sur le bureau. Il y a peut-être des empreintes ou des traces d'ADN dessus. Si ça se trouve, le coffret appartenait au meurtrier de John…

– Non, il était à John, affirma-t-elle. Soit il l'a apporté sur l'île, soit il l'a ressorti à son arrivée.

– Comment peux-tu en être sûre ?

– Tu te rappelles ces pièges à insectes dont Eckman nous a parlé ? Eh bien, ils étaient là-haut aussi, disposés autour de cette boîte. Comme si John avait cherché à... je ne sais pas... se protéger de ce qu'il y avait à l'intérieur.

– Le fantôme de David Stemple, c'est ça ? lança Fisher d'un ton sec.

Il fit tomber deux Disprin dans un verre d'eau auquel il imprima un mouvement circulaire pour accélérer la dissolution des cachets.

– Il avait peur de quelque chose, en tout cas, déclara Kate.

Son beau-père hocha la tête.

– C'est vrai. Excuse-moi, je ne voulais pas me montrer cassant. C'est juste que... tout ça me dépasse.

Il porta le verre à ses lèvres, alors que les comprimés n'étaient pas encore tout à fait désagrégés, le vida d'un trait et grimaça.

– Tu as fait une recherche sur Internet ? demanda-t-il.

– Google m'a proposé trois cent mille résultats. C'est un nom très répandu.

– Stem-ple, articula-t-il lentement. À la réflexion, j'ai l'impression que ça me dit quelque chose. Je vais téléphoner à Pam. Elle saura peut-être... Tu ne te sens pas bien ?

Toujours assise sur le lit, Kate s'était brusquement penchée en avant, les coudes sur les genoux et le visage dans ses mains. Elle avait l'impression d'avoir passé toute sa vie de femme mariée à regarder John à travers un trou de serrure. À présent, elle apercevait ce qu'il y avait de l'autre côté de la porte, et ce qui ne la déroutait pas la terrifiait.

– Je ne comprends pas pourquoi il m'a caché ce qu'il traversait…

Voilà ce qui se passe quand on ne parle pas des monstres.

Une expression fugace – de la culpabilité, peut-être – assombrit le regard de Fisher, qui se ressaisit aussitôt.

– Tu n'as aucun reproche à te faire, Kate. John pouvait compter sur un réseau de soutien. Il ne manquait pas d'interlocuteurs à qui s'adresser.

– Mais je suis sa femme, Fisher. Je suis la… la… « femme qu'il chérissait ».

Elle se leva pour aller chercher l'avis de décès.

– « Une femme qu'il chérissait, Annabel », lut-elle à voix haute.

– Qu'est-ce qu'il y a, Kate ? lui demanda son beau-père.

« La mort d'Annabel a été la feuille qui a obstrué le cours d'eau », avait dit Holly Cutter dans la cafétéria vide du centre de Trinity.

– Il faut que je passe un coup de fil, déclara-t-elle.

– Heureux de vous entendre, Kate, dit Chatveer Sandhu.

Elle l'imagina assis derrière le comptoir à l'accueil du centre, entouré de couleurs apaisantes et de tableaux passe-partout, écoutant le murmure de l'eau dans le bassin ornemental extravagant.

– Tout le monde à Trinity a été atterré par la nouvelle, poursuivit-il. Avez-vous reçu les fleurs que nous avons fait envoyer ?

– Je ne sais pas, répondit Kate. Je ne suis pas chez moi, mais toujours à Belport.

Elle avait regagné sa chambre pour téléphoner et, assise sur son lit, elle regardait par la fenêtre l'orque en fibre de verre. Une mouette vint se poser au sec sous sa queue incurvée.

– Quand aura lieu l'enterrement ? demanda Chatveer.

– Pas avant plusieurs semaines. Il reste beaucoup de choses à éclaircir.

En vérité, elle n'avait pas pris le temps de penser aux funérailles, ni aux fleurs ou aux éloges funèbres. Elle comprenait maintenant qu'il y avait deux versions de John : le mari et l'inconnu. Il lui faudrait trouver un moyen de les réconcilier avant de pouvoir l'inhumer.

– Vous voulez parler à Holly, j'imagine, reprit Chatveer. Elle est en réunion pour le moment mais je peux lui transmettre un message, si vous voulez, ou vous mettre en relation avec son répondeur.

Kate était presque sûre qu'il n'y avait pas de réunion. Après la dernière visite qu'elle avait rendue à la directrice de Trinity, celle-ci avait dû établir une règle stricte visant à refouler Kate Keddie. Ou alors, elle se tenait à côté de Chatveer et lui faisait de grands signes en murmurant : « Non, je ne suis pas là ! »

– En fait, c'était plutôt à vous que j'espérais parler, déclara-t-elle. Je voulais vous poser quelques questions sur une des patientes de John, une dénommée Annabel. Vous vous souvenez d'elle ?

– Annabel… Oui, bien sûr. Stade avancé de FP. C'était une vieille râleuse, mais je l'aimais bien. Comme tout le monde ici, d'ailleurs.

– Holly m'a dit que John avait été très affecté par sa mort.

Elle se souvenait des termes exacts employés par la directrice : « John s'est replié sur lui-même. »

– Quand on travaille dans un endroit comme Trinity, il est impossible de ne pas créer de liens avec certains patients, expliqua Chatveer d'une voix douce, manifestement désireux de réconforter la malheureuse veuve. Moi, je ne suis qu'un secrétaire au titre ronflant, et pourtant je passe la moitié de la semaine à pleurer et l'autre à éplucher les offres d'emploi. En attendant, c'est vrai, John et Annabel avaient un rapport privilégié. Il restait avec elle des heures après la fin de son service. Ils bavardaient, regardaient la télé, se taquinaient comme de vieux amis… C'était si généreux de la part de John ! Malheureusement, tout le monde n'appréciait pas son dévouement.

– Comment ça ?

– Eh bien, le fils d'Annabel était…

Il s'interrompit comme pour se donner le temps de choisir ses mots, puis baissa d'un ton.

– C'était un drôle de numéro. Aucun de nos patients ne quitte jamais Trinity, du moins sur ses deux pieds. Lorsque Annabel est arrivée, il était clair qu'elle n'en avait plus pour très longtemps. Mais, apparemment, son fils trouvait les soins palliatifs trop déprimants. Durant tout le temps où elle est restée chez nous, il a dû lui rendre visite deux fois, peut-être trois au maximum. Aujourd'hui, j'essaie de me laisser guider dans la vie par la vérité, l'amour et l'empathie, mais parfois, il faut aussi montrer qu'on a des couilles. Après le décès d'Annabel, son fils ne s'est pas gêné pour venir ici nous harceler.

– Que voulez-vous dire ?

– Eh bien, il…, commença Chatveer, qui se tut brusquement.

– Oui, quoi ? le pressa Kate.

– En fait, je ne suis pas sûr que ce soit une bonne idée d'en parler.

– Holly n'a pas besoin de le savoir.

– Il ne s'agit pas seulement d'elle. John ne vous a rien raconté, n'est-ce pas ?

Kate ne répondit pas.

– Je suis désolé, mais il devait avoir ses raisons, déclara Chatveer.

Elle réfléchit quelques instants.

– L'avant-dernière chose que mon mari m'a dite, c'était : « Si on ne parle pas des monstres de ce monde, on ne sera pas prêts à les affronter le jour où ils surgiront de sous le lit. » Il m'avait caché beaucoup de choses, sans doute pour me protéger, et il a dû se rendre compte trop tard que c'était une erreur.

Sa déclaration fut accueillie par un long silence, puis elle entendit Chatveer prendre une profonde inspiration.

– Annabel a couché John dans son testament, révéla-t-il.

Kate se pencha en avant, le téléphone plaqué plus fort contre l'oreille.

– C'est vrai ?

– Je crois qu'il s'agissait d'une somme assez modeste – je ne pourrais pas vous dire le montant exact –, mais, quand son fils l'a appris, il a menacé d'intenter des poursuites contre le centre et accusé le personnel de manipuler des personnes vulnérables pour leur soutirer de l'argent. C'était faux, bien entendu, mais il était furieux.

– Jusqu'à quel point ?

– Pas suffisamment pour en arriver aux extrémités auxquelles vous pensez, j'en suis sûr, répliqua Chatveer. Pour autant, je pense qu'il n'avait pas tout à fait tort. On sait que ce type d'abus existe dans les services de soins palliatifs, surtout avec les patients les plus isolés. S'ils ont de l'argent, ils veulent lui donner un sens, faire un legs significatif. Sauf que c'est contraire à l'éthique de la profession. Si John s'était douté de ce qu'Annabel projetait de son vivant, il l'en aurait dissuadée.

– D'après vous, ça expliquerait sa décision de quitter le centre ?

– Officiellement, il a démissionné, déclara Chatveer.

Il chuchotait presque, à présent.

– Officieusement, Holly ne lui a guère laissé le choix. Si le fils d'Annabel avait mis sa menace à exécution, et à l'époque il paraissait décidé à aller jusqu'au bout, ça nous aurait attiré toutes sortes d'ennuis. Attention, ne me faites pas dire ce que je n'ai pas dit : Holly donne toujours la priorité aux besoins du centre mais, vous la connaissez, elle n'est pas du genre à s'encombrer de fardeaux inutiles. John en était devenu un, alors elle s'est débarrassée de lui.

La pluie s'était calmée dehors, et Kate vit la mouette s'aventurer hors de son refuge et prendre son essor.

– Quel était le nom de famille d'Annabel ? s'enquit-elle.

– Je ne l'ai plus en tête.

– Pourriez-vous vérifier ?

– Je ne sais pas, Kate. Je dois respecter le secret médical et…

– Je ne vous le demanderais pas si ce n'était pas important. Je vous en prie.

Chatveer demeura silencieux, mais Kate l'entendit pianoter sur les touches de son clavier.

– Stemple, dit-il. Annabel Stemple.

– Parlait-elle de son mari ? S'appelait-il David ?

Chatveer lâcha un petit rire.

– Oh, tout le temps. Si je me souviens bien, il était mort depuis des lustres.

Le 7 août 1996, songea Kate.

– Vous connaissez la cause du décès ?

– Non, mais j'ai eu l'impression que c'était arrivé de façon inattendue. Brutalement.

– Qu'est-ce qui vous fait penser ça ?

– La manière dont elle l'évoquait. Elle parlait souvent des moments qu'ils n'avaient pas eu l'occasion de partager, plutôt que de ceux qu'ils avaient vécus ensemble.

Tout à coup, à l'idée de toutes les années qui se profilaient devant elle sans John, Kate sentit son cœur se serrer.

– J'aurais encore un service à vous demander, reprit-elle. Vous auriez les coordonnées du fils d'Annabel ?

Un petit claquement de langue résonna à l'autre bout de la ligne.

– C'était quoi, la dernière chose ? interrogea Chatveer.

– Pardon ?

– Vous m'avez confié tout à l'heure que l'avant-dernière chose que John vous avait dite concernait les monstres sous les lits. Quelle était la dernière ?

– Il m'a dit qu'il était prêt à rentrer.

Chatveer relâcha son souffle, et Kate l'entendit de nouveau pianoter sur son clavier. Quelques secondes plus tard, il lança :

– Vous avez de quoi écrire ?

Kate prit le bloc-notes et le stylo que le motel mettait à la disposition des clients.

– Allez-y, je vous écoute.
– Oh…
– Oui ?
– Le fils d'Annabel, il… il habite Belport.

20

L'ÉPOUSE

Abby s'apprêtait à éteindre le garage quand une question terrifiante lui vint à l'esprit : *et après ?* Que ferait-elle si le luminol révélait la présence de sang sur les vêtements de Ray ? Irait-elle livrer ces preuves à la police ou garderait-elle à jamais le secret de son mari enfoui au plus profond, telle une tumeur maligne ? Qu'était censée faire une épouse ? Jusqu'où devait-elle aller par amour ? À toutes ces interrogations en succéda une autre : son mari était-il un assassin ? Malgré le mystérieux coup de fil, la découverte des magazines cachés et l'agressivité récente de Ray, elle ne pouvait l'imaginer en train de tuer quelqu'un.

« *Ah oui ? Vraiment ?* lui souffla une voix sinistre. *Je crois que tu peux, au contraire ; tu l'as déjà vu péter les plombs. Le court-circuit, tu te rappelles ?* »

– Ça arrive à tous les hommes ! s'exclama-t-elle à voix haute, comme si elle était engagée dans une véritable conversation.

Dans le silence environnant, le son de sa propre voix répercuté par les murs lui parut méconnaissable.

Mais est-ce qu'ils se comportent tous comme lui quand ils disjonctent ?

Si des disputes éclataient parfois entre Ray et elle, elles atteignaient rarement un niveau sonore susceptible d'alerter le voisinage. Son mari n'avait jamais levé la main sur elle, ni même tenté de le faire. Il avait néanmoins le sang chaud, et elle avait vu une fois sa colère prendre un tour brutal et malfaisant.

La scène remontait à des années. C'était par une chaude soirée d'été, alors qu'elle était enceinte de huit mois et demi de Lori. Les images affluèrent à sa mémoire, la transportant…

… dix-sept ans en arrière. Ray et elle revenaient du centre médical de Belport, où ils s'étaient précipités lorsqu'elle avait cru que le travail commençait. En réalité, il s'agissait de fausses contractions, ou d'un « trop-plein de flatulences », avait dit le médecin.

La nuit était étouffante. La climatisation ne fonctionnait plus dans leur vieille Datsun – qui finirait à la casse six mois plus tard, quand Abby déraperait sur le gravier de l'accotement dans Old Harbour Road pour aller emboutir la boîte aux lettres de Les and Kathleen Bale –, aussi roulaient-ils les vitres ouvertes. L'air chaud emplissait l'habitacle, leur apportant l'odeur des feux de camp sur la plage.

En cette mi-janvier, au plus fort de l'été australien, il y avait des embouteillages dans Bay Street. Pris en sandwich entre une BMW jaune et une Mercedes-Benz gris métallisé, ils avançaient au pas, tandis que des hordes de touristes à la peau rougie par le soleil se pressaient sur les trottoirs. Une bande d'adolescentes en bikini s'amusaient à se lancer des ballons remplis d'eau. La file d'attente devant le glacier serpentait jusque sur la chaussée, et la voix de David Bowie s'échappait du *Belly*. À l'intérieur du pub, comme toujours, des vacanciers plus ou moins jeunes se trémoussaient sur la piste de danse.

Derrière le volant, Ray râlait en voyant l'animation.

– Quand je pense que l'île était autrefois un territoire sauvage, dit-il en se rapprochant au maximum de la voiture qui les précédait. Les aborigènes venaient en barque du continent y ramasser des coquillages ou des œufs de cygne. Et aujourd'hui, regarde-moi ce cirque !

– S'il te plaît, Ray, ne me parle pas de coquillages ni d'œufs ! protesta Abby, nauséeuse.

– Je dis juste qu'avec tout le fric que ces gens foutent en l'air chaque année, on pourrait pratiquement résoudre le problème de la faim dans le monde.

Il semblait avoir oublié qu'eux-mêmes, comme tous les habitants de l'île, dépendaient de l'argent du tourisme pour vivre.

Une soudaine trouée dans la circulation lui permit enfin d'accélérer.

– Non mais t'as vu ? reprit-il en indiquant les véhicules garés de part et d'autre. Bagnole de sport, Mercedes, bagnole de sport… Putain, une Blackhawk ! T'as une idée de ce que ça coû…

La Datsun fut soudain ébranlée par une forte secousse, en même temps que s'élevait un bruit de tôle froissée. Ray venait de freiner pour laisser traverser un jeune cycliste sur un BMX, et il crispa ses doigts sur le volant en serrant les dents.

Abby, qui n'avait pas mis sa ceinture parce qu'elle la comprimait trop, bascula brutalement vers l'avant. Elle poussa un gémissement affolé avant d'envelopper son ventre de ses bras.

Une voiture les avait emboutis.

– Putain de merde ! lâcha Ray, les mains tremblantes, le souffle précipité par l'afflux d'adrénaline. Tu n'as rien ?

– Non, ça va.

– Vous auriez pu être blessés, toi ou le bébé…

Abby vit son regard se perdre dans le vague, tandis qu'un voile de colère l'assombrissait. Il jeta un coup d'œil dans le rétroviseur intérieur, puis se retourna vers la lunette arrière.

– Connards de touristes ! cracha-t-il.

Le véhicule qui les suivait était une Mercedes, constata Abby. Elle avait subi quelques dégâts superficiels à l'avant, mais rien que le compte en banque du conducteur ne pourrait prendre en charge. Ce dernier devait avoir une vingtaine d'années et un léger duvet ombrait son menton. Il se pencha par-dessus le volant pour examiner le capot, avant de s'adresser à sa passagère – sans doute sa petite amie – en articulant : « Oups. »

– Tu aurais pu être blessée, répéta Ray.

– Tout va bien, lui assura Abby. Calme-toi, ne…

Trop tard. Ray était déjà sorti de la Datsun et, laissant la portière grande ouverte, se dirigeait vers la Mercedes, les poings serrés, le visage écarlate. En proie à un sentiment de malaise grandissant, Abby vit le conducteur descendre à son tour, un petit sourire aux lèvres.

Les paroles du jeune furent noyées par le bruit de la rue, mais elle entendit Ray s'écrier :

– Pauvre taré ! Tu crois pouvoir rouler comme un malade sur mon île…

Abby poussa sa portière et, en s'agrippant d'une main au toit de la Datsun, parvint à s'extraire de son siège. Elle se redressa au moment où le conducteur de la Mercedes levait les yeux au ciel.

– Vous emballez pas, vieux, on était à deux à l'heure. Je paierai les…

– J'en ai rien à foutre de ce que tu vas payer ou de la vitesse à laquelle tu roulais. Ma femme est enceinte, espèce de petit merdeux plein de fric !

Le gamin que Ray avait laissé traverser observait la scène sur son BMX, les yeux écarquillés et l'air tout excité. Un groupe de jeunes imbibés de bière s'arrêta à son tour pour regarder le spectacle, ainsi qu'un jeune couple avec un bébé dans une poussette. Des coups de klaxon s'élevèrent de la file de voitures bloquées derrière eux.

– Écoutez, commença le conducteur de la Mercedes en lançant à sa compagne un coup d'œil nerveux.

Celle-ci, qui était toujours dans l'habitacle, verrouilla la portière lorsque Abby se tourna vers elle.

– Je sais pas trop quoi vous dire, sinon que je l'ai pas fait exprès, poursuivit le jeune. On n'a qu'à aller se garer ailleurs pour échanger nos coordonnées. On va tout de même pas se gâcher la soirée pour si peu !

– Ray ! appela Abby. Viens, on rentre.

– Remonte dans la voiture, Ab, lui ordonna-t-il.

– Non, je…

– T'as pas entendu ce que je viens dire ? Remonte dans cette putain de voiture ! aboya-t-il dans sa direction, avant de reporter son attention sur le conducteur.

Abby en resta interdite. Le Ray qu'elle connaissait avait disparu. Les plombs avaient sauté.

– Hé, doucement, lui dit le jeune. Pas la peine de vous défouler sur votre nana. C'est pas sa faute si elle a un mari débile !

Oh non, pensa Abby.

– Quoi ? rugit Ray.

Les klaxons devenaient plus insistants derrière eux et les curieux se massaient désormais sur les trottoirs.

– Ray, s'il te plaît, reprit Abby. On s'en va.

– Bon, vous voulez que je paie les réparations, oui ou non ? lança le conducteur.

– Tu crois que le fric peut tout résoudre, hein ? l'attaqua Ray.

– C'est ça, vieux. Vous êtes en train de foutre les boules à votre femme et les jetons à ma copine, alors moi, je m'en vais.

– Oh non, t'iras nulle part, riposta Ray.

Le conducteur sortit les mains de ses poches. Il paraissait un peu effrayé à présent et se dandinait d'un pied sur l'autre.

– Les mecs comme toi apprennent jamais rien, poursuivit Ray. Tes parents avaient sûrement assez de blé pour te tirer de la merde à chaque fois, avant que tu sois assez grand pour prendre la relève. Mais cette leçon-là, tu vas la retenir, crois-moi ! Tu aurais pu blesser ma femme.

– Je sais, répliqua le jeune en reculant d'un pas, les mains écartées. Je suis vraiment désolé.

– C'est pas à moi que faut dire ça, c'est à ma femme.

Ray l'attrapa par le bras, arrachant un hurlement hystérique à sa petite amie dans la Mercedes, et l'entraîna vers Abby.

Des cris de protestation s'élevèrent parmi les badauds.

– Hé, du calme, c'est qu'un gosse !

– Lâchez-le, bon sang ! Quelqu'un a appelé la police ?

– Vous êtes dingue ou quoi ? Ce gamin est deux fois plus petit que vous !

Mais Ray ne semblait pas les entendre. Plus rien ne pouvait l'atteindre, le ramener à la raison. Le conducteur s'agitait à côté de lui, sans toutefois opposer la moindre résistance, au grand soulagement d'Abby.

Il finit par s'adresser à elle. Il sanglotait, et une peur profonde, viscérale, se lisait sur son visage.

– Pardon, gémit-il. Par... pardon.

Autour d'eux, les cris s'amplifièrent. Abby saisit la main libre de Ray et la serra de toutes ses forces, enfonçant ses ongles dans la chair.

– Tu te rends compte de ce que tu es en train de faire ?

Il tourna la tête vers elle. Ses traits étaient déformés par cette même grimace démente qu'elle reverrait dix-sept ans plus tard devant un gommier abattu, quand il l'enverrait promener.

– Arrête, chéri, dit-elle d'un ton qu'elle espérait ferme.

Cette fois, malgré les exclamations de la foule et les coups de klaxon, il l'entendit. Sa mâchoire se relâcha, ses yeux perdirent leur voile vitreux. Le courant était rétabli, son mari était de nouveau présent à ses côtés.

Il libéra le jeune, qui s'éloigna aussitôt. Ils ne firent pas de constat mais, de toute façon, la Datsun n'avait pas grand-chose. Abby songea que le conducteur de la Mercedes ne risquait pas d'emboutir une voiture de sitôt.

Sur le trajet du retour, Ray et elle n'échangèrent pas un mot.

Plus tard, alors qu'ils étaient allongés sur leur couvre-lit et regardaient le ventilateur tourner au plafond, Ray déclara qu'il regrettait son accès de colère.

Dans la faible lumière de la lampe de chevet, il avait l'air d'un enfant perdu, peut-être encore plus effrayé que n'avait semblé le jeune un peu plus tôt.

– Qu'est-ce qui t'a pris ? demanda Abby. Je ne t'avais jamais vu t'emporter comme ça.

Il mit sa réaction excessive sur le compte du stress de devenir bientôt père. Les fausses contractions l'avaient perturbé. Il était fatigué et à cran, voilà tout.

– Promets-moi que ça ne se reproduira plus.

– Ne t'inquiète pas, Ab.

– Tu m'as vraiment fait peur, ce soir. Alors, promets-le-moi.

– D'accord. Je te le promets.

Abby lui effleura les lèvres d'un baiser, puis se tourna sur le côté, parce que c'était la seule position confortable dans son état, mais aussi parce qu'elle ne voulait plus voir son mari ce soir-là.

Elle resta longtemps éveillée, bien après avoir…

… éteint. Immobile dans le garage sombre, la main toujours refermée sur le cordon de l'interrupteur, elle regardait l'émission de lumière produite par le luminol, semblable à une phosphorescence sur la paroi d'une grotte sous-marine. En réaction au sang incrusté dans les fibres des vêtements, la substance diffusait une lueur bleue.

Il y avait des éclaboussures sur le devant de la chemise et sur les bottes, ainsi qu'une tache plus large sur la jambe gauche du pantalon.

Abby se sentit partir à la dérive.

Alors que la luminescence s'atténuait et que l'obscurité l'enveloppait de nouveau, elle revit le conducteur de la Mercedes ce soir-là, qui sanglotait, les yeux écarquillés. Il était désolé, vraiment désolé. Tout comme elle l'était en cet instant.

Et maintenant ? se dit-elle. *Merde, qu'est-ce que je dois faire* ?

21

LA VEUVE

Le fils d'Annabel Stemple vivait dans Sunset Strip, une rue peu fréquentée qui reliait Neef Street et Old Harbour Road. Lorsque Kate avait commencé à venir sur l'île, une décennie plus tôt, c'était la partie la plus résidentielle de Belport. Depuis, la plupart des grosses demeures avaient été vendues, et des travaux de rénovation ou d'aménagement étaient en cours, faisant de cette zone un univers de chantiers, de grillages et de vastes terrains laissés à l'abandon.

Le GPS de Kate la guida jusqu'à une petite maison située en retrait de la chaussée, au milieu d'un jardin envahi par les mauvaises herbes, les feuilles mortes et les branches cassées. Une dizaine de statuettes de nains à la peinture écaillée y étaient disséminées, la plupart renversées ou à moitié dissimulées par la végétation. Le pavillon lui-même semblait plus ou moins branlant. Kate remarqua des touffes d'herbe dans les gouttières et, en façade, une vitre cassée qu'on avait remplacée par les lattes d'une palette.

Avait-elle eu raison de venir seule ? se demanda-t-elle. Il lui avait semblé que ce serait une perte de temps d'aller raconter à la police ce qu'elle avait appris par Chatveer, sans compter qu'elle ne pouvait se résoudre à affronter une nouvelle fois la condescendance de l'inspectrice Eckman. Quant à Fisher, il aurait foncé tête baissée et n'aurait fait qu'aggraver les choses. Surtout, elle tenait à découvrir les secrets de John, quels qu'ils soient, avant tout le monde. Ainsi, elle serait peut-être en mesure de protéger Mia de la vérité ; en dépit de ce que lui avait affirmé John, elle commençait à se dire qu'il valait mieux laisser certains monstres dans leur cachette.

Elle examina les deux voitures qui stationnaient dans l'allée. L'une d'elles était une vieille Commodore bleue, bardée d'autocollants à l'arrière proclamant : « Vous voulez vraiment voir Dieu ? Continuez à me coller ! », « Les adultes existent grâce aux vaccins », ou encore des slogans plus classiques : « Mon autre voiture est une Porsche », « Klaxonnez si vous êtes en rut » et « Attention, je ne freine jamais ». Au milieu figurait une décalcomanie de la Southern Cross. Le second véhicule, privé de roues arrière, reposait sur des parpaings.

Après s'être garée de l'autre côté de la rue, Kate marcha vers la maison. Elle poussa le portail et traversa rapidement le jardin, craignant de se dégonfler si elle ralentissait l'allure. Enfin, elle frappa à la porte.

Dix secondes s'écoulèrent, puis vingt. Comme personne ne venait ouvrir, elle frappa de nouveau, plus fort cette fois.

– Oh, bon sang ! aboya une voix à l'intérieur. J'arrive, j'arrive…

Le battant s'écarta, révélant un homme aux traits indistincts derrière la moustiquaire abîmée de la seconde porte.

– C'est pour quoi ? demanda-t-il.

– Vous êtes Marcus Stemple ?

L'homme bâilla en se grattant l'entrejambe.

– Qu'est-ce que vous avez à vendre ? Des assurances, une religion, des trucs pour les bonnes œuvres ?

– Je ne vends rien, répondit Kate en s'efforçant d'adopter un ton léger. Voilà, je m'appelle Kate Keddie. Vous connaissiez mon mari, je crois. John. Il était médecin au centre de Trinity, il s'est occupé de votre mère.

Cette fois, il ouvrit la porte-moustiquaire et sortit. Kate lui donna dans les vingt-huit ou trente ans. Il était mince, avec des membres grêles et un torse épais, compact – une silhouette qui évoquait celle d'un faucheux. Ses cheveux noirs et gras faisaient ressortir sa pâleur de vampire. Des pattes d'oie se dessinaient aux coins de ses yeux profondément enfoncés dans leurs orbites.

Il laissa le battant se refermer derrière lui et le claquement fit tressaillir Kate.

– Qu'est-ce que vous me voulez ? lança-t-il.

– John était à Belport depuis deux semaines. Et, il y a quatre jours, il a été tué.

Marcus Stemple éructa, avant de hocher la tête.

– Ouais, j'en ai entendu parler. La nouvelle a secoué toute la ville. Mais quel rapport avec moi ?

Kate prit l'avis de décès dans la poche de son jean et le lui tendit. Marcus le parcourut, impassible, avant de le lui rendre.

– J'avais jamais vu ce truc, dit-il. Il date de vingt-trois ans. Vous l'avez déniché où ?

– Il était dans les affaires de John.

– Pourquoi le gardait-il ?

– J'espérais que vous pourriez m'aider à trouver la réponse.

Il mit sa main en visière pour scruter la rue. Dans cet environnement de grisaille, la Lexus de Kate détonnait.

– Vous êtes venue toute seule ?

La question troubla Kate, qui confirma néanmoins d'un signe de tête.

– Bon, ben, entrez. Mais je vous préviens, je reçois pas beaucoup de visites, alors j'ai rien à vous proposer. Pas de café, de thé, de scones ni de machins comme ça.

– Ça ne fait rien.

L'intérieur de la maison se révéla spartiate, comme si son occupant ne s'y était pas installé définitivement. Kate ne vit ni animaux domestiques ni plantes vertes. Dans le salon, il n'y avait pour tout mobilier qu'un bureau, une chaise en bois, un fauteuil près de la fenêtre dont même l'Armée du Salut n'aurait pas voulu, et une table basse sur laquelle une pipe à eau de forme alambiquée trônait au milieu d'un fatras de bouteilles de bière vides et de cendriers pleins. Les murs étaient d'un jaune moutarde foncé, et une odeur de renfermé imprégnait l'atmosphère.

Quand Marcus se laissa tomber dans le fauteuil, un petit nuage de poussière s'éleva des coussins. Kate prit place sur la chaise voisine du bureau, où était posée une machine à écrire Royal Epoch crasseuse.

– Vous êtes écrivain ? demanda-t-elle.

– Même si je l'étais, je me servirais pas de cette antiquité. Elle appartenait à mon père, comme presque tout ici.

– Vous vivez à Belport depuis longtemps ?

– Oh, j'y vis pas. Sinon, je me serais déjà tiré une balle. Non, je fais que passer. Y a deux ou trois ans, j'ai eu des… emmerdes.

Il traça des guillemets dans l'air en prononçant le mot.

– J'ai perdu mon boulot, parce que mon patron était un sale con. Du coup, je me suis retrouvé sans un radis. Et comme ma mère voulait pas mettre un pied dans cette baraque mais refusait aussi de la vendre, je me suis dit que je pourrais l'habiter le temps que les choses se tassent.

Deux ou trois ans, c'est long pour du provisoire, songea Kate.

– Je suis désolée pour votre mère, dit-elle.

– Vous la connaissiez ?

– Non, mais j'ai cru comprendre que John et elle étaient très liés. J'ai aussi entendu parler de ce qui s'était passé, de sa décision de le coucher dans son testament.

Marcus se lécha les lèvres.

– À voir votre belle Lexus, je dirais que c'est pas la première fois que votre mari soutirait du fric à un de ses patients… Se rapprocher d'une personne condamnée et la manipuler pour lui faire cracher les économies de toute une vie, c'est sacrément tordu, non ? Vous croyez que c'est pour cette raison qu'on l'a buté ?

Kate accusa le coup et Marcus le remarqua.

– John n'était pas comme ça, protesta-t-elle. Si votre mère lui a légué quelque chose, c'est qu'elle le souhaitait.

En le voyant se redresser d'un bond, elle crut un instant qu'il allait se jeter sur elle. Mais il se contenta de passer près d'elle pour se diriger vers la cuisine adjacente, laissant dans son sillage une odeur de crasse et de sueur. « Ça pue », aurait dit Mia.

La cuisine en question était une petite pièce encombrée aux murs tachés de nicotine. L'évier avait été enlevé, révélant une cavité rectangulaire, pleine de tuyaux rouillés et de toiles d'araignées. Un vieux frigo bourdonnait comme un chanteur de rue éméché.

Marcus y prit une bière, revint dans le salon et s'affala de nouveau dans son fauteuil. Il gratifia Kate d'un regard éloquent, genre : « Bon, je suis occupé, alors venez-en au fait ou sortez de chez moi. »

– Est-ce que vous avez rencontré mon mari ? demanda-t-elle.

– Bien sûr.

– Quand ?

Il haussa les épaules et avala une gorgée de bière pour se donner le temps de réfléchir.

– Y a une quinzaine de jours.

– Vous en êtes sûr ?

– Certain. Même qu'il s'est assis sur la même chaise que vous, le toubib.

Kate agrippa les accoudoirs du siège tel un passager nerveux dans un avion, comme si elle pouvait capter les vibrations laissées par son mari.

– Vous voulez dire qu'il… il est venu chez vous ? La police le sait ?

– Qu'est-ce que ça peut leur faire, aux flics ?

– C'est juste qu'ils essaient d'établir une chronologie. De reconstituer les déplacements de John sur l'île avant que…

– Personne m'a rien demandé, l'interrompit-il. Et si vous pensez à ce que je penserais à votre place, ben… non, j'ai rien à voir avec ce qui lui est arrivé. Entre souhaiter la mort de quelqu'un et passer à l'acte, y a une marge.

– Non, je ne…

– Oh si.

– Pourquoi John vous a-t-il rendu visite ?

– J'ai pas trop compris. Il voulait m'aider, je crois. Ou me draguer. Ou peut-être les deux.

– Pardon ?

Il gloussa.

– Il était sacrément insistant, je vous assure ! Il était venu pour se racheter. Il m'a présenté ses excuses et… Vous savez, moi, j'ai jamais voulu qu'il se fasse virer ; simplement, je supportais pas l'idée qu'il ait pu profiter de ma mère. C'est ce que je lui ai dit. Pour moi, ça s'arrêtait là.

– Mais pas pour lui ?

Marcus entreprit de décoller l'étiquette sur sa bouteille de bière.

– Il tenait à me rembourser le fric que maman lui avait donné. J'en avais plus besoin que lui, qu'il me répétait. Sauf que je fais pas la manche, moi, et ça aussi je lui ai dit. Mais il voulait rien entendre. Il était… à fond.

– Comment ça ?

– Il avait beau me répéter que j'avais besoin de ce fric, j'avais plutôt l'impression que c'était lui qui avait besoin de me le refiler. La mort de ma mère l'avait foutu en l'air, c'est sûr. Peut-être même plus que moi. Ça l'obsédait littéralement. Et il cherchait un moyen de se débarrasser de cette obsession.

– Peut-être qu'il se sentait coupable à cause du testament, suggéra Kate.

– Oh, il avait un truc pas net sur la conscience, c'est certain. Croyez-moi, je suis bien placé pour savoir ce que ça fait.

Il s'adossa à son siège et regarda en direction du couloir étroit, de la porte-moustiquaire et de Sunset Strip au-delà.

– Et vous n'avez parlé de rien d'autre, tous les deux ?

Marcus porta la bouteille à ses lèvres et la téta comme un agneau, avant de s'essuyer la bouche du dos de la main.

– Il avait beaucoup de questions à me poser sur mon père.

– Quel genre de questions ?

– Il voulait savoir quels souvenirs je gardais de lui et de la période autour de sa mort. J'avais cinq ans quand c'est arrivé, alors je me rappelle surtout ma mère en train de chialer, et le temps qu'on a passé chez ma tante Ria à Mollymook, avec son espèce de roquet qui aboyait sans arrêt.

– Pourquoi s'intéressait-il autant à votre père ?

– C'est à lui que faudrait demander ça, chère madame. Doit y avoir une planche de Ouija quelque part, si vous voulez essayer.

– De quoi votre père est-il mort ?

Marcus, qui s'apprêtait à boire de nouveau, reposa la bouteille sur la table basse.

– Vous êtes pas au courant ?

– J'ai cru comprendre que son décès avait été soudain.

– Soudain.., répéta-t-il. Ouais, on peut dire ça.

22

L'ÉPOUSE

Abby écoutait la pluie tambouriner sur le toit de la Volvo en s'efforçant de rassembler son courage. Elle était garée dans Old Harbour Road, en face de Deepwater Living, la résidence de Bobbi.

Après avoir inspiré profondément à plusieurs reprises, elle se força à descendre de voiture et se dirigea vers l'immeuble. Six ou sept corbeaux perchés sur le grillage qui le séparait du terrain vague voisin la regardèrent approcher. L'un d'eux croassa comme s'il lui adressait un message personnel.

Elle chercha l'appartement de Bobbi sur l'interphone. Le 2-G. Quelqu'un avait ajouté « ouines » au feutre noir à côté du « G ». 2-Gouines… Abby grimaça. C'était tentant d'imaginer Belport comme un microcosme progressiste, isolé du continent et indifférent à ses préjugés, mais il suffisait d'un incident de ce genre pour se rendre compte à quel point une telle approche était naïve. Elle repensa à l'ancien terminal du ferry et aux rumeurs sur ce qui s'y passait. Un endroit de ce genre aurait-il existé si les habitants de l'île étaient aussi tolérants qu'on pouvait le supposer ?

Cette question en tête, elle pressa la touche. Le haut-parleur cracha des grésillements, puis une voix douce s'éleva :

– Oui ?

C'était Maggie, la compagne de Bobbi.

– C'est moi.

– Vous pourriez préciser ? En général, je ne suis pas aussi méfiante, mais vu les circonstances...

– C'est Abby.

– Hé, salut ! Monte. La commande d'ouverture ne fonctionne pas mais, heureusement pour toi, le système de verrouillage non plus.

De fait, Abby n'eut qu'à pousser le portail pour l'ouvrir. Elle traversa une petite plantation de fougères, puis gravit l'escalier extérieur jusqu'au deuxième étage. Maggie l'attendait devant la porte, une main sur la hanche, l'autre sur son ventre bien arrondi. Elle portait un T-shirt blanc extra-large sur un jean de maternité. La grossesse lui allait bien, elle était radieuse.

– Viens là, ma grande, dit-elle. Quel plaisir de te voir ! Bon, c'est vrai, à force de rester enfermée ici, je serais ravie de voir n'importe quel être humain, mais c'est encore mieux que ce soit toi.

Elle fit entrer Abby dans l'appartement lumineux à l'atmosphère chaleureuse, égayée par de nombreuses plantes vertes. Il y en avait aussi une profusion sur le balcon.

– J'ai attaqué mon second déjeuner de la journée, expliqua-t-elle. Ou peut-être mon premier dîner. En attendant, si tu as faim, ne te gêne pas. Il y a de quoi.

– Non, merci.

Maggie s'installa dans le coin du petit déjeuner et mordit dans un toast tartiné de Vegemite. Abby s'assit en face d'elle.

– Bobbi est là ? Je sais qu'elle travaille de nuit, ces derniers temps, et j'aurais voulu lui parler avant qu'elle prenne son service.

– Elle est sous la douche, elle ne devrait pas tarder. C'est quand même dingue, cette histoire de meurtre, non ? Je déteste savoir Bobbi dehors le soir. Avant, quand il s'agissait seulement pour elle d'interpeller Bert Sercombe qui avait fauché des tampons à la pharmacie, je ne voyais aucun inconvénient à partager la vie d'une flic.

– Sérieux ? Bert ?

Maggie éclata de rire.

– C'est Clare qui l'avait envoyé les chercher. Il avait de quoi les payer, c'est juste qu'il était trop gêné pour les présenter à la caisse. C'est le truc le plus pitoyable que j'aie jamais entendu. Mais ce n'est pas moi qui te l'ai dit, hein ?

– Motus et bouche cousue, déclara Abby. Et ne t'inquiète pas trop pour Bobbi, c'est une coriace.

– Oh, je sais. C'est ma Sarah Connor.

Si Maggie l'avait vue dans la voiture avec la téquila, songea Abby, elle aurait peut-être nuancé son jugement.

À cet instant, Joe se coula dans la pièce, bâilla et sauta sur les genoux de Maggie. C'était un matou des rues grassouillet que Bobbi avait commencé à nourrir deux ans plus tôt et qui, depuis, avait pris ses aises dans l'appartement. Maggie grimaça lorsqu'il lui pétrit les cuisses.

– Je croyais que Joe et toi ne pouviez pas vous supporter, fit remarquer Abby.

– Quand je suis tombée enceinte, j'ai dû arrêter de changer sa litière, parce que les crottes de chat peuvent véhiculer une espèce de saleté de parasite responsable de la toxoplasmose. C'est une maladie qui provoque des malformations fœtales.

Elle se caressa le ventre.

– C'est bizarre mais, à partir du moment où tu ne ramasses plus la merde de quelqu'un, tu regagnes son estime. Aujourd'hui, Joe me respecte.

– Elle a bon dos, la toxoplasmose ! s'exclama une voix moqueuse dans le couloir.

Bobbi les rejoignit, vêtue de son uniforme bleu, en se séchant les cheveux avec une serviette. Il y avait encore des gouttes d'eau accrochées à ses sourcils, qu'elle fronçait d'un air sévère.

– Franchement, Abby, tu ne trouves pas que ça a tout d'une bonne excuse ?

– Bobbi est persuadée qu'il s'agit juste d'un prétexte pour l'obliger à nettoyer la litière de Joe, déclara Maggie. Personnellement, j'estime que ce n'est pas cher payé par rapport à ce que je subis en ce moment : nausées du matin, jambes lourdes, envies de pipi tout le temps, hémorroïdes, j'en passe et des meilleures…

– Blablabla, commenta Bobbi en l'embrassant sur la joue. Alors, comment je suis ?

– À croquer, répondit Maggie. T'es encore de corvée à la caravane d'information, ce soir ?

Bobbi versa du café dans une Thermos posée sur le plan de travail.

– Oui, toute la nuit.

– Je suis passée devant tout à l'heure, dit Abby. Il y avait foule, apparemment. Vous progressez ?

– Tant qu'il s'agit de collecter les ragots, je te confirme que le système est super efficace. Pour ce qui est d'identifier des pistes, je ne peux pas encore te répondre. Le temps nous le dira, j'imagine. Ça va, Ab ? Tu fais une drôle de tête.

Par réflexe, Abby faillit lui répondre que tout allait bien, mais elle se retint. Si c'était vrai, elle ne serait pas là. Comme elle gardait le silence, Bobbi échangea un coup d'œil complice avec Maggie, qui saisit le message.

– Excusez-moi, il faut que j'aille aux toilettes pour la quatre-vingt-septième fois de la journée.

Elle s'extirpa de son siège avec un petit grognement, puis se dirigea vers la salle de bains d'une démarche de canard. Joe se lova aussitôt sur la place chaude qu'elle venait de quitter.

– Si c'est à propos du coup de fil, ne t'inquiète pas, tout est réglé, dit Bobbi. J'ai téléphoné au poste, tout à l'heure. Ray y est allé à midi pour expliquer ce qu'il en était. J'aurais dû me douter que c'était un appel professionnel. Désolée de t'avoir fichu la frousse l'autre soir.

– Ne t'en fais pas. En attendant, ce n'est pas à cause de ça que je suis venue. Il faut que je te demande quelque chose, Bobbi. Mais, d'abord, je veux m'assurer que je parle à l'amie, pas à la flic.

– Je suis ton amie avant tout.

– Promis ?

– Juré.

– Laisse-moi une journée, d'accord ? Vingt-quatre heures, pour en avoir le cœur net. Ensuite, Bobbi la flic pourra faire son boulot.

Le regard de Bobbi se teinta de gravité. Elle s'assit en face d'Abby, le front barré par un pli soucieux.

– Qu'est-ce qui se passe ?

– L'autre soir, sur le parking de l'église, tu m'as dit que, dans une ville aussi petite que la nôtre, quelqu'un savait forcément quelque chose. Tu t'en souviens ?

– Une bonne partie de cette soirée reste floue dans ma mémoire. Mais ça, oui, je m'en souviens. Pourquoi ?

– En fait, tu avais raison.

L'après-midi maussade cédait la place à une soirée pluvieuse quand Abby rentra chez elle. Elle gara la Volvo dans l'allée, descendit et pesta tout bas en voyant Dorothy Fancher avancer dans sa direction.

C'était une femme frêle au visage sillonné de rides d'expression, qui vivait avec son mari Teddy un peu plus loin dans la rue. S'il n'ouvrait pratiquement pas la bouche, Dorothy était un vrai moulin à paroles, capable de saouler ses interlocuteurs pendant des heures pour ne rien dire. Ray l'avait surnommée le « vortex humain » et avait lancé un jour pour blaguer que toutes les personnes disparues dans le triangle des Bermudes avaient en réalité été englouties par sa logorrhée.

Abby lui adressa un rapide salut de la main avant de se tourner vers sa maison.

– Bonjour, Abby ! cria Dorothy. Vous auriez une minute ?

Déjà, elle s'engageait sur la pelouse, le dos rond sous son parapluie. En chemin, elle jeta un coup d'œil appuyé au chêne tombant qu'elle avait demandé à Abby – au moins six fois – de couper. De toute façon, quand ce n'était pas le chêne, c'était leur pelouse qui avait trop poussé ou les poubelles qu'ils oubliaient parfois de rentrer après la tournée des éboueurs.

– Voilà, vous pourriez me faire plaisir et demander à votre mari de respecter la limitation de vitesse quand il passe devant chez nous ? Vous me connaissez, en temps normal je n'y attacherais pas d'importance, mais il y a un nid-de-poule sur la route que la municipalité n'a pas encore rebouché et il se remplit d'eau chaque fois qu'il pleut. Alors, quand votre mari arrive à 80 km/h dans une zone limitée à 60, il projette de la boue partout sur le gazon du terre-plein et…

– Je lui dirai, la coupa Abby. Excusez-moi, il faut que j'aille m'abriter.

– Mmm, j'ai remarqué que vous aviez oublié votre parapluie. Vous devriez en laisser un dans votre voiture, par prudence. Mais bon, vous êtes toujours une citadine dans l'âme, j'imagine. Vous y viendrez, un de ces jours. Pourquoi Ray était-il si pressé, à propos ?

Abby, qui commençait à se sentir aspirée dans le vortex humain, fit un pas vers la maison en consultant ostensiblement sa montre. Puis elle s'arrêta.

– Attendez… Quand l'avez-vous vu passer ?

– Il y a moins de vingt minutes, répondit Dorothy. On aurait cru Juan Manuel Fangio. Je vous le répète, en temps normal, je…

– Désolée, je dois vous laisser.

– Ah, c'est vrai que votre génération est toujours en train de courir. Qu'est-ce que vous avez à faire de si urgent ? Vous préparez une petite fête ? Ce ne sont pourtant pas les conditions idéales pour un barbecue, si…

– Au revoir, Dorothy.

Abby s'éloigna dans l'allée, consciente du regard intrigué de sa voisine qui pesait sur elle.

Pourquoi Ray était-il si pressé ? Bonne question. Elle entra dans le garage par la porte latérale, éclaira et s'approcha de son établi.

Elle se rappelait avoir remis les vêtements et les bottes de Ray dans le carton, mais pas de l'avoir rangé. Elle l'avait laissé sur l'établi, aucun doute. Or il n'était plus là. Et son mari avait disparu lui aussi.

Déroutée, elle demeura un moment immobile. Le carton et son contenu se trouvaient probablement au fond d'Elk Harbour, à présent. Cette pensée fit naître en elle une brusque sensation de chaleur, suivie d'une impression de froid si intense qu'elle frissonna. Depuis le meurtre, elle vivait dans un état de panique permanent, au point qu'elle se demandait parfois si la folie ne la guettait pas – si son esprit n'allait pas finir par se dissocier de son corps, de la réalité, d'un monde qui lui avait paru sûr et prévisible mais qu'elle ne reconnaissait plus.

Pourtant, il lui semblait aussi qu'un autre sentiment émergeait de ce maelström d'émotions : le soulagement. Les preuves – car c'était bien de cela qu'il s'agissait – s'étaient volatilisées, et avec elles tout ce qui permettait d'établir un lien avec le crime. Serait-elle capable un jour de se convaincre que son imagination lui avait joué des tours ? s'interrogea-t-elle en repensant à la lueur bleue du luminol. Avec le temps, peut-être parviendrait-elle à refouler ce souvenir, à l'enfouir si profondément dans sa tête que même elle ne…

Un bruit de moteur dans l'allée la tira de ses réflexions. Était-ce le pick-up de Ray ? Auquel cas, une conversation pénible s'annonçait. Elle plaqua sa paume sur le bouton d'ouverture de la porte automatique, qui s'éleva lentement, révélant l'extérieur.

Une voiture de police stationnait dans l'allée – celle qu'elle avait entendue –, et deux autres s'étaient garées sur la pelouse, les pneus s'enfonçant dans le sol mouillé autour du chêne tombant. Les portières s'ouvrirent, et des agents en coupe-vent et grosses bottes noires descendirent des véhicules. Les gyrophares projetaient leurs lueurs rouge cerise dans la grisaille de cette fin d'après-midi. Dorothy Fancher, toujours blottie sous son parapluie, observait la scène, les yeux agrandis par l'excitation.

Les policiers, tous gantés, transportaient des boîtes et des sachets vides sur lesquels figurait l'inscription, en rouge : « Pièces à conviction ». L'un d'eux, un homme corpulent dont les cuisses frottaient l'une contre l'autre quand il marchait, atteignit la porte, s'essuya les pieds sur le paillasson et pénétra dans la maison. Cette intrusion fit à Abby l'effet d'une violation de son intimité.

– Hé ! s'écria-t-elle. Hé ! qu'est-ce que vous faites ?

Un autre agent aux joues roses lui jeta un coup d'œil avant de se diriger à son tour vers la porte. Abby s'élança sous la pluie.

– Arrêtez ! Vous ne pouvez pas entrer comme ça ! Où vous croyez…

– Ab ?

Celle-ci se retourna, pour découvrir Bobbi qui s'avançait dans sa direction d'un air penaud. Abby passa en revue toutes les raisons qu'elle avait de ne pas l'attaquer, sans pouvoir se raccrocher à aucune. Elle n'existait plus que par sa colère, dans une dimension où la logique et la loi n'étaient que des concepts lointains, complètement abstraits.

– Merde, Bobbi ! cracha-t-elle. C'est quoi ce bordel ? Tu ne pouvais pas me laisser une journée ? Une seule putain de journée ?

– Attends...

– T'as vite choisi entre l'amie et la flic, espèce de sale...

Elle avait failli dire « gouine » et s'en voulut aussitôt d'avoir pensé à ce mot.

– Comment t'as pu me faire ça, Bobbi ?

– Stop ! ordonna son amie en levant les mains. Arrête, s'il te plaît, et écoute-moi. Tu dois te ressaisir, c'est très important. On pourra toujours s'engueuler plus tard, mais pas maintenant. Pas devant mes collègues ni devant tes gosses.

– Oh, mon Dieu ! Les enfants.

– Emmène-les chez moi, d'accord ? Je vais appeler Maggie pour la prévenir. Ils pourront rester là-bas jusqu'à ce qu'on ait terminé.

– Terminé quoi, Bobbi ?

Celle-ci inspira lentement en la regardant avec une profonde compassion.

– La fouille de la maison et des véhicules.

En voyant deux agents maigrichons, vêtus de longs cirés, se glisser dans le garage, une question absurde traversa l'esprit d'Abby : qu'allaient-ils penser de ses instruments de taxidermie ? Et de Trevor l'opossum dans son sac du *Buy & Bye*, remisé à l'intérieur du frigo ?

– On causera le moins de dérangement possible, Ab, poursuivit Bobbi. Je te le promets.

– Tes promesses ne valent plus grand-chose, Bobbi *la flic*. Si tu crois que je peux encore te faire confiance et laisser mes gosses aller chez toi, tu te fourres le doigt dans l'œil.

– Je ne suis pas ton ennemie, Ab. Reprends-toi.

– Tu n'as pas d'ordre à me donner.

– Écoute, je sais que tu as peur, mais il faut que tu te calmes.

– Vous avez un mandat ?

– Abby…

– Vous n'avez pas le droit d'être là. Je veux voir un mandat, et je veux le voir mainte…

– On n'en a pas besoin, l'interrompit Bobbi, à bout de patience. Ray nous a donné l'autorisation de fouiller votre domicile.

La pluie s'était remise à tomber, mais Abby ne s'en rendait même pas compte.

– Quoi ?

– Je n'ai parlé à personne de notre conversation, expliqua Bobbi en baissant d'un ton.

Ses cheveux mouillés lui collaient aux joues.

– Après ton départ, j'ai reçu un appel me demandant de venir ici procéder à une perquisition. Ray est au poste. Il a apporté un carton rempli de ce qu'il a qualifié lui-même de « preuves ».

– Ça n'a aucun sens, affirma Abby. Tu mens.

– Non.

– Tu mens !

De ses mains tremblantes, Abby la repoussa sans ménagement.

Bobbi se borna à tenir bon, sans chercher à l'écarter. Abby voulut de nouveau la repousser mais, cette fois, lui tomba dans les bras en sanglotant.

La policière l'enlaça et l'embrassa sur le front.

– Je préférerais que ce ne soit pas vrai, ma belle, mais... Ray a avoué, murmura-t-elle.

– Non...

– Si, hélas. Il a avoué le meurtre de David Stemple.

23

LA VEUVE

– Mon père a été assassiné au cours de l'hiver 1996, déclara Marcus Stemple en caressant l'accoudoir de son fauteuil poussiéreux. Traumatisme crânien causé par un objet contondant. On l'a frappé à la tête avec une brique, avant d'abandonner son corps dans l'eau.

– Oh, Seigneur…, dit Kate, penchée en avant sur cette même chaise que son mari avait occupée deux semaines plus tôt. Je suis désolée.

Marcus, qui avait presque terminé sa bière, jeta un coup d'œil vers le frigo, anticipant manifestement le moment où il ouvrirait la suivante. Puis il reporta son attention sur Kate et haussa les épaules.

– Bah, qu'est-ce qu'on peut y faire ?

Kate fut frappée par une pensée troublante : voyait-elle en cet homme une future version de sa propre fille ? Mia était plus âgée que Marcus quand il avait perdu son père, mais rien ne disait qu'elle ne sombrerait pas elle aussi dans une même spirale d'autodestruction et de dépendance à l'alcool.

Je devrais être avec elle, songea-t-elle, le cœur étreint par la culpabilité. *Je devrais être à la maison avec ma fille, au lieu de traquer le fantôme de John sur cette île en plein milieu de l'océan.*

– On sait ce qui s'est passé ? s'enquit-elle.

Marcus vida le fond de sa bouteille, récupéra dans un cendrier une moitié de cigarette, puis l'alluma.

– Je me souviens plus trop des détails. Cette période, pour moi, c'est comme une espèce de film que j'aurais regardé gamin. Je devais avoir dix ou onze ans quand on m'a appris qu'il avait été tué.

– Votre mère vous l'avait caché pendant des années ?

– C'est ça. Elle refusait d'en parler.

– Elle voulait sûrement vous protéger…, suggéra Kate en repensant aux monstres dissimulés sous les lits.

– Possible. En attendant, je crois pas que ce soit une bonne idée de cacher un truc pareil à un gosse. Ça l'oblige à chercher lui-même la vérité. Et c'est ce que j'ai fait. J'ai appris pas mal de choses en interrogeant ma famille ou en lisant de vieux articles de journaux, mais surtout en discutant avec les gens du coin au *Belly*. Tout le monde se rappelle ce qui est arrivé et pourquoi.

– Vous savez *pourquoi* il a été assassiné ? s'étonna Kate.

Marcus tira une longue bouffée de sa cigarette, comme s'il escomptait avoir un cancer des poumons avant l'heure du dîner.

– Ouais. Parce qu'il était pédé.

Kate tressaillit.

– Pardon ?

– Son corps a été retrouvé flottant dans l'eau près de Beech Tree Landing. Il avait été agressé dans le vieux terminal du ferry, puis jeté à la mer.

– À Beech Tree Landing, vous dites ? C'est aussi là qu'on a découvert John. Il y a forcément un lien.

Il haussa les sourcils.

– S'il y en a un, vous risquez de pas apprécier.

– Comment ça ?

– Ce terminal était un baisodrome gay. Les mecs s'y retrouvaient pour s'envoyer en l'air. C'est ce que mon père faisait là-bas le jour de sa mort : il était parti draguer.

Marcus finit sa cigarette, l'écrasa dans le cendrier et alla prendre une autre bière dans le frigo. Après avoir décapsulé la bouteille, il en vida d'un trait un bon tiers. Mais, au lieu de revenir, il s'attarda dans la cuisine.

– Vous… vous en êtes sûr ? demanda Kate.

– Y a qu'un moyen d'en être totalement sûr, j'imagine. Comme je vous l'ai dit, j'ai une planche de Ouija quelque part dans la maison si vous voulez lui poser la question. Je déconne pas, c'est vrai. Quand j'étais gamin, j'avais économisé sur mon argent de poche pour m'acheter la planche officielle du Cercle de spiritisme. Le soir, j'attendais que maman soit au lit, parce qu'elle détestait ces trucs-là. Après, je m'installais dans ma chambre avec la planche et un cahier, pour pouvoir noter les messages de l'au-delà.

Il porta une nouvelle fois la bouteille à ses lèvres, jeta un coup d'œil au goulot comme si le goût du breuvage s'était soudain altéré puis, d'un geste brusque, la flanqua sur le plan de travail.

– Mon père devait pas être du genre bavard, parce que son fantôme m'a jamais rien dit, ajouta-t-il.

Son humeur s'était visiblement assombrie, et Kate jugea qu'il était temps de partir.

Au même moment, son téléphone vibra dans le sac à main qu'elle avait accroché à la chaise. Elle le récupéra et constata qu'elle avait deux appels manqués de Fisher. Il devait se demander où elle était.

– Je dois y aller, monsieur Stemple. Merci de m'avoir accordé du temps.

Dans le regard qu'il posa sur elle, Kate crut déceler une interrogation. Souhaitait-il qu'elle reste ou attendait-il quelque chose de sa part ?

– Oui ?

– Cet avis de décès…, commença-t-il en transférant son poids d'une jambe sur l'autre. Est-ce que je pourrais l'avoir ?

Il s'agissait probablement d'une pièce à conviction, songea Kate, avant de se remémorer la frustration qu'elle avait ressentie lorsque l'inspectrice Eckman avait affirmé que le corps de John appartenait à la police. Elle tira de sa poche le papier plié et le plaça sur la table basse, entre un bol de nouilles desséchées et la pipe à eau.

Du seuil de la cuisine, Marcus la remercia d'un signe de tête, avant de demander :

– Pourquoi êtes-vous venue au juste ?

– Pour essayer de comprendre quel rapport pouvait exister entre John et votre père, répondit-elle, sincère.

– Si vous avez une idée, j'aimerais l'entendre.

De fait, elle en avait bel et bien une. De l'extérieur, elle paraissait sans doute calme et sûre d'elle mais, à l'intérieur, son cerveau s'activait frénétiquement.

– Quand John était adolescent, il a eu des cauchemars, expliqua-t-elle. Pire que des cauchemars, même : des terreurs nocturnes. Elles l'ont rendu insomniaque, et il s'est mis à avoir des hallucinations. Il voyait un homme avec…

– Avec quoi ?

Elle se rappela les dessins dans le cahier de John : le Visiteur, avec son manteau noir, ses tennis et…

– Des mites, dit-elle. Un homme avec une entaille dans la tête d'où s'échappaient des mites.

Marcus garda le silence. Il n'eut aucune réaction et ne cilla même pas. Il se contentait d'attendre qu'elle poursuive.

– Je crois qu'il savait quelque chose, ou qu'il avait vu ou entendu quelque chose de traumatisant, ajouta Kate. Il a dû en refouler le souvenir pendant longtemps, pour essayer de vivre avec. Jusqu'à la mort de votre mère, en fait. Son décès a été la feuille qui a obstrué le ruisseau, murmura-t-elle d'un ton songeur, reprenant les propos de Holly Cutter. À ce moment-là, il s'est replié sur lui-même. Il n'a parlé de rien, ni à moi ni à quiconque, mais je pense qu'il est venu à Belport afin d'affronter ce qui le rongeait. C'est pour ça qu'il voulait vous parler, et c'est aussi pour ça qu'on l'a tué. À mon avis, il avait des informations sur le meurtrier de votre père.

Marcus exhala lentement.

– Si votre mari possédait des preuves, il s'est manifesté vingt ans trop tard, déclara-t-il. L'affaire a été élucidée. La police a arrêté l'assassin quelques jours seulement après le crime. Il a pris perpète, avec une peine incompressible de vingt-cinq ans, au centre de détention de South Hallston.

Malgré le tumulte qui régnait dans son esprit, Kate réagit aussitôt.

– South Hallston ? C'est bien ce que vous avez dit ?

Lorsqu'elle rentra au *Blue Whale Motor Inn*, Fisher contemplait la pluie en fumant une cigarette sous l'auvent devant sa chambre.

– J'ai essayé plusieurs fois de t'appeler, dit-il quand, une fois descendue de la Lexus, elle l'eut rejoint en courant. Où étais-tu ?

– Avec Marcus Stemple.

– Stemple ? Comme…

– C'est le fils de David Stemple.

Alors que l'averse s'intensifiait, Kate lui rapporta ce qu'elle avait appris au cours de sa visite. Fisher alluma une autre cigarette.

– Mon Dieu ! s'exclama-t-il lorsqu'elle eut terminé.

Il fronça les sourcils en fouillant sa mémoire.

– Oui, je me souviens qu'un homme a été assassiné ici, mais je ne crois pas avoir jamais su son nom. De quand datait cet avis de décès, déjà ? 1995 ?

– Août 1996.

Il hocha la tête.

– Ah oui, c'est ça. Autant te dire que l'événement avait frappé les esprits. C'était un vacancier, comme nous, tué par un habitant du coin… D'ailleurs, va savoir ce que ce Stemple fabriquait ici hors saison. En attendant, les gens ont vu dans ce meurtre une attaque contre les touristes. Et le jour où les touristes ne viendront plus à Belport, ce sera un désastre.

Si Kate n'avait pas à se plaindre de l'attitude des îliens en général, elle sentait néanmoins une tension palpable dans leur attitude envers les étrangers. Les sourires et les amabilités étaient souvent contraints, elle entendait de profonds soupirs dans la file d'attente derrière elle au *Buy & Bye*, et elle avait déjà vu devant des magasins de Bay Street des pancartes avertissant : « PARKING RÉSERVÉ AUX INSULAIRES ». Les habitants de Belport avaient besoin des estivants pour vivre, mais ce n'était pas pour autant qu'ils les aimaient.

– Nous avons passé quelques étés à Noosa après cette affaire, reprit Fisher. Et puis, au bout d'un certain temps, nous sommes revenus. Même si la mort de Stemple n'a pas eu les effets dévastateurs que certains redoutaient, l'atmosphère sur l'île n'a plus jamais été la même après. Quoi qu'il en soit, John n'était qu'un adolescent quand c'est arrivé. Je suis surpris qu'il se soit rappelé ce crime et, surtout, je ne comprends pas ce qui a pu le pousser à s'impliquer autant dans la vie de cette famille.

« S'impliquer », c'est un euphémisme, songea Kate. Le terme d'« obsession » employé par Marcus lui semblait mieux convenir.

– Est-il possible qu'il ait été témoin de quelque chose ? demanda-t-elle.

– Le meurtre a été commis pendant la morte-saison, nous n'étions même pas là.

Fisher tourna la tête vers elle, soutint son regard un instant, puis s'absorba de nouveau dans la contemplation de la pluie.

– Écoute, Kate, il est temps pour moi de partir. C'est pour ça que je t'ai appelée tout à l'heure. Ça ne sert à rien que je reste ici, et Pam a besoin de moi. Elle… elle ne fait pas face. Je le sens, même si elle ne l'admettrait pour rien au monde. Tu n'es pas obligée de m'accompagner, je peux prendre le ferry jusqu'au continent, et ensuite un car pour rentrer, mais… je crois que tu devrais t'en aller aussi.

S'il s'abstint d'ajouter « Mia a besoin de toi », elle devina néanmoins qu'il le pensait. Et soudain, alors qu'il regardait toujours la grisaille, un sourire naquit sur ses lèvres, au grand étonnement de Kate. Elle ne se souvenait même pas de la dernière fois où elle avait vu son beau-père sourire, même avant la disparition de John.

– Quand tu es arrivée, tout à l'heure, je me remémorais cette fois où John s'était endormi pendant la messe, expliqua-t-il. Il t'en a parlé ?

– Non, répondit Kate, qui se surprit à sourire elle aussi.

– C'était l'office du soir, John avait fêté son bac la veille et il avait une méchante gueule de bois. Il ne parvenait pas à garder les yeux ouverts. Pam ne se serait sûrement aperçue de rien – en général, elle est tellement concentrée à l'église qu'on pourrait bien se déshabiller et courir nu dans la travée qu'elle ne le remarquerait pas –, s'il ne s'était pas mis à ronfler. Mais, avant qu'elle puisse intervenir, le père Chang a interrompu son sermon, regardé fixement John et dit : « J'ai beau avoir toujours encouragé le jeune John ici présent à poursuivre ses rêves, ce n'est pas exactement ce que j'avais en tête. »

Il éclata de rire – un son qui résonna de façon étrange aux oreilles de Kate.

– Tu te rappelles son appartement à Elwood ? lança-t-elle à son tour. La première fois que j'y suis allée, j'ai été frappée par la propreté de la cuisine. Mais, en ouvrant un placard pour prendre un verre, j'ai vu qu'il avait planqué toute la vaisselle sale sous l'évier.

– Et ? Tu lui as fait une remarque ?

– Non, j'ai refermé le placard comme si de rien n'était. Plus tard, quand on a décidé de louer quelque chose tous les deux, je me suis assurée qu'il y avait un lave-vaisselle sur place.

– Lorsque John a amené sa première petite amie à la maison pour nous la présenter, il a pris soin de nous téléphoner à l'avance. Ils sortaient ensemble depuis presque quatre mois, alors ça paraissait sérieux entre eux. Mais, s'il nous a passé ce coup de fil, c'était pour nous prévenir qu'elle l'appelait James. Elle avait mal compris son prénom au moment de leur rencontre, je crois, et il ne l'avait pas détrompée.

– Non !

– Si, je te jure. Et ça ne s'arrête pas là : il voulait nous demander de l'appeler James nous aussi quand elle serait là.

– C'est ce que vous avez fait ?

– On n'avait pas trop le choix… Heureusement, leur histoire n'a pas duré longtemps.

Les yeux brillants, il rejeta la tête en arrière en s'esclaffant. C'était bon de le voir rire, pensa Kate, et plus encore de rire elle-même. La réalité ne tarda cependant pas à les rattraper.

– Je regrette tellement qu'il ne m'ait pas mise au courant, dit-elle, douchant la bonne humeur de son beau-père. Pourquoi n'a-t-il pas sollicité notre aide, bon sang ?

Le sourire de Fisher s'évanouit.

– Il l'a fait.

– Hein ?

– Il m'a téléphoné, Kate. Le matin où il est parti pour l'île. J'ignorais qu'il venait ici, bien sûr, je ne m'en suis rendu compte que plus tard, en vérifiant le journal des appels sur mon portable. Il m'a dit qu'il allait prendre un avion pour

Londres, où il devait assister à un séminaire de recherche sur les soins palliatifs… Le même mensonge qu'il t'a servi, en somme. Sauf qu'il était taciturne et… enfin, il m'a paru bizarre.

– Dans quel sens ?

– Tu as vécu suffisamment longtemps avec lui pour savoir qu'il n'était pas du genre à aller droit au but. Il tournait toujours autour du pot, jusqu'à ce qu'on lui tire les vers du nez. Eh bien, c'est ce qu'il a fait ce jour-là. Il était soucieux et il… il avait envie de parler.

Fisher lâchait chaque mot lentement, comme une pierre qu'il aurait laissée tomber du haut d'un pont et regardée disparaître dans l'eau.

– J'étais au *Woolworths* avec une liste de courses aussi longue que mon bras, poursuivit-il. J'errais dans le rayon des pâtes, pour essayer d'en trouver sans gluten, vu que Pam en voulait et que ces fichues étiquettes écrites en tout petit ne sont pas faciles à lire. De plus, ce matin-là, je n'arrêtais pas de recevoir des coups de fil du club Porsche, parce que le nouveau président est un imbécile et… Bref, j'étais occupé, Kate. Trop occupé pour écouter mon fils. Je n'ai pas réagi comme le père que je voulais être, non. J'ai réagi comme l'aurait fait le mien.

« Conduis-toi en homme », se rappela Kate.

– Ce n'est pas ta faute, Fisher. Ni la mienne non plus. Il avait des amis, des collègues, sa mère… Et aussi un réseau de soutien, qu'il a choisi de ne pas contacter. On n'y est pour rien.

Son beau-père s'essuya les yeux avec la manche de sa veste.

– Il a eu de la chance de pouvoir compter sur toi, Kate.

– Sur nous deux, répliqua-t-elle.

Son beau-père fourra les mains dans les poches de sa veste et tourna la tête vers sa chambre.

– Alors ? Est-ce que tu te sens prête à partir demain matin ? demanda-t-il.

– Je prendrai le ferry avec toi et je te déposerai à la gare de Geelong. Mais je vais rester encore un jour ou deux.

– Tu es sûre que c'est la bonne décision ?

– Marcus Stemple a mentionné quelque chose que je voudrais vérifier sur le continent. Tu te rappelles ce Post-it dans la cuisine de la maison de vacances, où il y avait écrit « S. Hallston, 14 h » ? Eh bien, S. Hallston n'est pas une personne, c'est un lieu.

Elle n'en avait pas encore fini avec le fantôme de John.

24

L'ÉPOUSE

Arrivée au poste de police, Abby fut introduite dans une petite pièce anonyme, aveugle, aux murs nus. Elle était éclairée par un globe lumineux au plafond, enfermé dans une cage métallique. Une table en acier, avec une chaise en plastique blanc de chaque côté, en occupait le centre. Abby s'assit pour attendre son mari.

Ray apparut une vingtaine de minutes plus tard, l'air défait, empestant la sueur et le chien mouillé. Il portait la même tenue qu'au moment de son arrestation – un T-shirt gris délavé sur un pantalon de survêtement trop large –, mais il n'avait plus de chaussures. On lui avait donné à la place des pantoufles en papier bleu, qu'il avait enfilées sur ses chaussettes – un détail qui lui conférait une apparence saugrenue. Son regard était triste comme une journée de pluie.

Il prit place en face d'elle et, les sourcils froncés, dit simplement :

– Salut, bébé.

– Tu vas bien ? demanda-t-elle.

Il haussa les épaules.

– Je viens de parler à Bob, mon avocat. Il pense que je serai bientôt transféré sur le continent en attendant le procès. Il voudrait te rencontrer la semaine prochaine pour tout revoir avec toi, alors je lui ai donné ton numéro.

Si Abby s'efforçait de prêter attention à chacune des paroles de son mari, elle avait cependant du mal à en saisir le sens. Leur vie ne pouvait pas avoir basculé de cette manière… Elle avait l'impression de l'entendre lui raconter une histoire qu'il tenait de quelqu'un d'autre, à propos d'une malheureuse famille dont l'existence avait brusquement déraillé.

Elle plaça une main sur la table, paume vers le haut, pensant qu'il allait placer la sienne dessus. Il n'en fit rien.

– Comment vont les enfants ? s'enquit-il.

– Ils sont sous le choc et révoltés, mais pas nécessairement dans cet ordre.

Il hésita un instant avant de poser la question suivante, comme s'il avait du mal à s'y résoudre.

– Et… toi, comment tu vas ?

– Je suis sous le choc et révoltée, mais pas nécessairement dans cet ordre, répéta-t-elle. Je suis arrivée ici en me demandant si je devais m'excuser – de t'avoir harcelé, d'avoir récupéré tes fringues dans la poubelle, et même de t'avoir soupçonné pour commencer…

– Je suis le seul responsable, Ab.

– Je ne te le fais pas dire, putain ! Oui, je regrette d'avoir agi ainsi, mais ce n'est rien en comparaison de ce que toi, tu as fait ! C'est au-delà du concevable, de…

– Quoi ?

– C'est peut-être au-delà du pardon, Ray.

Il baissa la tête et contempla ses ongles. Un cercle plus pâle se dessinait autour de son annulaire, à la place de son alliance ; la police avait dû la confisquer. Abby imagina son mari dans un avenir incertain, la récupérant dans une petite enveloppe jaune. Il la sortirait, la placerait au creux de sa paume, puis la glisserait à son doigt…

Lui ira-t-elle encore ? s'interrogea-t-elle. *Et quand sera-t-il libéré ? Dans dix ans ? Vingt ? Cinquante ?*

– Tu sais ce qui me fout le plus en rogne, Ray ? Eh bien, c'est que je t'aime encore. Je t'aime comme une dingue.

– Moi aussi, je t'aime comme un dingue.

Ils se dévisagèrent intensément, et Abby éprouva un élan de nostalgie remonté du plus profond de son être. Elle n'avait jamais rien ressenti de tel.

– Est-ce qu'ils nous écoutent ? murmura-t-elle en cherchant du regard des caméras de surveillance ou des dispositifs d'écoute.

– De toute façon, ça n'a pas d'importance, déclara Ray. Je leur ai tout dit. Toute la vérité.

– Tu leur as avoué que tu avais tué cet homme ?

– Oui.

Le mot fit à Abby l'effet d'un coup de poing dans l'estomac. Si elle n'avait pas été assise, elle se serait sans doute effondrée. Il n'y avait désormais plus aucun retour en arrière possible. Leur vie était comme un verre brisé dont on ne pouvait recoller les morceaux.

– Je vois bien que tu attendais une autre réponse, reprit Ray. Mais tu le savais, Ab. Tu l'as toujours su. Alors pourquoi as-tu l'air de tomber des nues ?

– Parce que je t'ai vu un jour pleurer sans retenue devant une pub pour une compagnie aérienne. Et aussi ajouter de l'huile essentielle de lavande à l'eau de ton bain. Parce que je t'ai entendu rigoler comme un malade quand tu regardais un bêtisier de vidéos amateurs. Parce qu'on parle de toi, l'homme que je connais. Parce que, malgré tout, je voulais que tu me dises que ce n'était pas vrai. Je ne voulais même que ça…

Elle ferma les yeux. De grosses larmes brûlantes, jaillies d'un puits obscur, roulèrent sur ses joues.

– Pourquoi, Ray ? Pourquoi as-tu fait ça ?

Il la regarda droit dans les yeux en joignant les mains sur la table.

– Je voudrais d'abord te parler de ces magazines que tu as trouvés, commença-t-il, avant de s'interrompre, comme s'il attendait que lui viennent les mots justes.

Puis, se rendant sans doute compte de ce qu'Abby savait déjà – il n'y avait pas de mots « justes » –, il secoua la tête.

– J'ai toujours été attiré par les femmes, Ab. Ne va pas t'imaginer que je suis… enfin…

– Gay ?

Il hocha la tête.

– J'étais curieux, c'est tout. Peut-être parce que, au fond, j'ai toujours craint d'être disposé à… Je veux dire… Merde, c'est trop dur !

Abby repensa aux couleurs de l'arc-en-ciel mentionnées par Bobbi.

– Tu te posais des questions sur ta sexualité, c'est ça ? C'est compréhensible, Ray. Normal, même. À mon avis, personne n'est hétéro ou gay à cent pour cent. Mais est-ce que cette curiosité t'a incité à passer à l'acte ? Laisse tomber les magazines ; ça, pour moi, c'est de la recherche. Sauf que… est-ce que cette recherche, justement, t'a poussé à aller voir ce qu'il en était « sur le terrain » ?

Il rougit.

– Pas avant de rencontrer David Stemple.

Abby s'adossa à sa chaise, comme si elle avait besoin d'un soutien physique pour affronter la suite.

– Je déjeune presque tous les jours à Beech Tree Landing, reprit-il. Je me gare au sommet de la rampe de mise à l'eau la plus éloignée pour avaler mon sandwich et mon café. Des fois, j'écoute la radio mais, la plupart du temps, je regarde la mer. C'est un endroit paisible. Du moins, ça l'était.

– J'ignorais que tu allais là-bas. Pourquoi ne rentrais-tu pas manger chez nous ?

Ray haussa les épaules.

– Je me sens mal depuis un bon bout de temps, Abby. Oh, ça n'a rien à voir avec toi ni avec les enfants. Toi, Eddie et Lori, vous êtes tout pour moi, tu le sais bien. Le problème, c'est que, quand je suis dans cette maison, je ne peux penser qu'aux remboursements de l'emprunt, aux factures, aux trucs cassés ou en panne qu'il faudrait réparer, aux rénovations qu'on remet sans cesse à plus tard...

Il ferma les yeux et demeura silencieux quelques instants.

– Du coup, je me dis que je devrais travailler plus, alors que je ne fais que ça à longueur de journée, de saison, d'année. Pourtant, on n'arrive pas à économiser et les dettes s'accumulent. D'accord, c'est sûrement la vie qui veut ça, mais parfois j'ai l'impression d'essayer de démolir un mur de brique en jetant des œufs dessus. Depuis tout gosse, je vois des touristes pleins aux as débarquer sur l'île. Ils dépensent allègrement leur fric pendant que nous, on leur tourne autour comme des nuées de mouettes attendant les restes. Et après, ils ont la possibilité de faire une chose qui m'a toujours été interdite : ils partent, Abby.

Il esquissa un sourire triste.

– Certains jours, j'imagine que l'ancien ferry accoste à Beech Tree Landing – cette espèce de rafiot qui était encore en service quand j'étais petit. Il ne pouvait pas accueillir plus d'une demi-douzaine de voitures, et il n'y avait ni cafétéria ni salle abritée – juste une poignée de chaises en plastique et un distributeur de boissons. Maman et moi, on allait sur le continent une fois par mois à peu près, et je m'asseyais sur le pont, près du bastingage, pour guetter les dauphins. Et, neuf fois sur dix, j'en voyais. Alors, voilà, quand je déjeune, je rêve parfois d'embarquer sur ce vieux bateau qui m'emmène loin de l'île au couchant.

– Pourquoi… pourquoi ne m'en as-tu jamais parlé ?

– Je ne suis pas une de tes copines, Abby. Je ne suis pas Bobbi. Les hommes ne font pas ce genre de confidences.

La lumière dispensée par le globe lumineux au-dessus de leurs têtes vacilla un instant.

Ray s'éclaircit la gorge avant de poursuivre :

– Le jour où c'est arrivé, je mangeais là-bas comme d'habitude lorsque cet homme est apparu. David Stemple. Je ne connaissais pas encore son nom, et je ne savais pas que c'était lui qui m'avait appelé pour se renseigner sur le gardiennage. Tout ce que je voyais, c'est qu'il conduisait une bagnole à cinquante mille dollars et qu'il avait la tête de quelqu'un qui n'a jamais bossé un seul jour de sa vie. Et, comme par hasard, il s'est arrêté à côté de mon pick-up. Il doit bien y avoir cinquante places sur ce parking, elles étaient toutes inoccupées, mais il a fallu qu'il se gare pile à côté de moi. Avec le recul, je me dis que c'était sûrement un code, un truc comme ça.

– Un code ?

– Ou un signal, si tu préfères. Là-dessus, il est descendu et il m'a regardé droit dans les yeux, avant de hocher la tête. Mais c'est seulement quand il s'est dirigé vers le terminal et qu'il m'a jeté un coup d'œil par-dessus son épaule que je me suis souvenu des rumeurs. Et que j'ai compris ce qu'il attendait de moi.

Abby se rappela ce que Ray lui avait dit à la table de la cuisine, lorsqu'elle l'avait interrogé sur les bruits qui couraient au sujet de l'ancien terminal. Il avait mentionné le crocodile dans Blue Lake, le trafic de drogue autour du phare, la famille de nains difformes qui hantait les marais salants. « Les rumeurs, ici, ne reposent que sur du vent », avait-il affirmé.

– Je ne pourrais pas te dire pourquoi je l'ai suivi, enchaîna-t-il. Je l'ai fait, c'est tout. Quand je suis entré, il rôdait dans un coin. Il a gardé le silence, moi aussi, et j'ai eu l'impression qu'une sorte d'instinct primaire prenait possession de nous. Je me suis avancé vers lui, et…

– Quoi, Ray ?

– Il a posé ses mains sur moi. Pendant quelques secondes – juste quelques secondes –, ça m'a paru évident. Naturel, dans l'ordre des choses… Et puis, brusquement, j'ai remarqué qu'il portait une alliance, et je me suis demandé ce que je foutais là et ce que je risquais de perdre si j'allais jusqu'au bout. J'ai pensé à toi, Ab.

– Et après ? Que s'est-il passé ?

– Je ne me rappelle plus tous les détails. Je me souviens que je l'ai repoussé, c'est vrai. Au début, il ne voulait rien entendre, alors j'y suis allé plus fort. Il a résisté, et j'ai perdu les pédales. Je ne vois pas d'autre explication. J'ai… j'ai disjoncté.

Le court-circuit, songea Abby.

– Il a dû me faire tomber, parce que c'est à ce moment-là que j'ai aperçu la brique et…

– Stop, l'interrompit Abby. Ça, je ne veux pas l'entendre.

Ils se regardèrent un long moment sans rien dire et, peu à peu, le silence entre eux devint assourdissant. Abby tentait de déchiffrer l'expression de son mari tout en réfléchissant à ce qu'il venait de lui raconter. Pour finir, un seul mot s'imposa à elle :

Foutaises.

Elle ne croyait pas un mot de son histoire. Ce n'était pas une réaction de déni – du moins, ce n'était pas ce qu'elle ressentait. Non, elle savait qu'il lui mentait, tout comme elle l'avait su quand il s'était emporté près du gommier abattu. Chacune des fibres de son être le lui soufflait.

– Promets-moi une chose, dit-il.

– Quoi ?

– Vous allez survivre, Lori, Eddie et toi. Promets-le-moi.

– S'il y a bien une chose qu'on sait faire dans cette famille, Ray, c'est survivre.

Abby s'apprêtait à sortir du poste de police quand elle aperçut la femme qui était venue acheter des cigarettes au *Buy & Bye*. Elle insérait des pièces de monnaie dans le distributeur installé au fond d'une niche à côté de la porte. Un jeune garçon l'accompagnait, cette fois. Il s'accrochait d'une main à la poche de la veste maternelle et avait plaqué l'autre sur la vitre, tandis qu'il contemplait les confiseries exposées. Les cheveux d'un noir de jais, le teint pâle, il ne devait pas avoir plus de cinq ou six ans.

– Je prends quoi, maman ? demanda-t-il d'une petite voix.

– Tout ce qui te fait plaisir, Marcus, lui répondit-elle.

Abby le vit écarquiller les yeux. Ils étaient bleus. Bleu luminol.

25

LA VEUVE

Après avoir déposé Fisher à la gare sur le continent, Kate prit l'autoroute de Bellarine jusqu'à la sortie pour South Hallston. Elle conduisait depuis près de quatre heures. Lorsque l'imposante structure en béton du centre de détention apparut à l'horizon, elle se sentit gagnée par la fébrilité.

Plusieurs véhicules attendaient devant la guérite flanquée d'une barrière automatique à l'entrée, au-dessus de laquelle une pancarte annonçait : « ACCÈS VISITEURS 1 ». Kate venait de prendre place dans la file quand une moto équipée d'un guidon fantaisiste s'arrêta derrière elle. Elle était chevauchée par une femme d'un certain âge vêtue d'un blouson de cuir rouge élimé. En croisant le regard de Kate dans le rétroviseur, elle fit rugir son moteur à plusieurs reprises, comme pour la narguer.

La file avançait lentement, car le garde prenait le temps de vérifier l'identité de chaque conducteur sur la liste des visiteurs autorisés. Kate avait effectué des recherches sur le meurtre et appelé en cours de route pour demander que son nom soit ajouté sur cette liste, mais rien ne lui garantissait que Ray Gilpin, le coupable, accepterait de la rencontrer. Elle avait peut-être fait tout ce chemin pour rien.

– Bonjour, dit-elle quand son tour arriva.

Le garde était un homme trapu qui portait une chemisette noire et une casquette blanche avec les mots « Centre de détention » inscrits sur la visière. Un radiateur électrique rougeoyait derrière lui.

Kate lui tendit sa carte d'identité. Il consulta son écran, hocha la tête puis lui rendit ses papiers.

– Pas de chapeaux pas de lunettes de soleil pas de vêtements aguicheurs pas de signes d'appartenance à un gang pas de propos choquants, récita-t-il d'un trait.

– D'accord.

– Avancez, s'il vous plaît.

Elle redémarra et suivit la route étroite jusqu'à un vaste parking. Une fois garée, elle resta assise dans la voiture encore quelques minutes, les yeux fixés sur la porte de l'établissement, en se préparant mentalement aux différents contrôles de sécurité qu'elle s'apprêtait à affronter et à sa rencontre avec le détenu de l'autre côté. Puis, faisant appel à tout son courage, elle marcha vers l'entrée. L'air à l'intérieur était étouffant et saturé d'odeurs de sueur et de crasse. La première chose qu'elle remarqua fut le panneau d'affichage près du comptoir d'accueil. Derrière une vitre en Plexiglas étaient punaisés des flyers et des brochures pour des services d'assistance juridique, des groupes de soutien et diverses associations proposant une permanence téléphonique. Un message écrit à la main, en majuscules vertes, y figurait aussi :

« *La perspective d'être avec lui demain suffit*
à me porter aujourd'hui. »
Vieux dicton de la femme du prisonnier.

Kate montra de nouveau sa carte d'identité au gardien derrière le comptoir, qui se distinguait par une pâleur presque irréelle. Il lui fit signe d'entrer dans la pièce suivante, où se trouvait un détecteur de métaux. Elle eut ensuite affaire à un chien renifleur, avant d'être fouillée par une employée – « dégagez vos cheveux, ouvrez la bouche » – et d'obtenir enfin le badge « Visiteur » tant convoité, accroché à un cordon qu'elle passa autour de son cou.

Une épaisse porte vitrée lui donna accès au parloir, où tout était verrouillé au sol : les tables, les chaises et même les distributeurs de boissons et d'en-cas. Les murs étaient peints dans des nuances de rose et de bleu pastel, comme pour faire croire aux détenus qu'ils étaient enfermés dans une crèche et non dans une prison. Kate repéra une table libre au fond de la salle et alla s'y asseoir. Autour d'elle, les conversations allaient bon train entre les détenus et leurs visiteurs, et il émanait d'eux une impression d'énergie collective qui lui rappela l'atmosphère à l'aéroport le jour où John aurait dû rentrer.

Quelques minutes plus tard, un homme pénétra dans la salle, qu'il survola du regard, cherchant manifestement quelqu'un. Kate était la seule personne assise seule et, quand leurs yeux se croisèrent, elle crut voir son expression changer. L'avait-il identifiée ? Impossible à dire. Lorsqu'elle leva une main pour lui faire signe, il se dirigea vers elle d'un pas traînant. Comme un vieux bateau à la dérive, sans personne à bord, pensa Kate.

Il devait avoir dans les soixante-cinq ans, mais ce n'était pas facile de lui donner un âge, car de profondes rides sillonnaient son front et son teint était presque aussi gris que ses cheveux. Il portait une tenue en denim épais et des bottes sans lacets.

Sa maigreur paraissait presque maladive – épaules saillantes, bajoues affaissées –, et sa posture voûtée n'arrangeait rien.

Parvenu à la hauteur de Kate, il la considéra d'un air circonspect.

– Vous êtes Ray Gilpin ? s'enquit-elle.

– Oui.

– Merci d'avoir accepté de me rencontrer.

Il haussa les épaules.

– Je ne peux pas dire que j'aie un emploi du temps surchargé…

Il s'assit, puis regarda autour de lui les autres détenus et leurs visiteurs. Le bourdonnement des discussions emplissait la salle.

– Vous vous appelez Kate, c'est ça ?

– Oui, confirma-t-elle. Kate Keddie. Je crois que mon mari est venu vous voir il y a quelque temps. Je ne sais pas exactement quand, mais ça devait être ces dernières semaines.

Lorsqu'il secoua la tête en signe de dénégation, ses bajoues tremblotèrent.

– Vous en êtes sûr, monsieur Gilpin ?

– Certain. C'est tout ce que vous vouliez me demander ?

– Je peux vous montrer une photo de lui ? Ça vous rafraîchira peut-être la mémoire…

– Ma mémoire est excellente, madame Keddie. Et, de toute façon, je peux compter sur les doigts d'une main le nombre de visites que je reçois.

Il leva la droite et rapprocha l'index et le majeur pour faire le salut scout.

– À vrai dire, je n'ai même pas besoin de tous les doigts.

À plusieurs reprises sur le trajet jusqu'à South Hallston, Kate avait douté du bien-fondé de sa démarche – n'était-ce pas aller un peu loin pour quelques mots griffonnés sur un Post-it ? –, et elle sentit de nouveau sa détermination vaciller. Mais il ne lui fallut pas longtemps pour se ressaisir. Elle s'était débarrassée de son cocon, dont elle avait émergé plus forte, plus dure.

– Je sais qu'il est venu, déclara-t-elle froidement. C'est juste que j'ignore pourquoi. Alors, soit vous me répondez, soit je m'en vais, auquel cas j'irai directement au poste de police. Les enquêteurs n'auront aucun problème pour accéder au parloir, et ce seront eux qui vous interrogeront.

– Pourquoi la police ?

– Mon mari est mort, monsieur Gilpin. Il a été assassiné sur l'île de Belport il y a quelques jours.

Kate le vit se raidir.

– Je n'étais pas au courant, dit-il en jetant un coup d'œil derrière elle. Comment… comment est-ce arrivé ?

– Quelqu'un l'a attiré à Beech Tree Landing, avant de lui trancher la gorge. À l'endroit même où David Stemple a été tué.

Ray Gilpin se décida enfin à affronter son regard.

– Mon Dieu ! Je suis désolé.

Il semblait sincère.

– Il vous a bien rendu visite, n'est-ce pas ? insista-t-elle.

La question fut suivie par un silence embarrassé, et Kate se prépara de nouveau à l'entendre nier. Puis, contre toute attente, l'expression de son interlocuteur s'adoucit. Il hocha la tête et détourna les yeux.

– Pourquoi avez-vous…, reprit-elle.

– Écoutez, l'interrompit-il, je suis vraiment navré que vous ayez à subir cette épreuve, mais je n'ai pas de grandes révélations à vous faire. Je ne l'avais pas revu depuis des années.

– Comment ça ? Vous le connaissiez d'avant ?

Il grimaça, comme s'il avait involontairement gâché une fête-surprise. Quand il reprit la parole, ce fut d'un ton plus précautionneux.

– C'était un des gamins qui venaient en vacances sur l'île tous les étés. Comme j'entretenais pas mal de résidences secondaires pendant la morte-saison, je connaissais presque toutes ces familles, au moins de vue.

– Pourquoi John voulait-il vous rencontrer ?

Il posa une main sur la table et fixa du regard ses doigts écartés.

– Pour m'annoncer que la veuve de David Stemple était morte.

– Annabel…

– Elle était plus jeune que moi, mais il m'a dit qu'elle avait un problème pulmonaire.

– Il avait une raison particulière de vous informer de son décès ?

– Au début, je ne voyais pas trop pourquoi il s'était déplacé, admit-il. Ce n'est qu'après son départ que j'ai compris. Il voulait me faire savoir qu'elle avait fini de souffrir. Pas seulement à cause de sa maladie, mais aussi à cause du chagrin que… que je lui avais causé.

– John savait quelque chose sur le meurtre ?

Ray jeta un coup d'œil vers la table voisine, et Kate reconnut la visiteuse qui y était assise : c'était la motarde arrivée derrière elle à l'entrée du centre. Elle avait enlevé son casque, révélant une longue chevelure blanche ramenée sur une épaule. Le prisonnier corpulent en face d'elle, penché en avant, les coudes sur la table, lui tenait les mains. Tous deux s'étaient arrêtés de parler et la dévisageaient.

Kate baissa d'un ton.

– Il avait des informations au sujet de la mort de David Stemple, j'en suis sûre.

– Qu'est-ce qui vous fait dire ça ?

Elle songea aux terreurs nocturnes de son mari et au Visiteur.

– Peu importe. J'ai raison, n'est-ce pas ?

Il ferma brièvement les yeux et ôta ses mains de la table pour les placer sur ses cuisses. La motarde aux cheveux blancs pleurait en silence, à présent, tandis qu'elle s'apprêtait à prendre congé de son compagnon. Ray les considéra un moment, puis reporta son attention sur Kate.

– Je n'avais jamais été très porté sur la lecture, dit-il. Mais, quand je suis arrivé ici, je me suis plongé dans les livres. Il n'y a pas grand-chose d'autre à faire, et pas un grand choix non plus à la bibliothèque. J'ai bien essayé les romans de Tolstoï, mais je n'accrochais pas. Vonnegut et Salinger, en revanche, m'ont tous les deux bien plu. Jane Austen aussi, d'ailleurs. Ça vous étonne, hein ?

Kate ne répondit pas.

– Bref, tout ça pour dire que, depuis quelque temps, je m'intéresse à la mythologie grecque. Vous connaissez Orphée ?

Elle fit non de la tête.

– Dans l'histoire, il est marié à une femme très belle, Eurydice, qui meurt après avoir été mordue par un serpent. Désespéré, Orphée descend aux Enfers la chercher. Hadès, le dieu des morts, accepte qu'Eurydice le suive jusqu'au royaume des vivants, à une condition : qu'il ne se retourne pas sur le trajet. Pas une fois. Devinez un peu ce qu'il fait, cet imbécile ?

– Il se retourne ?

– Tout juste. Alors Eurydice est renvoyée à jamais dans les ténèbres tandis qu'Orphée se fait tailler en pièces par des créatures sauvages et affamées. Je ne sais pas pourquoi, mais cette histoire m'a vraiment captivé. Bon, écoutez, je pourrai demander ma libération conditionnelle dans quatorze semaines, trois jours, deux heures et…

Il consulta l'horloge murale.

– … dix-huit minutes. J'aurai passé plus de vingt ans ici. Vous voulez savoir comment j'ai tenu le coup ?

– Dites-moi.

– J'ai arrêté de regarder en arrière. Les premières années, j'ai eu beaucoup de mal mais, avec le temps, c'est devenu de plus en plus facile. Jusqu'au moment où j'ai pratiquement cessé de penser au passé. Appelez ça du déni si vous voulez, en attendant ça m'a permis d'arriver jusqu'ici en un seul morceau.

– Quel rapport avec John ? demanda-t-elle.

– Lorsqu'il est venu m'annoncer la mort d'Annabel Stemple, je lui ai dit ce que je viens de vous dire. Je lui ai conseillé de faire comme moi, de ne plus se retourner.

Sur ces mots, il se leva et s'éloigna.

26

L'ÉPOUSE

– Je peux pas rester dans cette baraque, décréta Lori.

En rentrant, Abby l'avait trouvée assise au pied de l'escalier, sa valise bouclée à côté d'elle. L'adolescente s'était habillée tout en noir : jean noir déchiré, T-shirt noir trop large, Dr. Martens éraflées. Elle avait tiré ses cheveux en arrière, ce qui accentuait la pâleur de son visage lisse. En comparaison, Abby avait l'impression que le sien était gris, bouffi, douloureux.

– Sauf erreur, et à moins que tu n'aies mis assez d'argent de poche de côté pour te payer une chambre au *Blue Whale*, tu n'as pas le choix, répliqua-t-elle. Remonte et range tes affaires.

– J'ai appelé Bobbi, déclara sa fille. Avec Maggie, elles sont d'accord pour que j'aille chez elles un moment. Quelques jours, peut-être une semaine.

– Non.

– Maman…

– Pas question. Fin de la discussion.

– Je peux plus rester ici, j'ai trop les jetons, insista Lori.

Une traînée de mascara se dessinait sur sa joue gauche.

– J'ai la trouille, tu comprends ? J'ai la trouille de tout ce qu'on peut raconter sur nous, de la police et aussi de… de papa. Ce que j'essaie de te dire, c'est que je vais pas bien, maman.

Abby voulut la prendre dans ses bras, mais sa fille s'écarta.

– Je veux pas de câlin.

– Qu'est-ce que tu veux, alors ?

– J'en sais rien, merde ! s'écria Lori. Je voudrais que tout ce bordel soit jamais arrivé ! Je voudrais avoir un père qui… Je veux… je veux que tu m'emmènes chez Bobbi.

En la regardant, Abby eut soudain l'impression de voir une femme avec des yeux d'enfant terrifié.

– OK, dit-elle. Va mettre ta valise dans la voiture.

– C'est vrai ?

– Oui.

Étonnée d'avoir remporté la bataille, Lori repoussa une mèche folle derrière son oreille et se ressaisit.

– Où est ton frère ? demanda Abby.

– Dans le jardin, en train de régresser.

– Hein ?

– Va voir.

Abby s'approcha de la fenêtre pour jeter un coup d'œil dehors. Dans le fond du jardin, à gauche, coincée entre la clôture et un chêne tombant, se trouvait la cabane d'Eddie – ou, du moins, son abri : une simple plaque de tôle ondulée en guise de toit, un pan de moquette par terre et quelques caisses de lait pour tout mobilier.

Il avait arrêté de l'utiliser à douze ans, et Ray avait parlé de la démonter, disant que c'était une verrue. Il avait raison, mais Abby ne pouvait se résoudre à le laisser faire. C'était pour elle une des dernières reliques de l'enfance d'Eddie, et elle n'était pas prête à la voir disparaître. Et peut-être qu'Eddie non plus : il était assis à l'intérieur sur l'une des caisses de lait, en chaussettes, un album des *X-Men* dans les mains.

Elle sortit le rejoindre.

– Je peux m'asseoir ? demanda-t-elle.

Son fils leva les yeux, haussa les épaules et se replongea dans sa BD. Abby entra dans la cabane en s'efforçant d'ignorer l'odeur de moisi qui imprégnait l'endroit.

– T'as vu papa ? interrogea-t-il.

– Oui. Ça va. Vous lui manquez, Lori et toi.

– Il va bientôt rentrer ?

– Je ne sais pas, Eddie. Je ne crois pas.

– Il a pas fait de mal à ce type, maman. C'est ce que tout le monde raconte, mais je sais que c'est pas vrai.

– Ton père a avoué, Eddie.

– Il ment.

– Écoute, c'est dur pour nous tous, j'en suis bien consciente. Il faut qu'on…

– Pourquoi il a fallu que tu t'en mêles ?

– Eddie…

Il la foudroya du regard.

– Tout ça, c'est ta faute.

De la grève au-delà du jardin leur parvenait le bruit des vagues qui se brisaient sur le sable. Abby se sentit brusquement accablée de lassitude. L'ordre, les certitudes, la maîtrise des événements – tout semblait aussi fluctuant que le mouvement des marées.

– Ce n'est pas juste, se défendit-elle.

Mais ce n'était pas faux non plus.

Eddie se leva. Saisi d'un soudain accès de rage, il expédia sa BD contre le tronc du chêne. L'album tomba ouvert sur l'herbe mouillée, évoquant un oiseau mort aux ailes déployées. Abby esquissa un mouvement de recul. L'espace d'un instant, elle avait vu l'expression rageuse de son mari sur les traits de leur fils.

Qu'est-ce que tu nous as laissé, Ray ? pensa-t-elle.

Abby et sa fille n'échangèrent pas un mot sur le trajet jusque chez Bobbi. Lori, les pieds posés sur le bord du siège, avait passé ses bras autour de ses genoux et regardait par la vitre. Autour d'elles, l'île semblait différente. Sinistre, même. Les ombres entre les arbres bordant la rue paraissaient plus noires que jamais, les maisons vides derrière avaient l'air d'abriter encore plus de secrets. Même l'immeuble de Deepwater Living, qu'Abby connaissait par cœur, avait pris un aspect hanté. Le fouillis de balcons et de gouttières bordant les quatre étages évoquait l'œuvre d'un fou, les escaliers extérieurs semblaient ne mener nulle part. Elle avait l'impression de voir la Mystérieuse Maison Winchester, en Californie, dont la propriétaire affirmait que des esprits lui en avaient soufflé les plans la nuit.

Bobbi les attendait devant le portail à l'entrée. Elle serra aussitôt Lori dans ses bras.

– Monte, lui dit-elle. Maggie est en train de te faire de la place.

– Merci, Bobbi, déclara l'adolescente.

Elle se tourna vers Abby, l'enlaça brièvement et se dirigea vers l'escalier.

Restées seules, les deux femmes gardèrent le silence quelques instants.

– Ça va ? finit par demander Bobbi.

– Écoute, j'ai mal réagi, j'ai perdu mon sang-froid et…

– Ne t'inquiète pas, c'est oublié.

– Tu en es sûre ?

– Certaine. Tu entres un moment ?

– Non, je préfère ne pas laisser Eddie seul trop longtemps. Merci pour Lori. Appelle-moi dès qu'elle commencera à te taper sur le système.

Abby jeta un coup d'œil à sa voiture garée de l'autre côté de la rue et poussa un profond soupir.

– Qu'est-ce que je vais faire, Bobbi ?

– Tu vas de l'avant, répondit son amie. Tu manges, tu prends un bain, tu te rases les jambes et tu continues à regarder devant toi. La culpabilité, la peur, le chagrin – tout ça, ce sont des plantes parasites, Ab. Si tu restes immobile trop longtemps, elles en profiteront pour pousser jusqu'à te recouvrir entièrement.

– Je mange, je prends un bain, je me rase les jambes, fit Abby en écho. Je survis.

À la tombée de la nuit, Abby monta voir Eddie dans sa chambre pour lui demander s'il avait faim, mais il refusa de lui ouvrir. Abattue, elle redescendit, sortit du freezer un plat surgelé qu'elle mit à réchauffer, puis remplit de vin rouge le plus grand verre qu'elle put trouver. Il faisait si froid qu'elle alluma un feu, avant de se perdre dans la contemplation des flammes. La maison était trop calme. Dans ce silence inhabituel, oppressant, elle n'avait aucun mal à imaginer une vague colossale déferlant sur l'île et emportant toutes les erreurs du passé. Les événements des derniers jours défilaient sans relâche dans son esprit.

En proie à un sentiment de solitude aigu, elle s'efforça de ne pas se perdre dans le tumulte de ses pensées. Le luminol sur les vêtements de Ray, les deux hommes qui s'embrassaient en couverture d'*Y-Mag*, le terminal du ferry, les aveux de Ray… *Ses aveux !* Cette pensée était la plus sournoise ; elle tournait en boucle dans sa tête, menaçant de la rendre folle…

Clac !

La maison fut plongée dans le noir, et le silence devint presque irréel. La lampe dans le couloir ne grésillait plus, le frigo dans la cuisine ne bourdonnait plus. Seul le crépitement des flammes était encore perceptible. Abby demeura immobile quelques instants, puis alla jeter un coup d'œil dehors. Par gros temps, les pannes d'électricité étaient fréquentes à cette époque de l'année mais, ce soir-là, le ciel était dégagé et des lumières brillaient dans le cottage de Dorothy et Terry en bas de la colline.

– Eddie ? Tout va bien, là-haut ? cria-t-elle.

Elle entendit son fils ouvrir la porte de sa chambre, la refermer et avancer dans le couloir. Sa silhouette apparut en haut de l'escalier.

– Qu'est-ce qui se passe ?

– On n'a plus d'électricité. Je vais vérifier le disjoncteur. Reste ici.

Abby longea le couloir jusqu'au vestibule et ouvrit la porte, laissant entrer un courant d'air glacial. Elle avait l'habitude de voir Milt Street déserte, et pourtant, ce soir-là, il lui sembla qu'il y avait trop d'ombres dans la rue, susceptibles de dissimuler des créatures malfaisantes. Elle se sentait observée. Le disjoncteur était installé dans un coffret sur le côté de la maison, à l'abri d'un petit auvent. Une dizaine de pas seulement l'en séparait, mais il lui paraissait terriblement éloigné.

Elle récupéra la petite lampe-stylo suspendue à un crochet près de la fenêtre, descendit les marches de la véranda et s'aventura sur la pelouse mouillée. Le faisceau lumineux était si fin que, au lieu d'éclairer son chemin, il ne faisait que rendre plus épaisse l'obscurité alentour.

À deux mètres du disjoncteur, elle se figea.

La porte en bois du coffret blanc était ouverte en grand.

Saisie par l'appréhension, elle scruta les ténèbres et finit par distinguer une silhouette un peu plus loin. Celle d'un homme de haute stature, parfaitement immobile, qui l'observait.

– Qui êtes-vous ? demanda-t-elle en s'efforçant de prendre une grosse voix. Qu'est-ce que vous voulez ?

Pas de réponse. Pas de mouvement non plus. Était-ce le fantôme de David Stemple venu se venger ? Quelle que soit son identité, l'intrus qui se tenait sur le passage étroit le long de la maison était grand – plus d'un mètre quatre-vingts –, avec des épaules larges et une tête étroite. Ses bras étaient dissimulés par des manches bouffantes qui voltigeaient au vent.

– Je vous vois ! cria-t-elle. Qui êtes-vous ?

Toujours rien.

Si elle se mettait à courir, il se lancerait à sa poursuite, aucun doute là-dessus. Faisant appel à tout son courage, elle avança d'un pas et braqua sa lampe sur l'intrus.

– Oh, putain.

Ce n'était que le parasol de plage. Elle avait oublié qu'ils le laissaient là l'hiver. Soulagée, elle posa ses mains sur ses genoux et souffla un grand coup. Bon, il n'y avait pas de tueur prêt à se jeter sur elle. En attendant, le coffret avait bel et bien été ouvert. Ça, elle ne l'avait pas imaginé.

Elle s'en approcha rapidement, réenclencha la manette, et l'électricité revint dans la maison. La lumière se déversa de l'intérieur, illuminant l'allée sur le côté et une partie du jardin laissée à l'abandon. Abby la fouilla du regard, s'attendant presque à voir bondir l'homme qu'elle imaginait tapi dans un coin. Or, ce fut un adolescent qu'elle découvrit au milieu de la végétation.

– Bon sang, lâcha-t-elle dans un souffle.

Le jeune intrus la regarda droit dans les yeux. C'était un beau garçon de quinze ou seize ans, aux traits fins et aux épais cheveux noirs lissés en arrière – un style de coiffure qu'elle ne voyait plus beaucoup. En jean et coupe-vent bleu clair, il grelottait.

– Désolé si je vous ai fait peur, dit-il. Je ne voulais pas me présenter à la porte, au cas où les flics auraient surveillé la maison, mais il fallait que je vous parle.

– Qui es-tu ?

Il s'avança jusqu'à se placer dans la clarté déversée par la fenêtre du salon.

– Je m'appelle John Keddie. Vous ne vous souvenez pas de moi ?

27

LA VEUVE

Kate arrêta la voiture sur l'aire d'embarquement devant le terminal pour attendre que l'avant-dernier ferry de la journée la ramène à Belport.

Elle resta dehors, sur le pont, pendant presque toute la traversée, agrippant le bastingage de ses mains gantées, les yeux fixés sur l'île qui grandissait à l'horizon. Ballotté par les vagues, le ferry se soulevait et retombait brusquement, mais il gardait le cap.

L'air frais lui éclaircit les idées. Elle avait passé trop d'heures enfermée dans sa voiture.

Elle avait beaucoup réfléchi sur le trajet depuis le centre de détention, surtout à Mia. Sa fille lui manquait tellement… Quelques jours seulement s'étaient écoulés depuis son départ, pourtant la seule pensée de son enfant suffisait à lui serrer le cœur.

Immobile sur le pont, elle en arrivait à se demander si elle avait bien fait de revenir à Belport. Elle savait bien néanmoins qu'elle n'avait pas eu le choix : il fallait qu'elle découvre ce qui était arrivé à John. Comment pourrait-elle retourner auprès de Mia et essayer de reconstruire une vie à peu près normale si ses questions restaient sans réponse ?

Pourtant, sur l'autoroute, elle avait dû résister au désir quasi irrépressible de prendre la sortie pour Melbourne. Si elle avait cédé, elle serait presque arrivée à l'heure actuelle.

Ses affaires se trouvaient toujours au *Blue Whale*, mais elle aurait pu régler la note par téléphone, poster la clé de sa chambre et demander que le motel lui renvoie ses effets personnels.

Ensuite, elle n'aurait eu qu'à chercher un bon agent immobilier pour vendre la maison de vacances. Quoique, à la réflexion, il n'avait même pas besoin d'être bon. Tout le monde était capable de vendre des biens à Belport. Il suffisait de faire un peu de ménage, d'aérer, peut-être aussi de demander à un artisan du coin de passer une couche de peinture...

À cette pensée, un déclic se produisit dans sa tête. Ray Gilpin lui avait dit qu'il s'occupait d'entretenir les résidences secondaires en hiver... Elle se revit entrer dans le salon et examiner l'ensemble canapé-fauteuils, le tapis bleu sur lequel Mia aimait s'étendre pour regarder la télé, et la couche de peinture fraîche, blanc cassé, appliquée sur un des murs.

Elle avait touché du doigt la peinture encore collante en se demandant pourquoi diable John avait décidé de recouvrir la dizaine de prénoms et de mesures qui y étaient notés. La réponse s'imposa brusquement : John n'avait eu aucune raison de le faire, parce que ce n'était pas lui qui tenait le pinceau. Tout comme ce n'était pas lui qui avait déclenché l'alarme.

En se remémorant le pick-up aperçu dans la rue, elle tira son téléphone de sa poche.

– Island Care ? demanda l'inspectrice Eckman.

Elles étaient une nouvelle fois installées dans la petite salle d'interrogatoire du poste de Belport, qui avait vue sur un passage bétonné. Kate était assise en face de la policière, de l'autre côté du bureau maculé de taches de café.

– Quel rapport avec l'enquête ?

– Je me suis renseignée, répondit Kate.

Sur le site web archaïque de l'entreprise, elle avait découvert qu'Island Care proposait des services de gardiennage, d'entretien général et de réparations des dégâts causés par les tempêtes. En bas de la page d'accueil figuraient les coordonnées d'un certain Ed Gilpin.

– Il n'y a pas beaucoup de sociétés de gardiennage en ville, ajouta-t-elle, et celle-ci est dirigée par un homme qui porte le même nom de famille que l'assassin de David Stemple. C'est forcément lui que j'ai vu au volant du pick-up garé près de la maison.

– Je ne vous suis pas, madame Keddie.

Alors Kate lui parla de l'avis de décès qu'elle avait trouvé dans le coffret au fond de la soupente, de la relation particulière qui unissait John à Annabel Stemple, et de ses visites à Marcus Stemple et à Ray Gilpin, à South Hallston. Eckman l'écoutait attentivement, un coude sur la table, le menton calé dans sa main, en mordillant un peu plus fort son crayon chaque fois que Kate lui donnait une nouvelle information. Elle paraissait surprise.

Tu as sous-estimé la veuve de John Keddie, ma grande, songea Kate. *Comme tout le monde.*

– Le neveu de Ray Gilpin, ou quel que soit leur lien de parenté, s'est introduit dans notre maison de vacances pour repeindre un des murs du salon, déclara-t-elle. Sûrement parce que son nom se trouvait parmi ceux d'une dizaine de gosses dont on avait inscrit la taille à cet endroit. Je *savais* que cette couche de peinture avait son importance. John et lui se connaissaient gamins, j'en suis certaine. Ils avaient à peu près le même âge.

Eckman ôta le crayon de sa bouche et examina les marques de dents d'un air sceptique.

– Bon, d'abord, c'est le *fils* de Ray, affirma-t-elle.

– Vous le connaissez ?

– Ensuite, pourquoi aurait-il voulu faire disparaître son nom ?

– Pour effacer tout ce qui pouvait le relier à John.

– Vous le croyez coupable du meurtre de votre mari ? demanda la policière en reposant le crayon.

– Tout ce que je sais, c'est qu'il est mêlé à cette histoire. Il était garé devant chez nous. Il m'a aidée à ouvrir le coffret que j'ai découvert dans le grenier et il a vu ce qu'il y avait à l'intérieur.

– Vous voulez parler de ce coffret que vous avez pris sur une scène de crime, c'est bien ça ? Ça s'appelle une *pièce à conviction*, madame Keddie. Une pièce à conviction que vous avez non seulement contaminée, mais aussi dissimulée à la police.

– Vous êtes passée à côté, rétorqua Kate. Et je l'ai trouvée chez moi, dans ma propre maison.

– Qui est une scène de crime, s'obstina Eckman.

– J'en suis bien consciente, inspectrice. Ma maison est une scène de crime et le corps de mon mari appartient à la police.

La mâchoire crispée, Eckman s'adossa à son siège. Puis ses traits se détendirent.

– Bon, où est-il, cet avis de décès ?

– Je ne l'ai plus, avoua Kate. Marcus Stemple me l'a demandé, alors je le lui ai donné.

Eckman saisit un mug en céramique, avala un fond de café froid et secoua la tête.

– Je n'ai aucune envie de me quereller avec vous, madame Keddie. J'irai parler à Ed Gilpin et à Marcus Stemple, et je suivrai toutes les pistes que vous avez évoquées, mais je vous prie de bien vouloir vous mettre en retrait à partir de maintenant. Je ne peux pas vous laisser fouiner partout comme ça, on n'est pas dans une série policière à la télé… Ce n'est tout simplement pas possible. Vous comprenez ?

– Et moi, je ne peux pas rester sans rien faire.

L'expression d'Eckman s'adoucit.

– Je sais que ce n'est pas ce que vous avez envie d'entendre, madame Keddie, mais je crois préférable que vous rentriez à Melbourne. Passez du temps avec votre fille. Attendez. Continuez à vivre. Et recommencez.

Kate lui adressa un sourire triste.

– Arrêtez avec vos « madame Keddie ». Appelez-moi Kate.

– Et moi, c'est Barbara. Mais tout le monde m'appelle Bobbi.

Eckman avait raison, songea Kate. Il était temps pour elle de rentrer. Mia avait besoin de sa mère, et elle-même avait besoin de son enfant. Si elle se dépêchait de boucler sa valise et de régler sa note au *Blue Whale*, elle pourrait prendre le dernier ferry pour le continent. Avant, il lui restait cependant une chose à faire.

Elle s'engagea dans Bay Street jusqu'à la fête foraine et tourna à gauche pour suivre la promenade. Elle descendit ensuite Old Harbour Road et longea les maisons jusqu'à ce qu'elles cèdent la place à de modestes étendues de forêt côtière.

Bientôt, elle arriva à Beech Tree Landing, où quelqu'un avait attiré son mari, avant de l'égorger et de le pousser à l'eau dans sa voiture. John détestait cette île, et il lui semblait cruellement injuste qu'il y ait trouvé la mort.

Le site comportait une bonne trentaine de places de parking tout en longueur, destinées à accueillir les remorques porte-bateaux, et toutes étaient vides. Kate les traversa en diagonale et alla se garer au sommet de la rampe la plus éloignée.

Devant elle, une dizaine de poteaux en bois émergeaient des flots comme des dents émoussées. Sans doute les vestiges de l'ancien terminal du ferry, supposa-t-elle, où David Stemple avait été tué.

Les yeux fixés sur l'océan, elle songea : *C'est ici que ça s'est passé, c'est ici que je suis devenue veuve.* Ce dernier mot lui causa un choc. Oui, elle était veuve. Pire, une veuve qui n'avait jamais vraiment connu son mari.

Elle ouvrit la portière et sortit affronter les bourrasques. Elle descendit jusqu'au bas de la rampe puis, les vagues léchant le bout de ses tennis, hurla de toute la force de ses poumons.

Quelques instants plus tard, la gorge à vif, elle tomba à genoux sur le ciment mouillé. Le chagrin s'abattit sur elle, libérant des larmes brûlantes et salées. Elle aurait voulu le laisser à Belport, mais elle savait bien qu'il l'accompagnerait toujours.

Si Kate avait quitté Beech Tree Landing trente secondes plus tôt ou plus tard, tout aurait été différent. Elle n'aurait pas atteint le croisement d'Old Harbour Road et d'Elm Street au moment où le pick-up d'Ed Gilpin – qu'elle reconnut en voyant le mot « Entretien » inscrit sur le côté – passait devant elle. Elle aurait tourné à droite, continué vers le motel et embarqué sur le dernier ferry en partance pour le continent.

En l'occurrence, elle prit à gauche pour suivre Ed Gilpin à l'intérieur de l'île.

28

L'ÉPOUSE

Abby mit la bouilloire à chauffer puis fit asseoir John à la table de la cuisine. Dieu sait depuis combien de temps il était dehors, à rôder dans le noir autour de la maison. Des traces boueuses maculaient son jean au niveau des genoux et il y avait des aiguilles de pin prises dans le col de son coupe-vent, qu'il avait abandonné en tas sur le sol, près de ses chaussures.

Il était déjà venu chez eux une ou deux fois, se rappelait-elle. C'était un des copains d'Eddie dont la famille venait en vacances sur l'île. Ils étaient toute une bande à peu près du même âge à traîner ensemble pendant la saison touristique et, d'un été à l'autre, Abby ne se souvenait plus de qui était qui. D'autant que John ne s'était pas spécialement démarqué du lot.

– Je crois que j'ai écrasé des fleurs quand je suis passé par-dessus la clôture, dit-il. Des agapanthes, il me semble. Désolé. Je vous rembourserai.

« Je vous rembourserai. » Avait-elle déjà entendu ces mots dans la bouche d'un adolescent ? se demanda Abby. À la réflexion, le terme « agapanthe » ne faisait en général pas partie non plus du vocabulaire des jeunes.

– Pourquoi as-tu escaladé la clôture ?

Elle posa un verre d'eau devant lui, qu'il vida d'un trait. Puis, après avoir réprimé un rot, il expliqua :

– Au lieu d'arriver par Bay Street en venant d'Elk Harbour, j'ai pris Hat Island Road et après j'ai traversé le bush. J'avais oublié d'emporter une lampe électrique, mais je connais bien ces chemins et, de toute façon, la lune m'éclairait. Je me suis laissé guider par le bruit des vagues jusqu'aux dunes, et ensuite je suis entré par l'arrière du jardin.

– Pour atterrir sur mes agapanthes.

– Encore une fois, madame Keddie, je suis désolé. Vous comprenez, j'étais certain que la police surveillait la maison.

– Oui, tu me l'as déjà dit. Mais quelle importance si les policiers te voyaient ? Tu voulais rendre visite à Eddie, j'imagine...

Il s'humecta les lèvres, avant de contempler ses cuisses.

– Non, je... j'ai vu aux informations que M. Gilpin avait été arrêté. C'est... Ils se trompent. Ce n'est pas comme ça que ça s'est passé.

– « Ça » quoi ? De quoi parles-tu ?

– Ce n'est pas comme ça que cet homme a été tué.

– Comment le sais-tu ?

John tourna soudain la tête vers sa droite. Eddie, en larmes, se tenait sur le seuil de la cuisine. Au même instant, la bouilloire émit un sifflement sonore. Abby resta pétrifiée quelques secondes, puis alla éteindre la gazinière. Alors que les derniers échos du son strident se dissipaient, elle dévisagea les deux garçons tour à tour.

– Qu'est-ce que tu fais là ? demanda Eddie à John.

Comme celui-ci ne répondait pas, il adressa la question à sa mère.

– Qu'est-ce qu'il fait là, maman ?

– Il faut qu'on lui dise, Eddie, déclara John.

Le dos rond, il riva de nouveau son regard sur ses cuisses. Il semblait rapetisser, comme un bonhomme de neige en train de fondre, songea Abby.

– Il le faut, insista-t-il.

– Me dire quoi ? s'enquit Abby.

– Maman..., commença Eddie.

Elle parvint à maîtriser le tremblement de ses mains pour aller ouvrir la porte du cellier. Tout en s'efforçant de ravaler la boule de panique qui lui bloquait la gorge, elle prit la boîte de Milo et prépara deux mugs de chocolat chaud.

– Assieds-toi, Eddie, ordonna-t-elle. Il est temps qu'on ait une vraie conversation, tous les trois.

À contrecœur, de toute évidence, il prit place en face de John. Abby se sentait envahie par un mélange de peur, d'amertume et de tristesse. Elle n'avait aucune envie d'entendre ce qu'ils s'apprêtaient à révéler ; à ce stade, elle savait déjà que plus rien ne serait comme avant. Pourtant, résolument, elle leur tira les vers du nez.

Les garçons lui racontèrent une histoire qui, pour l'essentiel, avait tous les accents de la vérité. Abby combla certains blancs en leur posant des questions, d'autres en se servant de son imagination. Peau, eau, sang... À mesure qu'ils parlaient, elle voyait les événements de cette journée se dérouler dans sa tête aussi nettement que si elle avait assisté à la scène, dissimulée dans un coin de...

… l'ancien terminal du ferry tremblant sous les assauts du vent. Les murs vibraient et le bois craquait autour d'eux comme les os d'une vieille bête fatiguée. Une clarté sale entrait par les fenêtres crasseuses, les enveloppant d'un halo blanchâtre. C'était un jour de semaine, en fin de matinée.

– Pas question que je passe la nuit ici tout seul, affirma John.

Eddie le nargua en imitant les caquètements d'une poule.

– Arrête tes conneries, riposta John. T'as qu'à rester avec moi.

– Pas de problème. Faudra juste qu'on invente un truc à raconter à mes parents. C'est pas la peine d'aller chercher très loin, ils feront pas attention.

De son côté, John avait déjà menti aux siens. Il leur avait dit qu'il partait pour trois jours en classe verte. En réalité, il s'était esquivé à l'aube, avait pris le train, le car et le ferry, pour arriver à Belport en milieu de matinée.

Eddie n'avait été que trop heureux de sécher les cours pour l'accompagner. John s'était contenté de lui dire au téléphone qu'il avait besoin d'échapper un moment à sa famille, mais Eddie le soupçonnait d'avoir une autre raison de venir.

John avait apporté son sac de couchage, parce qu'il avait prévu de dormir dans l'une des cabanes à outils situées sur les terrains de camping désertés. Mais ils les avaient toutes trouvées verrouillées, cadenassées et protégées par un panneau avertissant : « SOURIEZ, VOUS ÊTES FILMÉS ! » Même s'ils n'avaient vu aucune caméra nulle part, le risque leur avait paru trop grand, alors Eddie avait suggéré l'ancien terminal.

– Putain mais c'est quoi, cet endroit ? interrogea John en regardant un matelas souillé dans un coin.

Le sol était jonché de briques et d'éclats de verre, des graffitis recouvraient les murs – « Pour une pipe gratos, appelez le... » ; « Judy Bray est une salope » ; « L'herbe, c'est gay » –, et il y avait même un préservatif usagé accroché à une poutre.

– Avant, quand j'étais môme, c'était le principal port de l'île, expliqua Eddie. Je m'en souviens encore. Il a été abandonné après la construction du nouveau terminal à Elk Harbour.

– « Barry taille les meilleures pipes de Belport », lut John.

– Ouais, aujourd'hui c'est un *beat*.

– Un quoi ?

– Un endroit où se retrouvent les pédés.

– Super, grommela John. Ce coup-ci, c'est sûr, je passe pas la nuit ici.

– Pourquoi tu coucherais pas chez moi ?

– Parce que tes parents voudront savoir ce que je fabrique ici en plein milieu de semaine. Ils décideront certainement de prévenir les miens, et *eux*, s'ils découvrent que je me suis tiré, ils me laisseront plus sortir.

Eddie fourra ses mains dans les poches de son sweat-shirt à capuche puis donna un coup de pied dans une canette de bière vide. Elle s'envola à travers le terminal et atterrit avec un *clang* sonore qui se répercuta dans le vaste espace. Il dévisagea ensuite John en se demandant s'il devait poser la question. Pour finir, ce fut plus fort que lui :

– Pourquoi t'es venu, en fait ?

– Si j'étais resté chez moi une minute de plus, je serais devenu dingue et j'aurais massacré ma famille à coups de hache, répondit John avec un petit sourire. Non, sérieux, mes parents me prennent la tête. Papa ne pense qu'au boulot et, quand il rentre à la maison, c'est pour se planter devant la télé comme un robot. Quant à ma mère, elle est tellement à côté de la plaque que je peux plus la supporter. Elle me rabâche sans arrêt que je dois bosser pour réussir à entrer dans une bonne fac, alors qu'elle, elle est pas allée plus loin que le bac.

– J'aime bien ta mère, déclara Eddie. Elle est sympa.

Il s'était rendu plusieurs fois dans la maison de vacances de John pendant l'été, et Pam Keddie s'était toujours montrée gentille avec lui. Elle avait même inscrit sa taille sur un des murs de leur salon, parmi d'autres noms, dont celui de John et de ses cousins.

– Tu parles, elle est sympa quand il faut, c'est tout, souligna John. Elle obéit à ce que dit la Bible. Tu vois, c'est ce que j'ai du mal à comprendre chez les catholiques : si on fait un truc juste parce qu'on a la trouille de Dieu, ça devrait pas compter. Quoi qu'il en soit, elle serait plus du tout sympa si elle savait que je suis là.

– À Belport ?

– Oui, et dans une ruine qui sert de rendez-vous aux homos. Tu sais ce que dit la Bible sur les gays ?

– « Tu ne coucheras point avec un homme comme on couche avec une femme. C'est une abomination », répondit Eddie, citant le Lévitique.

John haussa les sourcils.

– Tu connais le passage par cœur ?

– J'ai regardé à la bibliothèque du bahut.

– Pourquoi ?

– J'étais curieux. La Bible nous interdit aussi de porter des fringues déchirées, de se faire faire des tatouages, de manger du bacon…

John éclata de rire.

– Du bacon ? T'inventes, là.

– Non, t'as pas le droit de bouffer du porc parce que c'est pas une bestiole qui rumine, une histoire comme ça.

– N'importe quoi, décréta John. Comment ça se fait que tu sois aussi calé sur la religion alors que tes parents sont athées ?

Eddie tira sur le lobe de son oreille avant de hausser les épaules.

– C'est peut-être pour ça, justement. On m'a jamais rien appris sur Dieu, le paradis et tout le reste, alors j'ai voulu voir par moi-même pourquoi on en faisait un tel ramdam. Bon, qu'est-ce que t'en penses ?

– De ?

– Tu crois que Dieu envoie les gays en enfer ?

John le regarda droit dans les yeux et secoua la tête.

– Non.

– Moi non plus.

Sans laisser à son ami le temps de réagir, Eddie l'embrassa.

– Hé ! Qu'est-ce que tu fous ? s'écria John, qui le repoussa. Dégage !

– Je…

– C'est pas mon truc, Eddie.

– Hé, c'est pas le mien non plus, lui assura ce dernier en se forçant à rire. C'était juste une blague, parce qu'on est ici et…

– Arrête tes conneries.

Eddie se frotta les yeux en marmonnant :

– Merde, merde, merde…

– OK, je me casse.

– Attends, le supplia Eddie en lui bloquant le passage. S'il te plaît, attends.

– Laisse-moi sortir.

– Je regrette, OK ? Je voulais te faire marrer, mais c'était pas drôle.

– Non, c'était pas drôle, confirma John.

– T'en parles pas, d'accord ? Ni à Craig, ni à Gordy, ni aux autres.

– Laisse-moi sortir !

– Je croyais…

– Dégage de là, Eddie.

– Je croyais que tu voulais… que t'étais…

– Non.

– Mais…

– Je suis pas comme ça, affirma John. Pas comme toi. Je suis pas un…

– Pédé ?

– C'est pas ce que j'ai dit.

C'était pourtant ce qu'Eddie avait entendu. Et son sang ne fit qu'un tour.

Il bouscula John, qui le bouscula en retour. Une seconde plus tard – le temps que se produise le court-circuit –, il lui balança un coup de poing dans le menton. John tituba, moulinant des bras pour ne pas perdre l'équilibre, et s'ensuivit un déchaînement de violence adolescente aussi frénétique que malhabile.

Ils se poussèrent, se tirèrent et se frappèrent, jurant, haletant et sanglotant en même temps. Ils n'étaient plus qu'un enchevêtrement de membres quand, soudain, Eddie embrassa de nouveau John. Qui, cette fois, le laissa faire.

Le tonnerre roulait au loin. Les piaillements des oiseaux de mer et le bruit des vagues leur parvenaient à travers les larges déchirures dans le plancher, de même que par la porte ouverte, retenue seulement par une charnière.

Eddie s'agenouilla pour batailler avec la ceinture de John. Il la déboucla, déboutonna la braguette et la baissa.

C'était à la fois maladroit et inconfortable, merveilleux et parfait. John gémit et se mordit la lèvre jusqu'au sang. Les doigts enfouis dans les cheveux d'Eddie, il guida ses mouvements de va-et-vient, suivant le rythme dicté par son corps et par l'océan.

Alors que son regard se portait vers une fenêtre poussiéreuse, il vit une grosse mite brune se cogner contre la vitre puis voltiger vers le toit et disparaître par un trou. Puis son attention fut attirée par un mouvement dehors, et il lâcha un hoquet de surprise. Il y avait une voiture garée près des rampes de mise à l'eau. Une BMW bleu foncé. Elle n'était pas là quand ils étaient arrivés.

– Eddie, arrête, y a une bagnole dehors. Je crois que quelqu'un approche…

De fait, un homme venait d'entrer dans le terminal – grand, une carrure impressionnante de joueur de rugby, les cheveux courts. Il portait des tennis blanches en toile et un long manteau noir. Il avança les yeux fixés sur eux.

Eddie, qui venait de découvrir à son tour le nouveau venu, s'écarta et se redressa d'un bond. En un éclair, John remonta sa braguette et reboucla sa ceinture.

Les deux garçons n'avaient aucun moyen de savoir ce que l'inconnu faisait là, mais la raison de sa présence s'imposa d'elle-même : il cherchait un partenaire. Il avait apporté un pack de six bières et en tenait une ouverte dans sa main gauche. Un léger sourire aux lèvres, il fit quelques pas vers eux, écrasant des bouts de verre sous ses semelles.

– Ne vous arrêtez pas pour moi, dit-il. J'apprécie beaucoup le specta… Bon sang, mais vous avez quel âge ?

Ses yeux avaient dû s'accoutumer à la relative pénombre du terminal. En découvrant devant lui deux visages imberbes et effrayés, il grimaça.

– Qu'est-ce que vous fabriquez ici ?

– Rien, répondit John.

– Ce n'est pas un endroit pour des gosses. Vous ne devriez pas être là.

Si Eddie avait pris le temps de réfléchir – de vraiment réfléchir –, il aurait compris que, dans la mesure où cet homme était venu ici en quête de sexe clandestin, il avait une bonne raison de ne pas ébruiter leur rencontre. Mais les mêmes pensées tournaient en boucle dans sa tête : *Non, il n'a pas le droit de voir ça. Il n'a pas le droit de nous regarder. Ça ne peut pas se terminer comme ça entre nous.* Elles lui parasitaient le cerveau.

– Allez vous faire foutre, marmonna-t-il d'une voix mal assurée.

L'inconnu le foudroya du regard.

– Quoi ?

– Il a rien dit, intervint John. Laissez tomber.

Eddie n'était cependant plus en état de raisonner. La panique avait pris possession de lui, s'ajoutant à la colère, à la honte et au désir. Il ne pouvait supporter l'idée que cet homme connaisse leur secret.

– J'ai dit, allez vous faire foutre ! répéta-t-il plus fort.

– Eddie…, le rabroua John.

– Vos parents ne vous ont pas appris à respecter vos aînés ? lança leur interlocuteur, manifestement contrarié. Ils savent que tu es là, Eddie ?

– Fermez-la, riposta ce dernier.

– Ça les intéressera peut-être d'apprendre à quoi s'occupe leur fils au lieu d'être en classe.

– Votre femme aussi risque d'être surprise, rétorqua John en indiquant l'alliance de l'inconnu.

Il sentait Eddie trembler à côté de lui.

– Moi ? répliqua l'homme. Je passais dans le coin, c'est tout, quand j'ai entendu des bruits de bagarre.

Il les dévisagea un moment, comme pour se donner le temps d'évaluer ses options. Au bout du compte, estimant sans doute qu'il n'avait pas de temps à perdre avec deux gamins, il secoua la tête et se détourna pour partir.

– Quoi qu'il en soit, ce n'est pas mon problème, déclara-t-il. Vos parents n'auront qu'à se débrouiller avec vos conneries et…

John entendit soudain un bruit mat, et l'homme recula de deux pas en portant la main à sa tête. Il tangua un instant, perdit l'équilibre et partit à la renverse. Son crâne heurta le sol avec un choc sourd.

Il fallut à John quelques secondes pour comprendre ce qui venait d'arriver. L'inconnu ne bougeait plus. Eddie, près de lui, serrait une brique dans sa main droite. Il avait dû la ramasser par terre et…

– Putain, mais qu'est-ce qui t'a pris ? s'écria John.

– Il allait tout raconter, murmura Eddie. Tu l'as entendu. Il allait tout dire.

Un spasme agita l'homme, qui laissa échapper une sorte de gargouillement. Une grosse entaille triangulaire s'ouvrait sur son front, libérant un fin filet de sang qui lui dégoulinait jusqu'au menton.

– J'avais pas le choix, se défendit Eddie. Il allait tout dire, je devais l'arrêter. J'avais pas le choix…

– Tu te rends compte de ce que t'as fait ?

– J'avais pas le…

– Il faut qu'on l'aide.

Alors qu'Eddie, en larmes, se mettait à arpenter le terminal, John se pencha vers le blessé. Il respirait toujours, apparemment, sauf qu'il perdait de plus en plus de sang. Des flots giclaient désormais à gros bouillons de la blessure, au rythme de ses battements de cœur.

– Il est encore vivant, observa-t-il.

– Viens, on doit partir.

– On peut pas le laisser comme ça.

– On se casse, John. Tout de suite !

Eddie avait beau le tirer par le bras, John refusa de bouger. Il se sentait pétrifié et ne pouvait que regarder, impuissant, la vie déserter peu à peu les yeux de l'inconnu.

Pour finir, Eddie le lâcha, jeta la brique loin de lui et prit la fuite. L'écho de sa course précipitée résonna dans le terminal, et John demeura seul avec l'homme à l'agonie. Il vit sa poitrine se soulever encore une fois, puis s'immobiliser. Le sang qui jaillissait de la blessure cessa de couler. John contempla la flaque pourpre, qui semblait constituée de centaines de minuscules éléments différents.

– Comme des larves, chuchota-t-il. Ça n'aurait jamais dû se passer comme ça… Non, rien de tout ça…

– … n'était censé arriver, conclut Eddie.

Sous le choc, Abby garda le silence. Sa première pensée fut : *Je voudrais ne pas les croire.* La seconde lui fut dictée par l'instinct de survie. Peu lui importait que David Stemple soit mort ce jour-là ; tout ce qu'elle voyait, c'était qu'il avait été tué par son fils. Pourquoi n'était-ce pas John qui l'avait frappé ?

En même temps, force lui était d'admettre qu'elle pouvait facilement imaginer Eddie perdre ainsi le contrôle de lui-même. Elle se souvint de lui petit, hurlant de rage et donnant des coups de pied et de poing – ce que Ray appelait ses « colères apocalyptiques » – jusqu'au moment où, épuisé, il s'effondrait contre elle. Et se rappela aussi les fois – suffisamment rares pour ne pas être marquantes, mais perturbantes sur le moment – où elle avait revu cette fureur en lui : ce jour où, à sept ans, il s'était jeté par terre dans un magasin de jouets, secoué de tels tremblements qu'elle avait pensé à des convulsions ; ou quand, à treize ans, après qu'une fille de son collège eut répandu une rumeur sur lui, il s'était acharné à coups de pied contre le mur ; et, enfin, un peu plus tôt, lorsqu'il avait expédié sa bande dessinée contre le chêne tombant. Elle songea au court-circuit chez Ray et à tous ces traits de caractère sombres que les enfants héritent de leurs parents. Comment avait-elle pu penser que cette colère bouillonnant en lui disparaîtrait un jour ?

– Maman, s'il te plaît, dis quelque chose, la pressa Eddie. Je suis désolé, maman. J'ai merdé. Putain, j'ai merdé ! J'ai…

– Ces magazines, ils sont à toi, n'est-ce pas ? demanda-t-elle d'une voix blanche.

– Hein ?

– Une seconde.

– Maman…

– Tais-toi ! le coupa-t-elle. J'ai besoin de réfléchir.

Elle regarda en direction du couloir, où son fils avait abandonné ses tennis crasseuses. Elle aurait voulu les jeter dans le feu. Et lui avec. Elle aurait voulu casser quelque chose, ou faire du mal à quelqu'un. Les lumières dans la cuisine lui paraissaient soudain trop vives, ses sens trop aiguisés. Elle se sentait sur le point d'exploser.

– D'accord, reprit-elle. Que s'est-il passé après ?

Elle serra les poings sous la table.

– Puisque tu t'es enfui, comment se fait-il qu'on ait retrouvé le corps dans l'eau ?

– Le type s'était garé près de la promenade, répondit-il avec une désinvolture surprenante. Quand je suis arrivé à côté de sa voiture, il s'était mis à pleuvoir, ça m'a remis les idées en place. La bagnole était pas fermée à clé et y avait un téléphone dedans. J'ai pensé à prévenir la police. J'allais le…

– Mais c'est ton père que tu as appelé, hein ?

Eddie hocha tristement la tête.

– Je savais pas quoi faire d'autre.

Abby se tourna vers John.

– Et toi, où étais-tu ?

– Je suis resté avec cet homme jusqu'à ce qu'il... jusqu'à ce que M. Gilpin arrive. Il nous a demandé de monter dans son pick-up et de tout lui raconter. Après, il est entré dans le terminal et, quand il est revenu, il nous a dit de partir – à moi, de retourner à Melbourne, et à Eddie, de rentrer chez vous – et de ne jamais en parler. À personne. Mais je... c'est pas lui qui a fait ça, madame Keddie. Il a été arrêté, mais il est innocent et je peux pas...

– Si, décréta Abby. Tu peux.

Devant l'expression interloquée des deux garçons, elle ferma les yeux en repensant aux propos de son mari : « Promets-moi une chose. Vous allez survivre, Lori, Eddie et toi. Promets-le-moi. »

Ray avait raison, se dit-elle. Elle inspira à fond puis, le plus calmement possible, déclara :

– Bon, écoutez-moi bien. John, tu vas dormir ici. Demain matin, je t'emmènerai prendre le ferry et tu rentreras chez toi.

Elle les gratifia tous les deux d'un regard sévère.

– On va enterrer cette histoire. Vous comprenez ce que ça signifie ? On va l'enfouir si profondément qu'on ne saura même plus si c'est réellement arrivé. Vous êtes jeunes, tous les deux. Vous avez toute la vie devant vous.

– Mais, et papa ? protesta Eddie. Il...

– Il a fait un sacrifice, l'interrompit Abby. Alors, maintenant, sois gentil et va préparer le canapé pour ton ami.

Elle se leva, poussa un gros soupir et alla chercher une bière dans le frigo. Puis, sans plus s'occuper des adolescents, elle sortit sous la véranda.

Le silence régnait dans Milt Street déserte. Les barrières de sécurité avaient enfin été enlevées en bas, au croisement de Brown Street et de Delahunt Street. L'eau s'était évaporée, la chaussée était de nouveau praticable.

Abby s'assit sur la première marche en se demandant si elle venait de sauver ces deux garçons ou de leur lancer une malédiction. Un poids nouveau s'était abattu sur ses épaules, qu'elle serait obligée de porter longtemps, elle le savait.

Très longtemps.

29

LA VEUVE

La nuit tomba sur Belport alors que Kate suivait le pick-up d'Ed Gilpin jusqu'à Milt Street. Il se gara dans l'allée d'une petite maison en bardeaux d'un étage, séparée de la chaussée par une belle étendue de pelouse verdoyante. Une pancarte y était enfoncée, sur laquelle était imprimé en grandes lettres noires le mot « Gardiennage ».

Ed rentra le pick-up dans le garage, dont la porte automatique s'abaissa derrière lui.

Kate s'arrêta de l'autre côté de la rue, traversa et s'engagea sur les dalles de pierre qui jalonnaient l'herbe.

La bâtisse délabrée aurait bien eu besoin d'une réfection. La peinture s'écaillait, il y avait une fissure dans la vitre au-dessus de la porte, et une planche qui s'était détachée de la façade, sous la véranda, pendait à un clou.

Le jardin, en revanche, était immaculé. Pas un seul brin d'herbe ne dépassait. Un potager s'étendait le long de la véranda, et des fougères dans des suspensions se balançaient doucement sous la brise.

Kate ne prit pas le temps de réfléchir. Si elle l'avait fait, elle se serait peut-être rendu compte de son imprudence et aurait rebroussé chemin. En l'occurrence, elle s'avança tout doucement vers le garage, cherchant une fenêtre par laquelle elle pourrait jeter un coup d'œil à l'intérieur.

– Vous êtes perdue ? lança une femme de la véranda.

À travers la porte-moustiquaire, Kate ne distingua qu'une silhouette et l'extrémité rougeoyante d'une cigarette. Un carillon à vent se mit à tinter, puis elle entendit un bruit qui lui fit penser à une canette qu'on ouvrait.

Une femme trapue d'une soixantaine d'années poussa le battant et s'avança vers les marches, une bière dans la main gauche et un livre de poche dans la droite. Elle portait un gilet lâche sur un bas de pyjama imprimé d'étoiles et de croissants de lune décolorés. Son visage rond, auréolé d'une tignasse blanche en bataille, était avenant. Elle avait le même regard grave qu'Ed Gilpin.

– Non, répondit Kate. En fait, je cherchais Ed.

– C'est mon fils, déclara la femme. Vous êtes une amie ?

– Non, pas exactement. Je...

Kate hésita.

– J'ai une maison de vacances dans Neef Street et j'aurais besoin de quelqu'un pour l'entretenir l'hiver. J'ai vu la pancarte devant chez vous.

Ce n'était pas le mensonge le plus crédible qui soit, mais c'était le seul prétexte qui lui était venu à l'esprit sur le moment. Elle ne pouvait tout de même pas dire qu'elle comptait interroger Ed au sujet du meurtre de son mari.

– Ed sera là dans une minute, expliqua la femme. Il doit nettoyer son pick-up et préparer ses outils pour demain. Vous voulez l'attendre à l'intérieur ?

– Eh bien, je ne voudrais pas vous déranger...

– Mais non, je suis juste sortie en griller une, et il fait un froid de canard. Si vous entrez, ça me donnera une excuse pour fumer dans la maison. Je m'appelle Abby, à propos.

– Et moi, Kate.

Elles se serrèrent la main. Abby avait la peau sèche, parcheminée, et Kate eut l'impression d'effleurer une aile de papillon.

À l'intérieur, elle se retrouva face à un renard posé sur une console en bois lustré, les babines retroussées, la queue levée en position défensive. Il avait des Converse All-Star de bébé aux pattes. Derrière lui, trois souris mortes arboraient chacune une minuscule paire de lunettes de soleil. À côté, deux lapins naturalisés servaient de serre-livres à différents menus de restaurants proposant des plats à emporter. Un crapaud dressé sur ses pattes arrière tenait entre celles de devant, doigts palmés écartés, une petite soucoupe contenant des pièces de monnaie et un trousseau de clés.

Kate ouvrit de grands yeux.

– Je les ai empaillés moi-même, expliqua Abby. Qu'en pensez-vous ?

– Ils sont… étonnants.

Abby éclata de rire.

– C'est une façon polie de dire « bizarres ». Je sais que la taxidermie est un passe-temps peu commun, mais j'essaie de faire un truc dingue par jour pour m'empêcher de devenir moi-même dingue. Ça ne vous ennuie pas d'enlever vos chaussures ?

Kate s'exécuta. Elle ôta ses tennis toujours mouillées et suivit Abby dans un petit couloir qui débouchait sur la cuisine. Elle découvrit une pièce pleine de curiosités, dont une échelle en bois suspendue parallèlement au plafond, à laquelle étaient accrochés divers ustensiles : un wok, quelques verres à vin, des casseroles, des poêles et une louche. Une plaque de rue sans doute volée – « Gilpin Ave » – était clouée au-dessus de la porte de derrière. Sur le plan de travail à côté se trouvait une sculpture en bois de pistolet mitrailleur, avec une inscription sur le socle : « Oubliez le chien, méfiez-vous du maître. »

La cuisine était si encombrée qu'il fallut à Kate quelques secondes pour remarquer ce qu'il y avait sur la table.

Une serviette de bain rose avait été étalée sur le plateau. Dessus, on avait disposé avec soin une boîte de gants en latex, une paire de minuscules yeux en verre, un scalpel et une créature poilue à moitié écorchée que Kate ne put identifier. Elle recula d'un bond.

– C'est un rat du bush, déclara Abby avec un grand sourire, en suivant la direction de son regard. Marnie Conroy l'a trouvé mort entre son poêle à bois et le mur. Si j'avais su que j'aurais de la compagnie, je l'aurais mis ailleurs. Je vous offre une bière ?

– Non, merci.

– Vous allez me laisser boire seule ?

Abby claqua la porte du frigo.

– Aucune importance, j'ai l'habitude.

Elle s'installa à la table et invita d'un geste Kate à prendre place en face d'elle. Celle-ci se défit de sa parka, qu'elle drapa sur le dossier, et s'assit.

– Ed ne devrait plus tarder.

– Il habite ici avec vous ? demanda Kate.

Son interlocutrice but au goulot, éructa discrètement et secoua la tête.

– Il a un appartement à Deepwater mais, comme il n'y a pas assez de place pour ses outils, il les entrepose ici.

– Donc, vous êtes l'unique occupante de cette maison ?

– C'est ça, confirma Abby. Du coup, je peux boire et péter tout mon saoul. Pour le moment, en tout cas. Ça va changer quand mon mari rentrera. La boisson, je veux dire, pas les pets.

Elle sourit de nouveau, s'adossa à sa chaise et alluma une cigarette.

– Je sais qui vous êtes.

– Pardon ?

– Vous êtes la femme de ce pauvre gars qui s'est fait assassiner près des rampes de mise à l'eau.

– Comment…

– Mon mari m'a appelée cinq minutes après que vous avez quitté South Hallston pour me prévenir que j'allais sûrement recevoir la visite de la veuve de John Keddie. J'aurais dû dire tout de suite quelque chose quand je vous ai vue rôder autour de la maison, mais vous avez pris la peine de me servir cette histoire de gardiennage, alors je ne voulais pas vous embarrasser… Mais bon, le mal est fait à présent.

Kate sentit les muscles de son cou se contracter tandis que ses joues s'empourpraient.

– Comment allait Ray, à propos ? s'enquit Abby. La dernière fois que je lui ai rendu visite, il ressemblait à un vieux morceau de couenne de porc.

– Il allait bien, apparemment.

– Vous mentez, mais c'est gentil de votre part.

La cigarette fichée au coin des lèvres, elle avala une gorgée de bière.

– Alors, pourquoi voulez-vous voir mon fils ?

– Je crois qu'Ed et John se connaissaient quand ils étaient jeunes. Je voulais juste lui poser quelques questions.

– À quel propos ?

OK, on y est, songea Kate.

– David Stemple, répondit-elle.

Abby eut un tressaillement à peine perceptible.

– Pourquoi vous intéressez-vous à David Stemple ?

– Je sais que John avait des informations à propos du meurtre, déclara Kate d'un ton qu'elle espérait posé. Et je sais aussi que c'est pour cette raison qu'il est venu à Belport.

Abby tira longuement sur sa cigarette, puis fit tomber la cendre dans un ramequin en céramique.

– Vous avez une fille, n'est-ce pas ? Elle s'appelle comment ?

– Mia.

– Et elle a quel âge ?

– Dix ans.

– Ah, dix ans, c'est une étape importante… Elle vous a accompagnée à Belport ?

– Non, elle est restée chez ses grands-parents à Melbourne.

Après avoir écrasé son mégot dans le ramequin, Abby termina sa bière en trois gorgées.

– C'est marrant, la vie, vous ne trouvez pas ? On met des bébés au monde, on les laisse nous déchirer de l'intérieur, téter notre lait, nous vider de notre substance, et on ne les aime que davantage. On donne, on donne, on donne. On se sacrifie. Pourquoi ? Parce que nous sommes des mères, et que les mères sont faites pour ça. Je vais prendre une autre bière. Vous n'en voulez toujours pas ?

– Non, merci.

Manifestement gênée par une douleur dans les reins, Abby se redressa avec peine, puis se dirigea vers le frigo.

– Je veux dire, y a-t-il quelque chose que vous ne feriez pas pour votre fille ?

– Non, admit Kate.

– Tout juste.

Abby lui adressa un petit sourire à la fois triste et absent.

– Vous comprenez, alors ?

Kate ne réagit pas lorsque son interlocutrice s'approcha d'elle par-derrière. Elle ne s'aperçut pas non plus que le scalpel n'était plus sur la table – du moins, pas avant qu'il soit trop tard.

– Qu'est-ce que je suis censée comprendre ?

– Ce que j'ai dû faire, répondit Abby. Et ce que je vais être *obligée* de faire.

30

L'ÉPOUSE

– Tu as besoin d'argent pour ton billet ? demanda Abby.

John fit non de la tête.

– J'avais déjà acheté le retour.

– Et pour le petit déjeuner ? Tu devrais manger quelque chose sur le ferry. Tu ne veux pas que je te laisse deux ou trois dollars ?

– Non, j'ai de l'argent. Et, de toute façon, j'ai pas faim. Je crois que j'aurai plus jamais faim de ma vie.

Il fouilla dans la poche avant de son sac à dos et en tira une paire de gants en laine. Après les avoir enfilés, il contempla l'eau.

– Merci de m'avoir accompagné, dit-il en ouvrant la portière.

– Attends, John. Je voudrais te parler.

Il referma la portière.

– Il faut que tu me promettes de garder le secret, déclara Abby. Ray est prêt à renoncer à beaucoup de choses pour vous préserver, Eddie et toi. Tu comprends ? Si tu en parles à quelqu'un – n'importe qui –, tout s'écroulera et le sacrifice de mon mari n'aura servi à rien.

– J'arrête pas de voir son sang…, chuchota-t-il en posant sur elle un regard désespéré.

– Alors ferme les yeux, John. Range cette image dans un recoin de ton esprit, derrière une porte verrouillée. Après, il te suffira de ne jamais y entrer. Tu m'entends ? N'entre jamais dans cette pièce.

Il acquiesça d'un signe de tête. Il y avait néanmoins de fortes chances pour qu'il raconte tout à sa famille dès son retour ; auquel cas, les flics viendraient les arrêter, Eddie et elle, laissant Lori faire face seule. En même temps, il était possible aussi que le jeune garçon se taise. La probabilité était quasi nulle, pourtant Abby décida de s'y raccrocher.

– Merci, madame Gilpin, dit-il.

– De rien, John.

– Non, vraiment. Un grand merci.

Elle le dévisagea quelques instants en espérant du fond du cœur ne jamais le revoir.

– Bon voyage, mon grand.

John descendit de voiture et embarqua sur le ferry. Abby regarda le bateau partir, puis décrire un lent arc de cercle avant de se diriger vers le continent. Lorsqu'il ne fut plus qu'une forme blanche à l'horizon, elle redémarra et rentra.

Durant les vingt-trois années suivantes, Abby vécut comme si elle attendait un bus qui n'arrivait pas. Elle ne parvenait pas à comprendre les gens qui disaient des choses comme « La vie est trop courte », ou « Le temps file trop vite », ou encore « Mon Dieu ! C'est déjà Noël ? ». À ses yeux, la vie était longue, le temps passait trop lentement et… qu'est-ce qu'on en avait à foutre de Noël ?

Ses journées s'organisaient toutes de la même manière : rendre visite à Ray au centre de détention de South Hallston, emprunter des livres à la bibliothèque municipale de Belport, travailler au *Buy & Bye*, empailler des animaux et fumer des cigarettes sous la véranda en regardant les saisons se succéder. Son corps vieillit, le monde changea, mais elle avait mis son existence entre parenthèses jusqu'au retour de son mari.

Elle avait décidé d'appliquer ses propres conseils et d'enfermer toutes ses pensées les plus sombres dans une pièce de son esprit où elle évitait de se rendre. Au fil des ans, il devint de plus en plus facile pour elle de les ignorer. Mais, parfois, au beau milieu de la nuit, quand Milt Street était tranquille, elle les entendait gronder derrière la porte et griffer les murs, lui rappelant ainsi qu'elles étaient toujours là et ne disparaîtraient pas d'elles-mêmes.

Lori quitta Belport à dix-huit ans pour aller étudier l'histoire de l'art à Melbourne. Elle réussit à décrocher un petit boulot sur le campus et emménagea avec trois colocataires. Elle tomba amoureuse de l'un d'eux et, lorsqu'il reçut une offre d'emploi à Sydney impossible à refuser, elle partit avec lui s'installer dans la capitale, où ils se marièrent.

À l'église, le jour des noces, quand Abby lui demanda si elle était triste que son père ne soit pas là pour l'accompagner à l'autel, sa fille lui répondit qu'il l'avait abandonnée depuis longtemps. Ce soir-là, Abby pleura toutes les larmes de son corps, jusqu'à épuisement.

Eddie, qui se faisait désormais appeler Ed, resta sur l'île, où il reprit avec succès l'affaire de son père. Il passait ses journées à hanter les grandes maisons vides de Neef Street, se renfermant de plus en plus sur lui-même. Peut-être rêvait-il lui aussi de partir un jour. Peut-être allait-il déjeuner à Beech Tree Landing comme son père autrefois, et imaginait-il qu'un bateau venait le chercher pour l'emmener loin de Belport… Abby n'en savait rien, parce qu'ils n'en parlaient jamais.

Elle aussi songea à partir, une ou deux fois. Un promoteur lui offrirait sans doute bien plus pour la maison que le prix auquel ils l'avaient achetée, ensuite il la démolirait et ferait construire trois villas sur le terrain… Pourtant, elle ne prit aucune décision en ce sens. Belport refusait de les laisser s'en aller, son fils et elle. Si David Stemple avait trouvé la mort au cours de l'hiver 1996, c'étaient les fantômes d'Abby et d'Eddie Gilpin qui étaient condamnés à hanter l'île.

Ce jour-là, au cours de l'hiver 2019, Abby Gilpin, qui frisait la soixantaine, attendait la fin de son service au *Buy & Bye*. Une douleur sourde palpitait dans son pied gauche, dont elle avait identifié plusieurs causes possibles sur Internet : la goutte, un cor ou un cancer. Il n'y avait pas âme qui vive dans Bay Street.

Un seul client déambulait dans les rayons : un homme d'une quarantaine d'années, les cheveux légèrement grisonnants, un panier au bras. Il s'était arrêté devant les articles de parapharmacie depuis déjà deux ou trois minutes, examinant attentivement le choix de produits pourtant limité.

Abby songea bien à aller lui demander s'il avait besoin d'aide, mais elle n'avait pas envie de solliciter son pied douloureux. De plus, elle venait d'emprunter le nouveau Stephen

King à la bibliothèque et, comme Biller ne serait pas là avant encore une demi-heure, elle aurait peut-être le temps d'en lire un ou deux chapitres avant son arrivée.

Elle en était à la moitié de la première page lorsque le client vida le contenu de son panier sur le tapis de sa caisse : du pain, du lait, de l'eau minérale, des nouilles instantanées Mi Goreng, un paquet de Frosties, de la tisane à la camomille, des gélules de valériane, trois antihistaminiques et une bouteille de Wild Turkey.

– Bonsoir, madame Gilpin, dit-il. Vous ne vous souvenez pas de moi ?

Pour la première fois depuis qu'il était entré, elle le détailla. John était encore un adolescent la dernière fois qu'elle l'avait vu. Elle pensait l'avoir aperçu de loin quelquefois au fil des ans, en train de se promener dans Bay Street ou assis sur la plage, mais elle avait toujours fait en sorte de l'éviter. Ou alors, c'était lui qui l'évitait. Il s'était légèrement empâté et arborait une barbe de trois jours, aussi lui fallut-il un petit moment pour le remettre.

– John ?

L'esprit tournant à vide, elle ouvrit et ferma la bouche comme un poisson.

– Je sais, ça ne date pas d'hier.

– Qu'est-ce… qu'est-ce que tu fais ici ?

– Mes courses, répondit-il en indiquant ses achats.

À cet instant seulement, elle remarqua ses profonds cernes et son teint blafard, tirant sur le jaune. On aurait presque pu croire qu'il n'avait pas dormi depuis le jour où elle l'avait déposé au terminal du ferry vingt-trois ans plus tôt.

– Je veux dire, à Belport, reprit-elle, d'un ton involontairement cassant.

– Ma femme et moi avons une maison de vacances ici, expliqua-t-il. Je viens presque tous les étés.

Abby n'aurait su dire s'il avait mal compris la question ou s'il l'avait délibérément éludée. Il semblait si hagard qu'il avait peut-être oublié sa rencontre avec Ray à South Hallston.

– Tu es marié, alors ?

Il hocha la tête, sortit son téléphone et lui montra sur l'écran d'accueil la photo d'une brune assez jolie mais quelconque, serrant dans ses bras une adorable petite fille. Abby plongea son regard dans celui de l'inconnue en songeant : *Est-ce qu'elle sait ? Est-ce qu'il lui a dit ?*

– Et comment va Eddie ? demanda-t-il.

– Bien.

Elle s'appliqua à scanner et à emballer les articles en s'efforçant de maîtriser les tremblements de ses mains.

– Je suis passé à Beech Tree Landing aujourd'hui, reprit-il. C'est bizarre de ne plus voir l'ancien terminal. Quand a-t-il été rasé ?

– Il doit bien y avoir quinze ans. Il a été démoli pour des raisons de sécurité.

Et après ce qui s'y était passé, les gens disaient qu'il était hanté, pensa Abby, qui garda cependant sa remarque pour elle.

– Jusque-là, je n'y étais pas retourné. Et là, il m'a fallu presque deux semaines pour rassembler le courage d'y aller. Et encore quelques heures pour trouver celui de vous aborder.

Abby sentit la porte verrouillée dans son esprit trembler sous les assauts de ses pensées les plus noires.

– On n'a rien à se dire, répliqua-t-elle.

– Nous avons fait une erreur, madame Gilpin… *Abby*. Eddie et moi n'étions que des gosses, mais vous, vous… vous auriez dû avoir le recul nécessaire.

– Ne parle pas si fort.

– Je n'en peux plus de me taire. Ni de garder vos secrets.

– John, écoute…

– Non, je ne veux plus vous écouter, Abby. Si je suis complètement bousillé aujourd'hui, si j'ai des cauchemars depuis mon adolescence, c'est justement parce que je vous ai écoutée à l'époque. Et Annabel Stemple est morte sans avoir jamais su la vérité, parce que je vous ai écoutée, bordel !

À la mention du prénom « Annabel », Abby eut l'impression de remonter le cours du temps. Elle se rappela la femme qui avait acheté des cigarettes au magasin, et aussi son fils, le petit garçon aux yeux bleu luminol qu'elle avait aperçu au poste de police.

– Ray m'a raconté que tu étais passé le voir à South Hallston, déclara-t-elle en essayant désespérément de recouvrer son sang-froid. Est-ce qu'il t'a dit qu'il avait de bonnes chances d'obtenir sa libération conditionnelle ? Il sortira bientôt, John. C'est presque fini.

– Ce ne sera jamais fini. Franchement, ça me dépasse que vous ne le compreniez pas. On doit réparer notre erreur, Abby. On doit soulager notre conscience. Tous les trois. Vous, Eddie et moi.

– Ça ne changerait rien, murmura-t-elle.

– Au contraire, ça changera tout.

Un brusque coup de vent venu de la baie balaya la rue.

– Quatre-vingt-dix-huit soixante, annonça Abby.

– Quoi ?

– C'est ce que tu me dois.

John la dévisagea quelques secondes, puis secoua lentement la tête. Après avoir réglé ses achats en liquide, il tira un stylo de sa poche de poitrine et griffonna son numéro de téléphone et son adresse au dos du ticket de caisse, qu'il lui tendit.

– Venez chez moi ce soir, Abby. À 8 heures, avec Eddie. À nous trois, on trouvera sûrement le moyen de tout arranger. Mais sachez une chose : il n'est pas question pour moi de revenir en arrière. Je ne vous demande pas votre autorisation ni celle d'Eddie. J'ai besoin de le faire, et je le ferai, avec ou sans vous.

Il récupéra ses courses, se détourna et franchit les portes automatiques sans un regard en arrière. Après son départ, Abby s'appuya sur sa caisse et laissa libre cours à ses larmes.

La dernière fois qu'elle était allée voir Ray à South Hallston, ils avaient déjeuné tous les deux dans le parloir.

« Comment vont les enfants ? avait-il demandé.

– Oh, comme d'habitude. Mi-anges mi-démons.

– Lori a appelé ?

– Pas depuis un moment, mais elle me fait penser à une tortue de mer, qui doit remonter à la surface de temps à autre. La prochaine fois, je l'étoufferai sous mes baisers.

– Rajoutes-en quelques-uns de ma part, d'accord ? Et Eddie ?

– *Ed* va bien. C'est Ed maintenant.

– Il fréquente quelqu'un ?

– Si c'est le cas, il ne me l'a pas dit.

– Tu es superbe.

– Je me demande comment tu peux le savoir, tu ne m'as pas regardée une seule fois depuis que je suis arrivée. »

Ray, qui jusque-là contemplait ses mains, avait levé les yeux. « Bon, voilà. C'est officiel, tu es superbe.

– Tu es un adorable menteur. »

Il s'était fendu d'un sourire. Un sourire chaleureux, authentique, comme elle ne lui en avait pas vu depuis longtemps.

« J'ai parlé à Bob de ma demande de libération conditionnelle.

– Et ? »

Les coudes sur la table, il s'était penché en avant pour murmurer :

« C'est en bonne voie, Ab.

– Tu ne peux rien me dire de plus ?

– Tu connais la devise de Bob : "Espérer le meilleur mais toujours s'attendre au pire." Bref, disons qu'il a fait preuve d'un… optimisme prudent. Je serai peut-être à la maison plus tôt qu'on ne le pensait. »

Malgré la devise de Bob, Abby avait senti son propre sourire s'élargir.

Comme Belport avait en gros vingt ans de retard sur le reste du monde, il y avait toujours une rangée de téléphones publics à l'extérieur de la poste.

Abby termina son service environ un quart d'heure après le départ de John Keddie. Trois minutes plus tard, elle arrêtait sa Honda (la Volvo avait rendu l'âme au début des années 2000) devant les téléphones.

Elle avait son portable sur elle, et la réception sur l'île s'était nettement améliorée depuis que la municipalité avait fait abattre des arbres sur Harvill Hill pour y installer une antenne-relais, mais elle ne voulait pas laisser la moindre trace de son appel.

Elle sortit dans le froid, inséra des pièces dans l'un des téléphones et composa le numéro que John lui avait donné.

– Allô ? dit-il.

– Ce soir, ce n'est pas possible, déclara-t-elle. Mais, si tu veux, on peut se voir maintenant.

– Avec Eddie ?

– Oui, prétendit-elle.

– Vous avez mon adresse.

– Non, pas chez toi. Tu peux nous rejoindre ?

– À quel endroit ?

31

L'ÉPOUSE ET LA VEUVE

Les douleurs dans les reins dont souffrait Abby Gilpin au moment où elle s'était levée de sa chaise s'étaient apparemment évanouies. Elle se déplaçait à une vitesse étonnante pour une femme de son âge, et Kate n'eut que le temps de voir une masse de cheveux blancs et l'éclat d'un scalpel avant de sentir la lame ouvrir un sillon de feu dans sa chair.

Son assaillante avait visé la gorge. De sa main gauche, elle lui avait attrapé le visage, qu'elle enserrait entre ses doigts écartés, tandis que la droite était remontée vers son cou. Instinctivement, Kate avait levé son bras droit pour se protéger, et la lame s'y était enfoncée. Des filets de sang dégoulinaient à présent le long de son avant-bras. Elle voulut hurler, sauf qu'elle avait le souffle coupé.

– Et merde ! cracha Abby en bataillant pour la maintenir sur la chaise.

Durant quelques secondes, Kate faillit renoncer, céder à la tentation de se soumettre, comme un chiot effrayé devant un dominant. Elle savait cependant que c'était son ancienne personnalité qui la poussait à réagir de cette façon – la femme qui n'avait pas voulu entendre parler des monstres sous le lit, la femme qui avait longtemps laissé les hommes de son existence lui dicter sa conduite.

Elle avait toujours essayé de ne pas trop penser à la mort. Les rares fois où elle s'y autorisait, elle préférait l'imaginer comme une sorte d'ellipse – une phrase qui s'achevait par des points de suspension, des mots chuchotés de plus en plus bas, des pas s'éloignant doucement… Mais elle ne pouvait concevoir de finir ainsi, tuée par une vieille folle. C'était trop soudain, trop brutal.

Alors elle se raccrocha à la pensée de Mia, revit son petit visage, eut presque l'impression d'entendre sa voix.

« Maman ? disait-elle.

– Oui, mon cœur ?

– Sois courageuse. »

Galvanisée, elle se rejeta en arrière avec sa chaise, partit à la renverse et chuta sur le carrelage. Elle s'écarta à quatre pattes, sa paume plaquée sur la blessure de son bras. Déjà, Abby se ruait vers elle en brandissant le scalpel comme une épée. Dans son regard brillait une lueur de folie, qui rappela à Kate les propos de Ray Gilpin : « Orphée fut déchiqueté par des créatures sauvages et affamées… »

Dans un sursaut, elle parvint à se remettre debout, puis à lever les mains vers les ustensiles accrochés à l'échelle. Elle saisit la poignée d'une casserole, la tira et la lança sur Abby. Par réflexe, celle-ci se couvrit le visage avec son avant-bras, mais elle n'aurait pas dû s'inquiéter : l'ustensile la manqua et alla fracasser la porte du micro-ondes.

Un instant plus tard, elle se jetait sur Kate, la frappant à la poitrine, à l'épaule, au ventre. Cette dernière ne ressentit aucune douleur, grâce à l'adrénaline qui déferlait dans ses veines, et il lui fallut quelques secondes pour comprendre ce qui se passait. Abby ne la martelait pas avec ses poings, elle lui donnait des coups de scalpel… Des coups si nombreux qu'elle en perdit le compte.

La lame avait beau être courte, son chemisier blanc fut bientôt couvert de taches pourpres de plus en plus larges. Elle jeta un coup d'œil à sa parka toujours accrochée au dossier de la chaise. Si elle ne l'avait pas enlevé, le vêtement l'aurait protégée…

Elle se sentait à la fois embrumée, maladroite, apathique et terrifiée. Son instinct l'incitait à fuir, mais elle était acculée contre les placards. Il n'y avait aucune issue. En désespoir de cause, elle s'élança vers Abby, qu'elle percuta, trébucha et s'étala à côté de la table. Elle voulut s'y cramponner pour se redresser, mais attrapa la serviette, faisant tomber tout ce qui y était posé – la boîte de gants chirurgicaux, les yeux de verre et l'animal à moitié écorché. Les gants chutèrent quelque part sur sa gauche, les yeux cliquetèrent sur le carrelage, avant de rouler jusque sous le frigo, et la dépouille pas encore tout à fait décongelée atterrit entre ses jambes.

Elle la ramassa en un éclair et l'expédia au visage d'Abby. Le projectile improvisé atteignit celle-ci à la joue, sur laquelle il laissa une pellicule brunâtre.

Alors que Kate tentait de se redresser, sa vue se brouilla. Des élancements fusaient désormais de la dizaine de plaies sur sa poitrine. Elle gémit, s'allongea à plat ventre et commença à ramper vers le couloir.

Un poids s'abattit soudain sur son dos. Abby s'était assise à califourchon sur elle et, haletante, sanglotait. Elles pleuraient toutes les deux, désormais. Kate sentit la lame s'enfoncer dans ses reins, son flanc, son dos…

– Non, articula-t-elle. Je vous en prie…

Sa vessie se relâcha, lui mouillant la jambe, et ses intestins se vidèrent.

Au bout du couloir, la porte d'entrée s'ouvrit, laissant s'engouffrer une bouffée d'air froid qui agit sur Kate comme un coup de fouet. Elle parvint à tendre le cou.

Sur le moment, elle pensa : *Fisher ?* Puis elle reconnut la chemise gris clair d'Ed Gilpin. Celui-ci la regarda d'un air effaré, puis considéra la femme qui la plaquait au sol.

– Maman ?

– Ferme la porte, Ed.

Kate entendit encore la voix d'Abby Gilpin juste avant d'être engloutie par les ténèbres et de sombrer dans l'inconscience.

– Ferme cette putain de…

– … porte ! ordonna Abby.

Mais Ed, figé à l'autre bout du couloir, se bornait à la dévisager, une main posée sur la poignée, l'autre inerte le long de son flanc.

Derrière lui, Abby apercevait la rue. Il n'y avait personne, mais il suffirait qu'une voiture passe et que le conducteur jette un coup d'œil à l'intérieur pour que la situation devienne incontrôlable.

Sous elle, la veuve s'était immobilisée, mais Abby entendait toujours son souffle sifflant, laborieux.

– Ed ! La porte ! cria-t-elle de nouveau.

Il lâcha la poignée avant de s'approcher, les yeux écarquillés.

Même s'il paraissait hébété, c'était une bonne chose qu'il soit là, songea Abby. Bien sûr, elle aurait préféré qu'il ne voie pas ça, et surtout qu'il ne la voie pas *elle* comme ça, mais son assistance serait la bienvenue.

Tout s'était déroulé beaucoup plus vite avec John Keddie. Il ne s'était douté de rien et, de son côté, grâce à des années de pratique de la taxidermie et de lecture de romans policiers, elle avait fait preuve d'une efficacité étonnante. La mort avait été rapide, quoique sanglante. Après, elle n'avait eu qu'à se pencher par-dessus le corps, mettre la Prius au point mort et la laisser rouler jusqu'à l'océan.

Mais là, c'était différent. La visite-surprise de la veuve de John l'avait obligée à improviser. Quand tout serait terminé – et elle priait pour que la fin survienne bientôt –, elle aurait besoin d'aide pour déplacer le corps et récurer la maison.

En attendant, si elle se félicitait de l'arrivée d'Ed, c'était aussi pour une autre raison, qu'elle n'aurait jamais admise à voix haute : une part d'elle, légèrement retorse, était contente qu'il assiste à cette scène. Qu'il sache quel était le prix à payer pour protéger son secret et se rende compte de l'ampleur du sacrifice fait pour lui.

– Ed ! dit-elle entre ses dents serrées, du même ton qu'elle employait autrefois quand il faisait une bêtise. Ferme cette putain de porte et viens m'aider.

Il tressaillit, s'avança et se pencha vers la veuve.

– Elle est… ?

– Pas encore. Tu n'es pas obligé de rester jusqu'au bout, mais après j'aurai besoin de toi.

Un frisson parcourut la veuve, qui cracha du sang et retomba, inerte.

– C'est toi, pas vrai ? lança Ed. C'est toi qui as tué John.

– Oh, je t'en prie, ne joue pas les innocents ! Tu devais bien t'en douter.

– Je… je crois que j'avais peur de la réponse, avoua-t-il. Je n'ai jamais voulu que tu… je n'ai jamais voulu ça.

– Peut-être que si tu n'avais pas rôdé autour de chez lui comme un voleur, elle n'aurait pas eu l'idée de venir ici.

– Mais je ne voulais pas ça, répéta-t-il.

– Oh, bon sang ! Moi non plus, Eddie. Mais John allait tout gâcher… Le sacrifice fait par ton père. Le sacrifice que nous avons tous fait pour toi. Tout ça, c'est à cause de toi.

– Non. Ça suffit, maman.

– Ton père va rentrer à la maison, Eddie. On y est presque.

– J'appelle Bobbi, déclara-t-il en prenant son téléphone dans sa poche.

– Non !

Il pleurait, à présent, et Abby sentit de nouveau des larmes brûlantes couler sur ses joues. Il fallait qu'elle en finisse maintenant. De sa main gauche, elle souleva la tête de Kate Keddie et, de la droite, affermit sa prise sur le scalpel.

Encore une fois, songea-t-elle. *Un dernier sacrifice.*

Mais, au moment où elle allait frapper, des bras puissants se refermèrent sur elle, la tirèrent en arrière et la traînèrent dans le couloir. Lâchant son arme, Abby se débattit pour échapper à l'étreinte de son fils.

– C'est terminé, maman.

Hors d'haleine et épuisée, Abby fit une ultime tentative pour se dégager, puis s'effondra contre le torse d'Ed. Tout en la serrant contre lui, il pressa trois fois la touche 0 sur son téléphone pour alerter les secours. Puis il attendit, berçant doucement sa mère comme elle le faisait jadis avec lui.

Quelques minutes plus tard, Abby entendit des sirènes de police se rapprocher.

Elle regarda la veuve, dont les doigts tressaillaient faiblement.

– Je crois qu'elle...

– ... reprend connaissance.

Le retour à la conscience fit à Kate l'effet d'un afflux de lumière dans l'obscurité. Tout son corps était parcouru de vives douleurs. Elle avait les lèvres humides et un goût âcre dans la bouche. Une odeur d'excréments flottait dans l'air. Elle-même gisait dans une flaque de son propre sang chez Abby Gilpin, mais elle n'était pas morte.

– Aid... aidez-moi, murmura-t-elle.

– Les secours sont là, dit une voix.

C'était Bobbi Eckman, accroupie près d'elle.

– Je...

– N'essayez pas de parler, l'interrompit la policière. L'ambulance est en route. Vous allez vous en sortir, madame Keddie. Kate. Vous ne risquez plus rien.

32

L'ÉPOUSE

Abby était assise dans cette même pièce aveugle du poste de Belport où, vingt-trois ans plus tôt, Ray avait avoué le meurtre de David Stemple. Bobbi allait venir l'interroger. Son amie aurait beaucoup de questions à lui poser et, pour la première fois depuis des années, Abby n'aurait plus qu'à dire la vérité.

Ensuite, elle resterait enfermée longtemps, supposait-elle. Ray sortirait de prison au moment où elle y entrerait. Cette pensée lui arracha un sourire.

Comme des bateaux qui se croisent dans la nuit, songea-t-elle.

Pourtant, sous le poids écrasant du chagrin de ce qu'elle avait vécu et de l'horreur de ses actes, elle percevait autre chose. Un frémissement. Une sensation étrange, oubliée.

Le soulagement.

Du fond du cœur, elle espérait qu'Ed l'éprouvait aussi.

33

LA VEUVE

Soixante-douze heures après l'agression, Kate fut autorisée à sortir de l'hôpital. On lui avait fait de nombreux points de suture, elle se sentait endolorie, enflée et exténuée, mais elle était consciente, bien vivante, et elle pouvait enfin rentrer chez elle.

Fisher et Pam étaient venus la chercher avec Mia. Ils se rendirent à Elk Harbour, où ils devaient prendre le ferry de 16 heures pour regagner le continent. Comme ils étaient arrivés en avance, Kate emmena sa fille se promener sur la plage.

En la regardant, Kate repensa à ce qu'Abby lui avait dit : « Y a-t-il quelque chose que vous ne feriez pas pour votre fille ? »

La réponse était non. Il lui faudrait longtemps pour se l'avouer, et ce serait terriblement douloureux, mais au fond elle comprenait Abby. Elle lui inspirait même de la compassion. Pour protéger Mia, elle aussi aurait été prête à tuer des hommes le cas échéant. Même son mari.

– Par la grâce de Dieu, je suis ce que je suis, dit-elle.

– Hein ? lança Mia en se retournant.

Sans répondre, Kate lui prit la main.

Elle songea à de nouveaux départs, et visualisa le mur blanc dans le salon de la maison de vacances. Personne n'avait encore réussi à déterminer si Ed Gilpin était au courant des agissements de sa mère. S'il avait tout ignoré du meurtre, comme il le prétendait, pourquoi avait-il fait disparaître son nom sur le mur ? Il avait dû s'affoler en apprenant la mort de John, au point de s'armer d'un pinceau et d'un pot de peinture. C'était le scénario le plus plausible, qui tenait compte des faits et des indices, mais ce n'était pas pour autant le plus séduisant.

Il y en avait un autre possible. Et si John avait repeint lui-même le mur, pour faire symboliquement table rase du passé et préparer l'avenir ? Dans tous les cas, si elle décidait de garder la maison, se dit Kate – et c'était un « si » de taille –, elle ne toucherait pas à cette cloison.

Un peu plus loin sur la plage, elles découvrirent un cadavre de mouette. La marée montait et ne tarderait pas à réclamer la dépouille. Quelques-unes de ses congénères, vivantes celles-là, observaient la scène.

Mia s'approcha à un mètre de l'oiseau mort, qu'elle examina avec attention. Il n'avait aucune blessure visible. On aurait pu le croire foudroyé par une crise cardiaque en plein vol. Son bec était couvert de sable, ses yeux grands ouverts semblaient exprimer l'étonnement.

– Elle a l'air surprise, constata Mia.

Puis, feignant un accent anglais snob, elle donna la parole à la mouette :

– « J'arrive pas à croire que je sois morte. »

Les vagues atteignaient désormais une de ses ailes, qui se soulevait et retombait comme pour esquisser un salut.

– Est-ce que les mouettes font des nids, maman ?

– Je n'en suis pas sûre. J'imagine qu'elles se rassemblent dans les dunes et se blottissent les unes contre les autres pour se tenir chaud la nuit.

– À ton avis, il y en a une autre qui attend le retour de celle-là ?

– Je n'en sais rien, ma puce.

– On devrait pas l'enterrer ?

– Je pense qu'il vaudrait mieux laisser l'océan l'emporter. Après tout, c'est là qu'est sa place, non ?

– Peut-être.

Quand elles retournèrent vers Elk Harbour, Mia enleva ses chaussures pour marcher au bord de l'eau. Kate ôta à son tour ses tennis avant de la rejoindre. La mer était glaciale, mais un ciel d'un bleu lumineux se déployait au-dessus de leurs têtes.

NOTE DE L'AUTEUR

Ce que dit le vieux cliché à propos de la difficulté d'écrire un second opus est absolument vrai. Pendant la rédaction de ce livre, j'ai souvent imaginé qu'il allait révéler mon imposture. Ce qui m'a permis de continuer malgré tout, c'est vous. Mes lecteurs.

Depuis la publication du *Mystère Sammy Went*, j'ai rencontré bon nombre d'entre vous en personne, et reçu des mails de lecteurs partout dans le monde. J'ai été touché, réconforté et inspiré par vos propos. J'ai même donné au chat de Bobbi Eckman le nom du félin d'une lectrice (merci encore, Mary Anne, du Texas, une caresse à Joe de ma part). Je vous adresse donc ce petit mot pour vous dire merci et aussi, continuez à vous manifester.

Pendant que vous êtes là, je voudrais en profiter pour vous parler un peu de la façon dont s'est construit le retournement de situation. J'ai semé pas mal d'indices en cours de route, alors si vous avez commencé à lire cette note avant d'entamer le roman, arrêtez tout de suite.

Jongler avec les dimensions temporelles dans *Le Mystère Sammy Went* et s'assurer que chaque retournement et rebondissement était explicité au bon moment m'a demandé un gros travail. Mon intention était de raconter une histoire simple d'une manière complexe. Dans *L'Épouse et la Veuve*, je voulais au départ raconter une histoire simple de manière simple, en suivant une trame narrative claire et linéaire. Mais les choses ont pris une autre tournure. Vous savez ce qu'on dit à propos des meilleurs plans des souris et des hommes, n'est-ce pas ?

Alors, j'ai décidé d'intégrer dans le fil de la narration un retournement élaboré, fondé sur un saut temporel. Il y a des années, j'ai regardé un épisode particulier de *Lost*, dans lequel ce qui semblait être un flashback se révélait en réalité une vision de l'avenir, et l'idée m'a époustouflé. J'ai eu envie de faire quelque chose dans le même genre, de provoquer une réaction de stupéfaction chez le lecteur pour l'amener à reprendre le livre à la recherche de tous les indices qu'il avait pu manquer. Le problème, c'est que je ne voyais pas trop comment procéder.

J'ai rendu mon éditeur fou à force de lui soumettre des idées. Dans une des versions, le corps sur lequel portait l'enquête dans les chapitres consacrés à Abby était celui de Kate (je ne sais pas trop comment je m'en serais sorti). Dans une autre, la mère de Ray et le père de John étaient des échangistes et la moitié du roman devait se dérouler dans les années 1970 (là encore, je n'ai AUCUNE idée de la façon dont j'aurais pu m'y prendre). Alors que je commençais à me dire que j'allais devoir renoncer au saut temporel, et que j'avais gaspillé plusieurs mois de ma vie à essayer d'assembler les pièces d'un puzzle qui ne collaient pas, j'ai eu un coup de génie. Une petite voix intérieure m'a soufflé : « Si tu veux résoudre le problème, tu sais ce qu'il te reste à faire… Demande à ta femme, idiot. »

C'est ce que j'ai fait. J'ai demandé à ma femme.

Il y a un magnifique lac près de notre maison, où Summer et moi emmenons notre chien l'après-midi. Au cours d'une de ces promenades, je lui ai exposé les différentes options, de même que mes espoirs et mes craintes, au sujet de ce que je voulais accomplir dans ce roman. Sum a encore fait quelques pas sans piper mot, puis elle a suggéré : « Et si un des gosses d'Abby était le meurtrier et que le mari de Kate l'avait connu autrefois, et que, des années plus tard, Abby tuait le mari de Kate pour protéger le secret ?

– Attends, lui ai-je dit. Il faut que je l'écrive. »

Une fois en possession de cet élément clé de l'histoire, j'ai laissé le récit couler. J'ai rédigé un premier jet. Martin Hughes (directeur éditorial) et Ruby Ashby-Orr (éditrice) m'ont aidé à lui donner du sens et à l'améliorer. Les meilleures idées viennent d'eux (et de Summer). À la réflexion, je n'ai pas fait grand-chose.

Voilà, c'est tout pour moi. Si vous avez aimé ce livre, faites-le-moi savoir. Si vous avez des critiques constructives à formuler, transmettez-les-moi. Si vous l'avez détesté, emportez ce secret dans votre tombe. Vous pouvez me contacter par l'intermédiaire de mon site (christian-white.com), sur Twitter et Instagram, ou m'envoyer un mail directement à mon adresse : christian@christian-white.com.

Du fond du cœur, merci à tous. Je continuerai à écrire des romans tant que vous continuerez à les lire. Jusqu'à la prochaine fois…

REMERCIEMENTS

Tant de personnes merveilleuses m'ont aidé à façonner ce roman.

Martin Hughes et Ruby Ashby-Orr, le manuscrit que je vous ai rendu n'était qu'une ébauche de ce qu'il est devenu grâce à vos conseils, votre soutien et votre génie. Keiran Rogers, merci d'avoir déployé autant d'énergie pour vendre mon premier roman et m'avoir laissé prendre des photos de toi pendant que tu dormais. Grace Breen, merci d'avoir été plus proche de moi que n'importe qui d'autre durant la tournée promotionnelle du *Mystère Sammy Went* ; je n'ai jamais eu l'impression de travailler durant tous ces moments partagés avec toi. Emily Ashenden, tu es le Radar O'Reilly d'Affirm Press. Mais tu es peut-être trop jeune pour saisir la référence. De fait, je suis peut-être moi-même trop jeune aussi. À toute l'équipe d'Affirm Press, merci pour votre incroyable soutien et, surtout, merci de m'avoir laissé amener mon chien au bureau.

Daniela Rapp, de St Martin's Press, ce fut un plaisir incomparable de travailler avec vous (deux fois !).

Merci aussi à :

Mes agents, Jennifer Naughton et Candice Tom. Continuez à me soutenir, dans le boulot comme dans la vie.

Mes amis, version *Friends* ou *Seinfeld*, John Asquith (Ross), Sophie Asquith (Rachel) et Chris Dignum (Kramer). La vie est une autoroute, et c'est un bonheur de la parcourir avec vous.

Mes frères et sœurs et leurs partenaires (Niki et Brian, Peter et Deb, Jamie et Catherine), ainsi que mon autre fratrie (Monique, Tassy, Bree, Abra et Torre), et tous mes nièces et neveux De-White (vous êtes trop nombreux pour que je vous cite, mais vous vous reconnaîtrez).

Ma seconde mère, Chris DeRoche. Je ne sais pas si tu l'as remarqué, mais le point culminant de ce roman se situe dans ta cuisine.

Mes parents, Ivan et Keera White. Votre fierté et votre soutien me comblent (si vous avez aperçu un barbu rôdant dans le rayon livres du Kmart Local et distribuant des exemplaires du *Mystère Sammy Went* à des clients qui ne se doutaient de rien, c'était mon père).

Mon chien, Issy, l'être que j'aime le plus au monde. Je ne sais pas si j'aurai un jour des enfants, mais si c'est le cas, je ne suis pas sûr de les aimer autant que toi. Je ferai semblant, bien sûr, mais nous deux, on saura ce qu'il en est.

Et puis, il y a Summer. La meilleure des épouses, la meilleure des femmes. Sum, je n'aurais jamais pu faire tout ça sans toi. Tu es ma meilleure amie, ma première lectrice, l'amour de ma vie. Et surtout, c'est toi qui m'as indiqué qui devrait être le meurtrier.

Composition Nord Compo
Impression CPI Bussière en août 2021
Éditions Albin Michel
22, rue Huyghens, 75014 Paris
www.albin-michel.fr

ISBN : 978-2-226-45207-8
N° d'édition : 24067/01 – N° d'impression : 2057186
Dépôt légal : septembre 2021
Imprimé en France